André Gebel

Die Finca-Falle

Ein Mallorca-Krimi

Der diplomierte Betriebskaufmann André Gebel studierte Marketing an der Universität zu Köln und war neben seinen beruflichen Stationen in Industrie und Agentur, schon immer an Literatur in neuen Medien interessiert. Dabei sind die Sozialen Medien sein Spezialgebiet. Um den Markt der Influencer besser verstehen und analysieren zu können, gründete Gebel im Jahr 2016 mit Turnagain seinen ersten Reiseblog. Heute berät er als selbständiger Experte Konsumgüter-Brands, Hotels und Destinationen, schreibt Reiseberichte und hält Vorträge auf Fachkongressen. »Die Finca-Falle« ist sein vierter Roman.

André Gebel

Die Finca-Falle

Ein Mallorca-Krimi

PIPER

Mehr über unsere Autoren und Bücher:
www.piper.de

Wenn Ihnen dieser Krimi gefallen hat, schreiben Sie uns unter Nennung des Titels »Die Finca-Falle. Ein Mallorca-Krimi« an empfehlungen@piper.de, und wir empfehlen Ihnen gerne vergleichbare Bücher.

ISBN 978-3-492-50803-2

Redaktion: Redaktionsbüro Diana Napolitano, Augsburg
Satz auf Grundlage eines CSS-Layouts
von digital publishing competence (München)
mit abavo vlow (Buchloe)
Covergestaltung: © Alexa Kim »A&K Buchcover«
Covermotiv: Bilder unter Lizenzierung von depositphotos.com (konevaelvira.gmail.com, vaeenma, Dudlajzov, golfmhee)
Printed in the EU

Für Carsten, Mohammadi und für Zecco

Teil 1

Ein unverhofftes Wiedersehen

Kapitel 1

Martin hatte es eilig. Es war der zwölfte September und er wollte den Hochzeitstag in gewohnter Manier mit einem Frühstück im Café Lieselotte beginnen. Er musste um neun Uhr dort sein, nicht früher, aber auf keinen Fall später, denn es war nicht seine Art, zu spät zu kommen. Jedes Mal hatte er seine Frau ermahnen müssen, die gern trödelte, um ihn ein wenig aus der Fassung zu bringen. Zweiundvierzigmal hatte er sich vorgenommen, nicht zu meckern, zweiundvierzigmal war es schiefgegangen und auch diesmal war er gereizt und fühlte sich bereits verspätet. Am liebsten hätte er die Reservierung abgesagt, doch Tradition verpflichtet und er wollte sich keine Nachlässigkeit erlauben. Er hatte sich ordentlich in Schale geworfen und sogar eine Krawatte umgebunden. Sie liebte ihn in diesem dunkelblauen Sommersakko, zu dem er stets den gelb und blau gestreiften Schlips trug, den sie ihm vor 17 Jahren zur Silberhochzeit geschenkt hatte. Seine Haare glänzten, trotz der 69 Jahre, wie ein junger Silberfisch, was ihn für reife Frauen durchaus attraktiv machte. Behauptete jedenfalls Liliane, die bis dato die einzige Frau in seinem Liebesleben gewesen war.

Martin schnappte den Rucksack und eilte das Treppenhaus hinunter, wie er es schon als Jugendlicher gern getan hatte. Aufzüge waren Fahrgeschäfte für Senioren und er zählte sich längst noch nicht zum alten Eisen.

Sein Weg führte ihn geradewegs durch den Englischen Garten, der um diese frühe Uhrzeit schwach besucht war. Eine Gruppe Frauen in den Vierzigern lief Schritttempo mit

Wanderstöcken und hin und wieder schoss ein Radfahrer an ihm vorbei. Meist Studenten, die zwischen den Universitätsgebäuden hin und her pendelten und sich einen Spaß daraus zu machen schienen, möglichst knapp an ihm vorbeizurauschen. Am liebsten hätte er ihnen einen Ast zwischen die Speichen geworfen, doch dafür fehlten ihm der Mut und heute auch die Zeit. Nicht dass sein Tisch vergeben war, nur weil er zu spät kam.

Die Sorge war jedoch wie immer unbegründet und er war mal wieder viel zu früh dran, also musste er zehn Minuten warten, bis die junge Bedienung ihn an seinen angestammten Platz direkt am Fenster führte. Gut, dass Martin reserviert hatte, denn obwohl es Dienstagmorgen war, platzte das Café Lieselotte aus allen Nähten. Junge Mütter in schlabberigen Sweatshirts blockierten mit ihren Kinderwägen jeden Durchgang und schnatterten in kleinen Gruppen um die Wette. Wenn ihnen hin und wieder der Gesprächsstoff ausging, sprang garantiert ein Spross in diese Lücke, um fulminant zu schreien. Eigentlich war Martin dem Ambiente längst entwachsen, doch Tradition war Tradition, denn schließlich hatte er Liliane zum allerersten Kaffeekränzchen ins Lieselotte ausgeführt.

»Entschuldigung, erwarten Sie noch jemanden oder kann ich den Stuhl haben?« Eine Südländerin mit geflochtenem Haar und einem Ohrring in der Oberlippe grinste ihn frech an und hatte bereits die grün lackierten Krallen auf der Lehne.

»Ich erwarte noch jemanden«, antwortete Martin und schüttelte energisch mit dem Kopf, als wäre allein die Frage eine Riesenunverschämtheit.

Die Flechtfrisur gab sich geschlagen und wurde durch die freudlose Bedienung ersetzt, die ihn an seinen Tisch geführt hatte.

»Möchten Sie etwas bestellen oder kommt noch jemand? Der Tisch wurde für zwei Personen reserviert.«

»Ja, in der Tat erwarte ich noch jemanden. Aber, wenn Sie mir vielleicht schon einen Cappuccino mit viel Schaum und eines ihrer wunderbaren Nuss-Croissants servieren könnten«, antwortete Martin, ohne der Karte Beachtung geschenkt zu haben. Wozu auch, schließlich bestellte er im Lieselotte jedes Jahr das Gleiche. Nur Liliane war hin und wieder von ihrer Routine abgewichen und hatte etwas Neues ausprobiert. Eine Latte oder einen dieser Cupcakes.

»Wir haben keine Nuss-Croissants. Nur die Normalen. Vielleicht möchten Sie stattdessen eine Semmel oder Brezn?« Die Bedienung schielte bereits zum Nebentisch, wo ein frisch verliebtes Pärchen saß und zahlen wollte.

»Nein, ich möchte ein Nuss-Croissant. Das esse ich seit über vierzig Jahren an exakt dem gleichen Platz.«

»Schön, aber wir haben nun mal keine. Ich bin seit vier Monaten hier beschäftigt und in der Zeit ist mir auch keins begegnet.« Die Bedienung fingerte hektisch an der Kreditkartenpistole herum.

»Meine Frau und ich kommen seit vielen Jahren in ihr Café und ich bestelle stets das Gleiche. Heute ist unser Hochzeitstag. Verstehen Sie?«

»Akustisch bin ich voll bei ihnen, doch rein operativ kann ich nicht weiterhelfen. Also wollen Sie etwas anderes bestellen oder nicht?«

»Ich habe keinen Appetit.« Martin blickte demonstrativ in die entgegengesetzte Richtung.

»Fein, dann also einen Cappuccino«, knurrte die Bedienung und war bereits am Nachbartisch zum Abkassieren. Die Welt ist austauschbar und flüchtig geworden, fand Martin, der Mühe hatte, sich im Zaum zu halten.

»Es tut mir leid«, flüsterte er beschwichtigend gegen die Caféhausscheibe und sah nach draußen, wo eine Gruppe von Studenten ihre Fahrräder abstellten. Er war patzig und unbeherrscht gewesen und Liliane hasste diese gelegentlichen Ausbrüche. »Jetzt bist du wie dein Vater«, hatte sie dann stets gesagt, ohne zu erläutern, ob das gut oder eher schlecht war. Nun ja, dann war er halt wie sein Vater, doch schließlich hatten sie ihm gerade einen Teil der Geschichte geraubt und er wusste damit noch nicht umzugehen.

»Entschuldigung. Ist der Stuhl frei?«, fragte ihn ein Milchgesicht, das gerade noch sein Fahrrad angekettet hatte.

»Sieht dieser Stuhl frei für dich aus?« Martin kämpfte gegen das saure Aufstoßen an. Das musste an dem Adrenalin liegen, das ihn ungeplant in Wallung gebracht hatte.

»Wieso denn? Es sitzt niemand drauf oder daten Sie einen Geist?«

»Frechheit. Als ich in deinem Alter war, hätte ich mir so etwas nicht erlaubt.« Martin war froh, dass die Bedienung mit dem Cappuccino an den Tisch kam.

»Hier ist ihr Kaffee. Möchtest du auch etwas trinken?«, fragte sie den jungen Mann, als würde er zu Martin gehören.

»Ich bin mit meinen Buddys hier und wollte nur höflich nach dem Stuhl fragen«, echauffierte sich das Milchgesicht, als wäre er der Juniorchef.

»Hören Sie guter Mann. Wir sind voll besetzt und wenn Sie schon nichts frühstücken wollen, dann geben Sie wenigstens den Stuhl frei«, schlug sich die Bedienung auf die Seite des Studierenden.

»Aber, heute ist mein ... ich meine ... heute ist unser Hochzeitstag.« Martin fühlte sich erschöpft aufgrund der Diskussion und nippte am Cappuccino.

»Natürlich.« Die Bedienung setzte ein mitleidiges Lächeln auf. »Ich mache Ihnen einen Vorschlag. Sie geben den Stuhl frei und sobald ihre Begleitung kommt, organisiere ich Ihnen einen neuen. Was halten Sie davon?«

»Und ein Nusshörnchen?«, sah sich Martin nun in einer besseren Verhandlungsposition.

»Ich schau mal, was sich machen lässt.«

Martin nickte erleichtert, denn er fühlte sich nicht in der Stimmung, um zu streiten und den Tag zu ruinieren.

Nach dem Besuch im Café Lieselotte spazierte er am Seehaus vorbei und verließ schließlich den Englischen Garten in Richtung Westen. Seine Schritte wurden schwerer, als wären die Knochen von jetzt auf gleich gealtert, um behände über den Asphalt zu kriechen. Ein flaues Gefühl breitete sich in seinem Magen aus und das Atmen fiel ihm schwer. Aus Grünflächen wurden Bürgersteige. Aus Straßen, Ampeln und Verkehr wurde ein Schachbrettmuster aus Kreuzen, Kerzen und gravierten Steinen.

Der Weg zum Friedhof war wie in einem Navigationsgerät abgespeichert und sein Geist folgte den Füßen, die Schritt für Schritt dem Unvermeidbaren entgegenliefen. »Neunte Reihe, viertes Grab von links. Kann man sich gut merken, oder?«, scherzte vor einem halben Jahr der Bestattungsunternehmer Weber, doch Martin war für keinen Scherz zu haben gewesen. Damals nicht und auch nicht heute, als er traurig vor der blank polierten Schieferplatte stand.

Liliane Wendlinger, geborene Assenbach,
geboren am 6.10.1953, gestorben am 18.03.2023
und Martin Wendlinger,
geboren am 7.1.1954, gestorben am …

Wie gern hätte er ein Datum dort hineingemeißelt. Doch was würde ihm das bringen? Er stand oberhalb der Grasnarbe und Liliane lag drei Meter tiefer oder war bereits im Himmel. Wer wusste das schon so genau?

»Alles Gute zum Hochzeitstag, meine Liebe. Ich vermisse dich so sehr und kann an nichts anderes mehr denken als dir endlich hinterherzufolgen. Ich war im Café Lieselotte, an unserem angestammten Platz, wo wir uns das erste Mal verabredet hatten. Weißt du, sie haben diese Nuss-Croissants nicht mehr. Kannst du dir das vorstellen? Als wären sie mit dir verschwunden. Einfach so«, murmelte Martin, im Glauben, dass niemand ihn belauschen würde.

Eine ältere Dame stand plötzlich hinter ihm und schaute auf die Platte, als würde sie Liliane kennen. Sie hatte ihre silbernen Haare zu einem Dutt verknotet und ordentlich Make-up aufgetragen. Ihre Augen sahen düster aus, wie bei einer dieser Gruftis. Die Kleidung war elegant, wenn auch etwas unpassend auf einem Friedhof.

»Ist mir neulich auch passiert. Plötzlich war der lieb gewonnene Kahlkopf einfach nicht mehr da. Sind Sie der Witwer?«

Martin nickte und hoffte, dass die Frau sich aus dem Staub machen würde.

»Es fühlt sich anfangs seltsam an, doch man lernt, damit zu leben. Wie ist es bei Ihnen? Sind Sie schon drüber hinweg und offen für was Neues?«

»Ähm… nein«, stotterte er verlegen.

»Das wird schon wieder, glauben Sie mir. Sie sind eine gute Partie, denn die meisten Männer ihres Alters tragen Glatze und sehen wie der Tod auf Stelzen aus.« Die burschikose Besucherin nahm Martin ins Visier und ließ den Blick vom Scheitel bis zur Sohle gleiten.

»Ich bin nicht mehr an so was interessiert«, versuchte er, dem Kompliment den Schwung zu nehmen.

»Sagen Sie das nicht. Das Leben ist noch lang genug, um etwas Neues zu beginnen.«

»Nicht für mich. Meins ist vor einem halben Jahr abrupt beendet worden. Sehen Sie selbst.« Martin deutete mit dem Zeigefinger auf die Gravur am Schieferstein.

»Ich sehe kein Datum hinter dem Namen. Von daher bleibt Ihnen genügend Zeit, ein neues Glück zu finden. Denken Sie darüber nach.«

Martin war verärgert, hatte ihn diese aufgetakelte Fregatte doch in seiner Trauer unterbrochen. Und das an seinem Hochzeitstag. Dennoch wollte er nicht so wie sein Vater sein, also nickte er zustimmend und bedankte sich für den Rat.

»Falls Sie ihre Meinung ändern sollten, dann lassen Sie es mich wissen. Ich bin die Anneliese und täglich auf dem Friedhof unterwegs. Das ist der Datingmarkt für Senioren, falls sie verstehen, was ich meine.« Sie lachte kurz humorlos auf und verschwand in Richtung Ausgang.

Beim Blick auf den Grabstein plagte ihn plötzlich das Gewissen. Es fühlte sich so an, als hätte er Liliane hintergangen und mit einer flüchtigen Bekanntschaft angeregt geflirtet. Und das auch noch am Hochzeitstag. So etwas durfte nicht geschehen. Er würde nie wieder einen Menschen so sehr lieben wie Liliane, mit der er jeden Tag das Leben intensiv genossen hatte. Martin hauchte einen Kuss in Richtung der aufgewühlten Erde und machte sich auf den Nachhauseweg. Seine Zeit würde bald kommen und er freute sich darauf, denn im Himmel gab es sicherlich die besten Nuss-Croissants mit einer Tasse Cappuccino.

Kapitel 2

»Der ist aber … putzig. Darf man den anfassen?«

»Nur zu. Der beißt nur böse Mädchen.«

»Aua!«

»Sag ich doch. Kann ich das vielleicht mit einem Glas Prosecco wieder gutmachen?«

»Was erlauben Sie sich? Sperren Sie ihre Töle besser ein. Der braucht eindeutig einen Maulkorb!«

Genau wie du, dachte sich Toto, der eigentlich Thomas Tormann hieß und auf ein Schäferstündchen aus war. Er sah der stämmigen Brünetten noch ein wenig hinterher und beglückwünschte sich und seiner Promenadenmischung, dass dieser Kelch an ihm vorbeigelaufen war. Eigentlich stand er nicht auf Gemüse jenseits der 55, obwohl er selbst 68 Jahre zählte und nicht gerade das war, was Frauen als erstklassige Partie bezeichnen würden.

Er saß an einem der Außentische im angestammten Jagdrevier an der berühmten Kö in Düsseldorf und sah dem Geld beim Laufen zu. An einem Dienstagmorgen waren nur Damen unterwegs, die zwei Merkmale besaßen, auf die es Toto abgesehen hatte. Geld und Langeweile. Schließlich konnte er von seiner mageren Rente gerade mal den Lebensunterhalt begleichen, um zum Beispiel Franz Ferdinand zu finanzieren, jenen schlecht dressierten Beißer, den er vor einem Jahr erworben hatte, um bei den Damen schneller ins Gespräch zu kommen. Dabei hatte ihn der windige Verkäufer gehörig übers Ohr gehauen, denn aus dem eigentlich versprochenen Mops wurde im Lauf seines Hundelebens ein aufgebockter

Dackel, mit dem Aufbiss eines Terriers. Toto hatte nicht genügend Geld, um das Model zu wechseln und zu viel Schiss, um den Verkäufer anzuzeigen, sodass er sich dazu entschied, es mit Franz Ferdinand zu probieren.

Am Anfang war es ein Fiasko, da die Proportionen in der exklusiven Gegend nicht einmal auf Mitleid stießen. Zudem war der Hund kaum zu kontrollieren, weswegen Toto ihn daheim in einem Zwinger hielt. Erst als er ihm den rosa Body Suit über das struppige Fell gezogen hatte, fand der Mischling etwas Anerkennung bei den Damen. Den ersten Anzug aus Viskose hatte er nach zehn Minuten aufgefressen, doch das Ding aus Latex saß wie eine Eins und war der Blickfang im Café Hansemann, wo Toto oft verkehrte. Seitdem hatte sich die Anzahl von Totos One-Night-Stands auf durchschnittlich 0,73 pro Monat erhöht, nachdem er zwölf Wochen nicht mal ins Gespräch gekommen war. Außer dem gelegentlichen Spaß war bisher nichts Ernsthaftes daraus geworden, denn die Damen merkten schnell, dass hinter der Fassade Toto nur ein grenzenloser Abgrund steckte, in den man besser nicht hineinstolperte.

Er lebte nach wie vor auf 67 Quadratmetern Altbaufläche, die er von seinen Eltern übernommen hatte, als sie vor zwanzig Jahren ins Souterrain des Ohler Friedhofs eingezogen waren. Kein passendes Domizil für seine gut betuchte Zielgruppe, und so war er auf die Damen angewiesen, die verlassen, verwitwet und verzweifelt waren. So verzweifelt, dass sie mit Toto ins Hotel, die geerbte Villa oder die Luxuswohnung aus der Scheidungsmasse gingen, um sich vom Charmeur der alten Schule durchnudeln zu lassen.

Einige der Damen kannte er noch aus der Zeit, als er als Schnüffler unterwegs war, um für ein paar Hundert Euro kleine Überwachungsjobs zu machen. Ein paar indiskrete Fotos hier, eine versteckte Drohung dort, und als Happy End ein heißer Flirt mit der Auftraggeberin.

Er vermisste die Zeiten, auch wenn sie ihn mehr schlecht

als recht über Wasser gehalten hatten. Zumindest war er problemlos ins Gespräch gekommen und konnte als Seelentröster Liebesdienste abschöpfen. Irgendwann waren die Aufträge ausgeblieben und Toto hatte nicht die finanziellen Mittel, um in teure Ausrüstung oder Werbung zu investieren, und so war er schließlich fließend in den Ruhestand geschlittert. Ein Zustand, der ihm nicht besonders schmeckte, denn der Mensch ist nun mal ein Gesellschaftstier, und Gesellschaft war es, die ihm fehlte.

Auch heute lief es nicht besonders gut, was vielleicht am miesen Wetter lag. Am frühen Morgen hatte es geregnet und der Kellner hatte noch die Tische abgewischt, als Toto seinen Platz eingenommen hatte. Es kratzte an seinem Ego, dass er in diesem Monat noch nichts klargemacht hatte, weshalb er aufs Erfolgsrezept des frühen Vogels setzte. Zwei Stunden saß er bereits, vollgepumpt mit zwei Viagrakapseln, an einem Kännchen Kaffee und zögerte, den letzten, kalten Schluck zu nehmen. Dann würde der Kellner mit dem schiefen Auge aufkreuzen und ihn um eine Nachbestellung bitten, die sein Budget um weitere 5 Euro 20 belasten würde. Aber vielleicht wendete sich das Blatt ja doch noch zum Guten, hoffte Toto, als eine hochgewachsene Blondine im besten Alter auf ihn zusteuerte.

Sie mochte vielleicht fünfundvierzig sein und war mit Schmuck schier überladen, während eine übergroße Sonnenbrille den Großteil des Gesichts kaschierte. Allein am selbstbewussten Gang bemerkte Toto, dass es sich um ein Großkaliber handeln musste. So etwas beißt ungern in einen sparsamen Wurm, der bei einem Restschluck Bohnenkaffee hockt, also ließ Toto aus der Laune heraus das Wort Champagner fallen. Der schiefäugige Kellner glaubte zunächst an einen Scherz, doch Toto nickte selbstbewusst und grinste die Blondine an.

»Wenn einem solch ein Sonnenschein entgegenstrahlt,

dann muss man darauf anstoßen.« Wie in Zeitlupe strich er über den grauen Dreitage-Bart und leckte seine Kronen ab.

Die Blondine stoppte und starrte durch die dunklen Gläser auf den angefixten Toto. »Haben Sie mit mir gesprochen?«

»Ich habe mir, aufgrund ihrer äußeren Strahlkraft, ein Glas Champagner bestellt. Möchten Sie vielleicht auch eins?« Toto lehnte sich weit aus seinem kleinen Fenster, doch wer nicht investiert, kann nichts gewinnen und die Dame mit der grauen Designertasche wäre eindeutig ein guter Fang.

»Champagner? So früh am Morgen?«, echote die Dame und verzog dabei die aufgespritzten Lippen.

»Es ist nie zu früh für einen prickelnden Start in einen wundervollen Tag.«

»Also gut. Zu Champagner sage ich nicht nein.« Sie setzte sich auf einen freien Stuhl und bemerkte zum ersten Mal Franz Ferdinand, der augenblicklich anfing zu grollen.

»Um Gottes willen, was ist das denn für ein Monster? Und was soll dieses Latexhöschen? Sind Sie ein Perverser oder so was?«

»Oh, das ist Franz Ferdinand. Ich habe ihn aus den Fängen einer kroatischen Hundeschänderbande befreit und bei mir aufgenommen. Die Hose muss er leider tragen, damit er nicht an seinen Wunden leckt.«

»Das ist ja furchtbar!« Die Blondine schaute sich unter den Gästen um, als hätte sie Angst, von jemandem erkannt zu werden.

»Was ist jetzt mit dem Champagner?«, fragte sie resolut nach dem angebotenen Getränk

Toto winkte den Kellner an den Tisch und erhöhte die Bestellung auf ein zweites Glas. Er war gerade dabei, sein Freizeitbudget für einen ganzen Monat durchzubringen, doch die Dame machte einen bereitwilligen Eindruck und zwei Gläser Schampus waren günstiger als eine Nacht im Saunaclub.

»Sie sehen aus wie eine Schauspielerin. Habe ich Sie vielleicht schon mal im TV gesehen?« Toto setzte auf die Hollywood-Eröffnung, wie er seine eigene Erfolgsmasche gern nannte.

»Und Sie sehen aus wie ein schmieriger Trickbetrüger. Habe ich Sie vielleicht schon mal auf einem Fahndungsfoto gesehen?«, kam es schonungslos von der Blondine, die in ihrer Handtasche nach einer Schachtel Zigaretten kramte. »Hören Sie. Ich trinke mit Ihnen jetzt ein Glas Champagner, weil man Champagner niemals ablehnt. Und dann bin ich weg. Hier läuft nichts zwischen uns, falls Sie das im Sinn hatten.« Die Blondine steckte sich eine Marlboro zwischen ihre roten Lippen und machte gierig einen Zug.

»Also, wo denken Sie hin…«, holte Toto aus und wurde gleich schon wieder unterbrochen.

»Ich kenne so Vorstadtganoven wie Sie nur zur Genüge. Keine Kohle auf dem Konto und auf der Suche nach einem warmen Nest zum Reinlegen. Da sind Sie bei mir an der falschen Adresse, Freundchen.« Sie redete sich in einen Rausch, während der Kellner zwei Gläser mit Champagner brachte, die nicht mal halb gefüllt waren. »Ich bin Immobilienmaklerin und kann echtes Geld schon aus der Ferne riechen. Und bei Ihnen stinkt es nur nach diesem Köter.«

»Ja, das ist leider ein Problem. Es muss an seiner Vergangenheit bei diesen Hundeschändern liegen. Trotzdem Prost«, stotterte Toto.

»Ja, Prost!« Die Blondine leerte das Glas in einem Zug und bestellte sogleich Nachschub.

»Glauben Sie mir. Die letzten zwei Kerle, die mich vor den Traualtar gezerrt haben, habe ich ausgenommen wie eine Weihnachtsgans. Der eine hat sich kurz danach erhängt, der andere kriegt bis heute keinen Fuß mehr auf den Boden«, kokettierte die Blondine mit Trophäen, während Toto eingeschüchtert an dem Schampus nippte, um ja nicht zu viel aufzunehmen.

»Das klingt nach einem bewegten Leben…«

»Bewegt ist untertrieben. In meinen jungen Jahren bin ich auf Typen wie Sie reihenweise reingefallen und mit jedem halbwegs talentierten Liebhaber ins Bett gestiegen. Doch warum sollte ich es diesen Kerlen einfach machen? Hm?«

»Weiß nicht«, stammelte Toto.

»Ja, weiß nicht. Das hat Joachim auch immer gesagt. Weiß nicht mehr ein, weiß nicht mehr aus. Weiß nicht, warum ich dich geheiratet habe. Joachim ist der, der sich…« Die Blondine formte mit der Hand eine Schlinge um ihren Hals und tat so, als würde sie sie nach oben ziehen.

»Ach der…«

»Exakt! Noch besser war Adriano, der natürlich gar nicht Adriano hieß, doch das habe ich erst später spitzgekriegt. Den habe ich im großen Stil auffliegen lassen. Er hatte einen Autosalon nicht unweit von der Kö und immer schön am Staat vorbeigewirtschaftet. Jeden Monat fuhr der Typ ein neues Cabrio, um am Anfang mir und später seiner vierundzwanzigjährigen Sekretärin zu imponieren. Ich habe seine Fehlzeiten daheim genutzt, um fleißig Belege abzuknipsen und Schwups, war ich um eine halbe Million Euro reicher und Adriano nur deshalb nicht im Knast, weil ich das Herz am rechten Fleck habe. Ich habe ihm sogar noch eine Einzimmerwohnung in Oberbilk vermittelt.«

»Da hat er aber Glück gehabt«, seufzte Toto, während die Blondine auch das zweite Glas in einem Zug herunterspülte.

»Das können Sie laut sagen. Übrigens, von Champagner bekomme ich immer Kohldampf. Die Karte bitte«, johlte sie in Richtung Kellner, der Toto irritiert auf seinem schiefen Auge ansah, so als wolle er eine Anzahlung verlangen.

Die Blondine flog mit ihrem Zeigefinger stilsicher über die exklusive Karte und entschied sich schließlich für einen Hummercocktail zum stolzen Preis von 24,90 Euro. Dazu noch ein weiteres Glas Champagner, das Toto dankend ablehnte, da seins noch gut gefüllt war.

»Ich bin übrigens die Gabriele, kurz Gabi.«

»Sehr erfreut, Gabi.« Toto nickte gequält, behielt den eigenen Namen jedoch für sich.

Die Blondine schien das nicht zu interessieren, sondern legte gleich schon wieder los. »Erst letzte Woche hat mich so ein Möchtegern-Casanova angesprochen und so getan, als wäre er ein Adeliger, der eine Immobilie auf den Balearen sucht. Das sind mir eindeutig die Liebsten. Gut, habe ich gedacht, wenn du so vermögend bist, dann lassen wir es richtig krachen. Wir waren zum Dinner in diesem schicken Lokal im Medienhafen, wo man auf Sand sitzt wie am Strand von St. Tropez. Danach sind wir in die Bar vom Hyatt Regency und dann noch in den Schickimicki-Club zum Zappeln. Da habe ich ihn gebrochen und er ist weinend über der Rechnung zusammengesunken. Klein mit Hut war er am Ende und gestand mir ein mageres Reihenhaus. Nicht mal an der Ecke, sondern mittendrin, wo die Nachbarn alles mitbekommen. Können Sie sich das vorstellen?« Die Blondine schaute sich hektisch nach dem Kellner und ihrer Bestellung um. Anscheinend ging es ihr nicht schnell genug.

Toto nutzte den Moment, um Franz Ferdinand zu treten, der daraufhin laut wimmerte.

»Was hat denn dieser Köter nur?« Gabi zog genervt die Nase hoch und schob das Bein zur anderen Seite.

»Ist sicher nur ne Wurst, die rausmuss.« Toto zog die Serviette unter dem Champagnerglas hervor und faltete sie auseinander.

»Sie wollen Ihren Hund doch nicht etwa hier an Ort und Stelle …?«

»Sie haben recht. Vielleicht gehe ich kurz um den Block und Sie warten hier auf meine Rückkehr. Bestellen Sie sich einfach noch ein Glas Champagner.« Toto stand auf und beeilte sich, um nicht vom Kellner überrascht zu werden. Er winkte Gabi förmlich zu, als würde es nur zwei Minuten dauern und verschwand hinter der Ecke, wo sein altgedientes Z3 Cabrio geparkt war.

Er würde das Revier nach diesem Vorfall wechseln müssen, doch in Anbetracht des ausnehmenden Wesens und der zu erwartenden Rechnung, war alles besser als die Fortführung der Unterhaltung. Er war auf einen übermächtigen Gegner gestoßen und Toto musste eingestehen, dass die Kö allmählich außerhalb seines Budgetrahmens lag. Er würde zukünftig in die kleinen Dörfer fahren müssen, wo der Kaffee 1,50 € kostet und die Damen noch auf Unterhaltung aus sind. Toto drehte am Zündschlüssel des BMW und drückte auf das Gaspedal, um möglichst schnell hier wegzukommen.

Es miefte in der Wohnung, was am Döner lag, den er sich gestern Abend mit Pommes frites gegönnt hatte. Toto riss die Fenster auf und starrte auf die gegenüberliegende Häuserzeile, deren Fassade genauso tiefe Furchen aufwies, wie sein ganzes Äußeres. Er war alt geworden und fühlte sich verarscht vom Leben. Seine Frau Rosa hatte sich vor zwanzig Jahren von ihm scheiden lassen und die Kinder Peter und Kerstin ließen sich schon lange nicht mehr bei ihm blicken. Sie hatten ihn aus ihrem Leben ausgeklammert und riefen nur sporadisch an, wahrscheinlich um zu testen, ob er überhaupt noch lebte. Dass es nichts zu erben gab, wussten sie spätestens, nachdem ihre Mutter mit dem bisschen Hab und Gut die Reißleine gezogen hatte. Die Gabi würde das sicherlich verstehen können, musste Toto an seine flüchtige Bekanntschaft denken, die jetzt vor seiner Rechnung saß und höchstwahrscheinlich fluchen würde.

Toto ging die drei Umschläge durch, die er aus dem Briefkasten gefischt hatte und blieb bei einem schwarzumrandeten Kuvert hängen, auf dem sein Name schwungvoll draufgeschrieben stand. Wie kaum anders zu erwarten, war es eine Einladung zu einer Trauerfeier und damit schon die dritte im letzten halben Jahr. Die Schlinge um den Hals zog sich wieder mal ein Stückchen fester zu, ganz als hätte sich ein Fluch auf seine Bekanntschaften gelegt. Wir werden langsam alle abgeholt, befürchtete Toto, und der Gedanke jagte ihm einen Schauer über den Rücken. Er war eindeutig zu jung, um unter einem Grabstein zu verrotten, und er fühlte sich vom Schicksal ungerecht behandelt. Was war mit all den Träumen, die er als junger Mann gehabt hatte? Nach Amerika wollte er gehen, erfolgreich wollte er sein, eine hübsche Frau und zwei gebildete Kinder wollte er haben. Stattdessen lebte er wieder in der Wohnung seiner verstorbenen Eltern, hatte notorisch keine Kohle, war geschieden und die Kinder wollten nichts mehr von ihm wissen. Und das Schlimmste war, dass er es ihnen nicht einmal verübeln konnte. Treue war nicht gerade seine Stärke und mit Kindern konnte er nicht wirklich etwas anfangen. Alles Jammern hilft nichts, grummelte Toto zu sich selbst und öffnete das Kuvert.

Stefan Pelzer, geboren am 24. April 1953, verstorben am 8. September 2023.

Ein alter Schulfreund, den er lange nicht gesehen hatte und nun auch nie mehr wiedersehen würde. Trotzdem musste Toto schlucken, mehr wegen seiner eigenen Sterblichkeit als wegen dieses Großkotzes Stefan Pelzer, der schon als Kind verhätschelt worden war und die Firma seines Vaters übernehmen durfte. Eigentlich hatte Toto keine Lust auf ein deprimierendes Begräbnis, doch vielleicht war es die Gelegenheit, ein paar alte Freundinnen zu sehen. Schließlich gab es im Anschluss an die Trauerfeier ein Kaffeekränzchen im Café Rosenheim am Bunten Garten, was kein schlechter Ort für ein Revier war, nachdem die Kö auf absehbare Zeit tabu sein würde. Toto zückte das Handy und suchte nach einer Nummer, die er lange nicht gewählt hatte.

Kapitel 3

»Stefan Pelzer? Was habe ich mit dem zu tun?« Martin ärgerte sich darüber, dass er ans Telefon gegangen war. Thomas Tormann, den sie damals Toto nannten, hatte ihn angerufen und auf dem falschen Fuß erwischt. Heute war sein Hochzeitstag und er wollte in Erinnerungen schwelgen und nicht den nächsten Todesfall serviert bekommen.

»Na ja. Er ging in unsere Schulklasse«, versuchte Toto, eine Brücke zu bauen, die Martin nicht begehen wollte.

»Und wenn schon! Keine drei Sätze habe ich mit dem gesprochen.«

»Aber *wir zwei* haben doch den ganzen Tag gequatscht und so einiges erlebt.«

»Aber du bist doch nicht tot, Toto.«

»Wir könnten uns mal wiedersehen und auf die alten Zeiten anstoßen. Du kannst deine Frau mitbringen. Wie hieß sie gleich noch mal?«

»Liliane.«

»Ja, genau. Kommt doch mal wieder an den Niederrhein, und wenn ihr keine Lust auf die Beerdigung habt, dann gehen wir direkt zum Kaffeekränzchen.«

»Liliane ist tot!«

»Oh, das tut mir leid. Doch sieh es positiv, so können wir den alten Flammen hinterherschauen. Vielleicht kommt Frederike, in die du damals ganz verschossen warst.«

»Nein, ich komme nicht. Und ich will weder eine alte noch eine neue Flamme treffen. Toto, ich werde bald sterben und dann war es das für mich.«

»Oh, mein Gott, Martin. Bist du krank? Hast du Krebs?«

»Nein, aber Liliane ist vor einem halben Jahr gestorben und es gibt nichts, was mich noch auf Erden hält. Mein Name steht schon auf dem Grabstein.«

»Du warst schon damals so ein Spießer. Lass das Grab noch ein Weilchen zu und genieße das Leben.«

»Das Grab ist zu!«

»Umso besser. Und jetzt setz dich in den Zug und komm nach Mönchengladbach, wo ich dich vom Bahnhof abholen werde. Das wird ein Riesenspaß.«

»Was wird ein Spaß? Die Beerdigung?« Martin schüttelte innerlich den Kopf. »Toto, ich lege jetzt auf und wünsche dir ein schönes Leben.«

»Wenn du auflegst, sage ich es deiner Eliane.«

»Hast du nicht zugehört? Sie ist tot und sie hieß Liliane, nicht Eliane.«

»Vielleicht ist sie das. Aber sie hätte sicher nicht gewollt, dass du in deiner Wohnung vor dich hinvegetierst. Sie hätte so jemanden wie den guten alten Toto angerufen, um dich aus deinem Schneckenhaus zu holen.«

»Ich denke nicht, dass sie das getan hätte. Zumindest hätte sie nicht deine Nummer eingetippt. Ich lege jetzt auf, Toto, und bitte lass mich ab sofort in Ruhe.«

Martin drückte auf das rote Telefonsymbol und schaltete das Handy auf stumm. Was erlaubte sich dieser Toto eigentlich? Über fünfzehn Jahre hatten sie sich weder gesehen noch gehört und jetzt sollte er zur Beerdigung eines unbekannten Schulkollegen fahren? Liliane hatte Toto damals durchschaut, als sie ihn zufällig bei einem Besuch in Mönchengladbach getroffen hatten. Als windigen Vogel hatte sie ihn bezeichnet und er, Martin, solle froh sein, dass der Kontakt seit vielen Jahren abgebrochen war. So ein Typ nimmt dich aus und lebt auf anderer Leute Kosten, war ihre Meinung und Martin konnte ihr kaum widersprechen. Toto hatte schon als Jugendlicher eine große Klappe gehabt, die ihm oftmals eine Tracht Prügel oder Ärger mit dem Lehrer und der Polizei beschert hatten. Seine Mutter war Putzfrau, der Vater lebte von Gelegenheitsjobs auf den Feldern, sodass Toto immer etwas am Laufen hatte, um sein Taschengeld selbst zu verdienen. Meist waren es kleine Diebstähle, die zu Zeiten nach dem Krieg nicht wirklich ungewöhnlich waren. Sie hatten alle hin und wieder etwas mitgehen lassen, doch Toto hatte daraus ein Geschäftsmodell gemacht, das ihm ein monatliches Einkommen von bis zu 50 D-Mark gesichert hatte. Dabei verkaufte er Klamotten, die ihm nicht gehörten und verscherbelte Süßigkeiten und Gemüse, das er kurz zuvor im Supermarkt gestohlen hatte. Nach ein paar Verweisen und einem zweiwöchigen Besuch im Jugendheim ließ er schließlich davon ab, doch ihre Freundschaft hatte dadurch Risse bekommen.

Nach der Schule hatten sie sich aus den Augen verloren und als Martin seine Liliane ehelichte, führte der Umzug nach München dazu, dass er kaum noch in die alte Heimat fuhr. Einmal im Jahr ließ er sich blicken, um die Eltern zu besuchen und später in einer Grabeskirche zu bestatten. Das Rheinland ist nicht meins, hatte Liliane stets betont, die in Miesbach aufgewachsen war und für nichts und niemanden ihre bayerische Heimat aufgegeben hätte. Martin war es recht gewesen, denn er liebte München und er liebte die Nähe zu den Bergen und zum Gardasee, wo er mit Liliane regelmäßig übers Wochenende hingefahren war.

Doch das letzte Mal war lange her, denn Liliane hatte fünf Jahre gegen den Krebs gekämpft, um am Ende kraftlos und erschöpft zu kapitulieren. Seitdem lebte er allein in der großzügig geschnittenen Wohnung im Stadtteil Schwabing und vegetierte in der Tat ein bisschen vor sich hin. Kein Tag verging, ohne dass er nicht den Weg zum Friedhof gegangen wäre und kein Tag verging, ohne dass er sich nicht den eigenen Tod herbeigewünscht hätte. Und jetzt kam dieser Halodri Toto aus der Vergangenheit daher und wollte ihn aus seinem Rhythmus bringen. Martin pflegte einen minutiös geplanten Tagesablauf, der keinen Anflug von Spontanität erlaubte. Außerdem, wie sollte er so kurzfristig an ein Zugticket gelangen? Wer würde das Grab pflegen, während er auf Reisen war? Da sie keine Kinder hatten, war niemand da, der sich um seine Pflichten kümmern würde. Martin war allein und das war gut so. Er würde nicht nach Mönchengladbach fahren und zur Beerdigung von diesem Stefan Pelzer fahren, genauso wenig wie er mit Toto etwas trinken gehen würde. Er hatte damit abgeschlossen. Basta!

Das Handydisplay leuchtete auf und zeigte an, dass eine WhatsApp eingetroffen war. Sicherlich die Wandergruppe der Pfarrgemeinde, in der Liliane jahrelang aktiv gewesen ist, bevor sie nicht mehr gehen konnte. Alle Nase lang schickten sie ihm Nachrichten über anstehende Wanderungen, die er regelmäßig ignorierte. Martin hatte keine Lust, mit alten Schachteln um den Tegernsee zu kriechen, um anschließend mit der miefigen Oberlandbahn zurückzufahren. Doch die Nachricht war nicht vom Wanderverein »Die Silberdohlen«, sondern von Toto, der eine wahre Abhandlung verfasst hatte.

»Ich weiß, dass du dir das Hirn zermarterst, ob du kommen oder bleiben sollst. Das hast du früher schon getan. Also setz dich in den Zug und komm vorbei. Denk an deine Lili. Die hätte es so gewollt. Bussi Toto.«

Lili? Damit hatte Toto endgültig den Bogen überspannt und Martin würde nicht mal mehr ein Wort mit diesem Schwätzer reden. Niemand hat jemals Lili zu seiner Liliane gesagt, selbst Martin hätte sich das nicht getraut. Zudem war seine Entscheidung längst gefallen. Wo sollte er auch übernachten? Außer einem Cousin, zu dem er keinen Kontakt mehr pflegte, lebte keine Verwandtschaft mehr in seiner alten Heimat, und die Hotels waren eine Katastrophe. Schon wieder leuchtete das Display auf:

»Ich kann dich förmlich sehen, wie du auf und abläufst.

Gib dir einen Ruck! Roswitha und Frederike kommen auch. Vielleicht sogar der Rüde. Wir könnten die alten Zeiten aufleben lassen…«

Die alten Zeiten? Mit denen hatte er längst abgeschlossen, grummelte Martin vor sich hin und öffnete den Vorratsschrank im Korridor. Er starrte auf die Reisekoffer, die Liliane mit Plastikfolie fest versiegelt hatte, damit sie vor den Motten sicher waren. Er vermisste ihren Elan und das positive Gemüt, mit der sie bis zu ihrem Ende Reisepläne geschmiedet hatte. Es würde Stunden dauern, den Koffer von all dem Plastik zu befreien und überhaupt, was sollte er einpacken? Liliane hatte sich immer um alles gekümmert und er brauchte am Ende nur den Reißverschluss herumziehen und das Zahlenschloss verdrehen. Martin spürte, wie ihn die Erinnerungen einholten, und er wollte die Schranktür gerade schließen, als das Smartphone wieder brummte. »Ist ja gut, du Quälgeist«, rief er in die leere Wohnung hinein und griff nach einem Koffer.

Kapitel 4

Toto blickte auf seine goldene Rolex, die er vor drei Jahren auf dem großen Basar in Istanbul einem Straßenhändler abgekauft hatte. Fünfzig Euro hatte ihn das gute Stück gekostet, samt einer Zusatzbatterie, die immer noch verpackt in einer Küchenschublade auf den Einsatz wartete. Ein wenig von dem imitierten Gold war bereits abgeplatzt, doch in Anbetracht der Strahlkraft, hatte sich der Kauf gelohnt.

Jetzt tigerte er auf dem Bahnsteig unruhig auf und ab und starrte abwechselnd von der Anzeigetafel auf die Armbanduhr. Der Zug hatte zehn Minuten Verspätung, was bei einer Reisezeit von gut sechs Stunden sicherlich nicht ungewöhnlich war. Toto hatte sich in eine Slim-Fit-Jeans gezwängt und die verbliebenen Haare mit Pomade kräftig eingefettet. Er liebte diesen Look, der ihn ein wenig wie einen Lebemann aussehen ließ, auch wenn seine Ex-Frau stets betonte, dass sie die Kombination aus hoher Stirn und grauen Locken an einen Zuhälter erinnerte. Mit einem ohrenbetäubenden Quietschen kam die Regionalbahn aus Düsseldorf zum Stehen und spuckte ein paar Passagiere aus, die eilig Richtung Ausgang liefen. Nicht viele um die späte Mittagszeit, doch ganz am Ende entdeckte Toto seinen Gast, der ein wenig hilflos nach ihm Ausschau hielt. Er eilte ihm entgegen, um auf den letzten Metern abzubremsen.

»Martin?«

»Toto ...« Die Begrüßung klang nüchtern und genervt.

»Du siehst gut aus, Martin. Anders, aber gut. Wie ein Politiker.«

»Und du siehst immer noch so aus wie früher«, grummelte Martin.

»Das fasse ich mal als Kompliment auf.« Toto öffnete die Arme, um Martin fest zu drücken, doch der schüttelte den Kopf und bewegte sich in Richtung Ausgang.

»Bringen wir es hinter uns«, kam es trocken und Martin wechselte den Koffer von der rechten in die linke Hand.

»Der hat Rollen«, bemerkte Toto.

»Nicht für mich. Ich habe unsere Koffer immer mit der Hand getragen.«

»Dann wird es Zeit für etwas Neues. Außerdem ist die Beerdigung erst Morgen, von daher haben wir den Rest des Tages ganz für uns allein.«

»Ich muss ins Hotel.«

»Papperlapapp. Du schläfst bei mir. Ich habe extra die Couch für dich hergerichtet.« Toto dirigierte Martin zu dem kleinen Parkplatz, wo er unerlaubterweise einen Taxiplatz blockierte. Für den Fall der Fälle hatte er seinen Ausweis als Privatdetektiv aufs Armaturenbrett gelegt, den er vor zehn Jahren auf einem Fernlehrgang zum Selbstausdruck bekommen hatte.

»Der Koffer passt leider nicht in den kleinen Kofferraum. Aber ich öffne das Verdeck, damit du atmen kannst, während dir dein Gepäckstück auf die Eier drückt.«

»Du fährst immer noch die Friseusenschleuder?« Martin rollte verächtlich mit den Augen.

»Puppenfänger«, korrigierte Toto, »Ich bevorzuge den Ausdruck Puppenfänger, auch wenn Mottenfresser zurzeit besser passt.«

Martin schmunzelte humorlos und fluchte anschließend über den Fahrtwind, der ihm durch die sorgfältig gekämmten Haare wehte.

»Hier lebst du?« Martin ging vorsichtig vom Korridor ins

Wohnzimmer, als ständen die Räumlichkeiten unter Denkmalschutz. »Das ist doch die alte Wohnung deiner Eltern.«

»Ich fand es praktisch, sie zu übernehmen, zumal sich die Miete in all den Jahren kaum erhöht hat. So was findest du nicht mehr.«

»Hier bleibe ich auf keinen Fall. Einen Kaffee und dann fahre ich ins Hotel.«

»Warte erst einmal ab. Ich habe uns Bier kaltgestellt oder willst du lieber einen Killepitsch?« Toto wollte sich die Wiedersehensfreude nicht verderben lassen und öffnete den Kühlschrank, der bis obenhin mit Bierflaschen gefüllt war.

»Kaffee wäre gut.«

»Kaffee versaut uns nur den Schnitt. Also Bier oder Schnaps mein Freund?«

»Dann ein Bier. Und wir sind keine Freunde. Ich leiste hier nur meine Pflicht und nehme Abschied von jemandem, den ich nicht einmal gekannt habe. Da hast du mich in etwas reingeplaudert...«, stöhnte Martin sorgenvoll, als hätte er etwas Wichtiges dafür sausen lassen.

»Na ja, auf jeden Fall schön, dass du da bist.« Toto öffnete eine Flasche Export und reichte sie Martin, der sie ungelenk entgegennahm.

Sie waren bei der jeweils dritten Flasche angekommen, als Martin den Mantel ablegte und die Schnürsenkel der Schuhe öffnete.

»Du kannst Vaters alte Slipper tragen.« Toto holte zwei abgewetzte Sandalen aus dem Schuhschrank und legte sie Martin vor die Füße.

»Nein, danke. Ich will nur etwas lockern, bevor ich mir ein Taxi rufe.«

»Schon klar. Vorher müssen wir noch einmal anstoßen und die nächsten Tage planen. Was hältst du davon, wenn wir nach dem Beerdigungskaffee zum Alten Markt gehen und die alten Kneipen aufsuchen. Ein paar davon gibt es nämlich noch. Selbst das Bienenkörbchen hat es überlebt.«

»Hoffentlich nicht mit der gleichen Besetzung wie vor fünfzig Jahren«, erwiderte Martin. Bei ihrem ersten und einzigen Besuch waren sie siebzehn Jahre alt gewesen und hatten sich die Mäntel und Hüte ihrer Väter ausgeliehen, um älter auszusehen. Zunächst wollte sie der Türsteher nicht hereinlassen, doch als Toto einen Zwanziger in dessen Hosentasche gleiten ließ, saßen sie wenig später an der Bar. Eine übergewichtige Afroamerikanerin tanzte ungelenk an einer Silberstange und wackelte mit ihren Brüsten, während Toto und Martin erstarrt vor Angst und Erregung an einem Bier nippten, das einen zweiten Zwanziger verschlungen hatte.

»Nein. Keine Altstadttour und keine Pläne für die nächsten Tage«, stoppte Martin den Gedankenzug in voller Fahrt. »Ich reise nach der Beerdigung gleich ab. Liliane erwartet mich.«

»Ich dachte, sie ist tot.«

»Nicht in meinem Herzen. Ich besuche sie jeden Tag auf dem Nordfriedhof.«

»Dann wird es Zeit für eine Ausnahme. Sobald der alte Pelzer morgen unter der Erde ist, geben wir Vollgas. Das Leben ist zu kurz für Trübsal und drei Runden um den Friedhof.«

»Ich habe mein Leben gelebt, Toto. Jetzt bereite ich mich auf die letzte Reise vor. Warum hast du eigentlich keine Frau?«

»Oh, ich hatte eine«, antwortete Toto und füllte zwei Schnapsgläser mit Kräuterlikör. »Sie hat mich nach zweiundzwanzig unglücklichen Ehejahren verlassen und eine weitere kann ich mir nicht leisten.«

»Kinder?«

»Ja, zwei. Einen Sohn und eine Tochter, schätze ich.«

»Warum musst du schätzen?«

»Seit der Trennung von Rosa habe ich die beiden samt

den Enkelkindern nur selten zu Gesicht bekommen. Wir telefonieren. Hin und wieder.«

»Du bist Großvater?«, fragte Martin ungläubig.

»Ich denke schon. Peter erwähnte mal so was. Ich glaube, er hat zwei Kinder. Einen Jungen und ein Mädchen.«

»Du hast sie nie gesehen?«

»Was fragst du mich nach meinem Privatleben aus? Erzähl mir lieber etwas von deiner Liane.«

»Liliane«, korrigierte Martin und setzte ein breites Lächeln auf, das postwendend in einen Weinkrampf überging.

»Ist schon gut, Martin. Du bohrst nicht in meinen und ich nicht in deinen Wunden herum. Wir sind hier, um Spaß zu haben.« Toto legte Martin eine Hand auf die Schulter. Der ließ es geschehen und nickte dazu, als hätten sie ein Abkommen erzielt.

Kapitel 5

Etwas Feuchtes schlabberte über Martins Wangen und näherte sich seinem Mund. Bis zuletzt hoffte er auf einen Traum, bis er seine Augen aufschlug.

»Hilfe!«, schrie er vor Schreck und erntete ein beleidigtes Bellen, während Toto im ausgebeutelten Schlafanzug um die Ecke schoss.

»Das ist übrigens Franz Ferdinand, mein Dosenöffner auf der Pirsch, falls du verstehst, was ich damit meine.«

»Ich kann mir kaum vorstellen, dass die Masche funktioniert. Und mehr möchte ich darüber nicht erfahren, falls *du* verstehst, was ich damit meine.«

Martin strich mit dem Handrücken über die feuchte Stelle an der Wange. Ein lang gezogener Speichelfaden zog sich vom Mittelfinger bis zum Handgelenk.

»Er schläft normalerweise draußen, da er leider etwas mieft. Ich hole ihn nur zum Füttern hoch«, meinte Toto.

»Wie rücksichtsvoll von dir.«

»Dafür bist du jetzt gewaschen und kannst direkt zum Frühstück kommen. Ich habe uns ein paar Brötchen aufgebacken und eine Flasche Sekt geköpft.«

»Sekt am frühen Morgen? Wir gehen auf eine Beerdigung, Toto.« Martin starrte immer noch fasziniert auf den Speichel an der Hand.

»Eben drum. Da müssen wir für frischen Schwung sorgen.«

Franz Ferdinand saß eingerollt zu Martins Füßen, während

er gelangweilt auf dem Beifahrersitz saß und aus dem Seitenfenster schaute. Es war verdammt lang her, dass er durch die Straßen seiner alten Heimat kutschiert war, und gefühlt hatte sich seitdem nicht viel verändert.

»Hat sich einiges getan in Gladbach«, schwärmte Toto und parkte rückwärts ein, indem er die rechte Handfläche als Drehscheibe benutzte.

»Sehe ich nichts von.« Auf Martin wirkte die Stadt trist und depressiv. Jedes zweite Geschäft war geschlossen, der Rest ein Mix aus Dönerbuden und 99-Cent-Discountern.

»Die Veränderungen stecken im Detail. Wir haben jetzt ein Shoppingcenter in der Innenstadt und eine Markthalle, die nie eröffnet wurde. Ach ja, und am Geroweiher gibt es einen Kanal wie in Venedig. Nur ohne all die ganzen Boote.« Toto quälte sich ungelenk ins Sakko, das während der Fahrt auf seinem Schoß gelegen hatte.

»Ich kann nicht glauben, dass du dieses scheußliche Ding tatsächlich anziehst.«

»Das habe ich mir gleich nach der Scheidung in der Türkei gekauft. So was macht Eindruck bei den Frauen, du wirst schon sehen…«, konterte Toto und stieg aus dem Auto.

»Wir sind zu einer Beerdigung geladen.«

»Ja, aber den größeren Teil des Tages verbringen wir beim Kaffeeklatsch im Café Rosenheim, und dahin passt das gute Stück wie die berühmte Faust aufs Auge.«

Sie stiegen aus dem Wagen und überquerten die Straße, wo das schmiedeeiserne Friedhofsgatter wie ein Höllenschlund geöffnet stand. Die spitzen Gitterstäbe stießen unheilvoll in den wolkenverhangenen Himmel und verursachten ein flaues Gefühl in Martins Magen. Am liebsten hätte er sich einfach umgedreht und wäre zum Hauptbahnhof gerannt, um den nächsten Zug nach München zu erwischen. Zu viele Erinnerungen kamen hoch und die betretenen Mienen der Trauergäste taten das Übrige dazu. Eine Dame mit schwarzem Schleier auf dem Kopf saß im Rollstuhl vor dem

Sarg und betete vor einem Foto. Die aufgedunsene Visage in Schwarz und Weiß erinnerte kaum noch an den Schlaks aus ihrer Schulzeit und Martin fühlte sich einmal mehr fehl am Platz auf dieser Trauerfeier.

»Wir sollten besser gehen«, stieß er Toto in die Rippen, der sich angestrengt nach allen Seiten umsah.

»Wir sind gerade erst gekommen. Und schau mal, wer sich in die hinterletzte Reihe verzogen hat und so tut, als hätte sie uns nicht gesehen?«

»Keine Ahnung. Wer soll das sein?«

»Deine Flamme Frederike.«

»Die Giraffe mit den Silberlocken, das soll Frederike sein?«

»Na, du bist mir ja ein Casanova. Aber zugegeben, sie bräuchte ein wenig Tuning, um in Schuss zu kommen. Lass uns zu ihr rübergehen.«

»Niemals, Toto. Ich bleibe hier.«

»Gerade wolltest du noch gehen.«

»Du hast mich in diese Beerdigung gequatscht und sobald der Mann auf diesem Foto unter der Erde ist, bin ich hier verschwunden.« Martin wollte etwas Beleidigendes hinzufügen, schluckte es jedoch herunter. Immerhin waren sie in einer Kirche und Kirchen waren seiner Liliane immer heilig gewesen.

Vier Träger wuchteten den schwarz lackierten Eichensarg bis an den Rand der ausgehobenen Grube, die in einer Reihe mit fünf Gräbern lag. Martin sah sich vorsichtig unter den Trauergästen um, aber bis auf Frederike, die er niemals mehr erkannt hätte, sagten ihm die anderen Gesichter nichts. Umgekehrt würde es den Leuten ähnlich gehen, da hätte er gut und gern in München bleiben können. Warum war er nur den weiten Weg gekommen? Um von einem Schulkollegen Abschied zu nehmen? Sicher nicht. Um Toto wiederzusehen? Noch viel weniger. Um von seiner eigenen Trauer abgelenkt zu werden? Vielleicht. Wobei er sich mittlerweile fragte, ob es klug war, sich mit einer Beerdigung von einer Beerdigung ablenken zu wollen. Aber vielleicht ergeben Minus und Minus am Ende Plus und so wartete er geduldig ab, bis auch der letzte Gast ein Häufchen Erde auf den Sarg geworfen hatte.

Das Café Rosenheim existierte schon zu ihrer Jugendzeit und war der Treffpunkt für die gut betuchte Oberschicht gewesen. Unternehmerfamilien, die mit ihren Textilbetrieben reich geworden waren, bevor Asien den Markt zerstörte. Heute war das Publikum durchmischt und überaltert. Man traf sich zu Geburtstagen, Jubiläen oder halt Beerdigungen.

»Ich werde nicht lange bleiben, Toto. Mein Zug fährt um kurz nach drei.«

»Sei kein Spielverderber, es wird sicher amüsant werden.«

»Keine Ahnung, worauf du dich so freust, Toto. Du hast sie doch gesehen, die alten Flammen.«

»Ganz schön abgebrannt, da gebe ich dir recht. Aber alte Flammen haben vielleicht lodernde Töchter, und da kommen wir ins Spiel.«

Martin konnte über derlei Selbstüberschätzung nur den Kopf schütteln und schaute durch die Vitrine des Cafés, wo die ersten Gäste an einer langen Tafel Platz nahmen. Keiner sah besonders traurig aus, und man schien sich eher auf ein kostenloses Mahl zu freuen.

Ein dünner Mann mit Glatze und offensiv gefärbtem Schnauzbart winkte eifrig, als sie das Café betraten. Er deutete auf zwei freie Plätze neben ihm, auf dem schon Kuchenteller standen.

»Wer ist der Kerl mit diesem ekelhaften Schnäuzer?«

»Mensch, Martin. Das ist unser Freund Rüde. Er hatte früher diese dichten schwarzen Locken… jetzt trägt er sie ein wenig luftiger.«

»Rüde…«, grummelte Martin ungläubig. Niemals hätte er

den Mann mit den listigen Augen und eingefallenen Wangenknochen als Rudolf Theißen aka Rüde wiedererkannt.

»Hallo Toto, schön dich zu sehen. Und ist das nicht... unser... na sag schon...«, frohlockte Rüde, der bereits bei Sahnetorte und einem Kännchen Filterkaffee saß.

»Martin Wendlinger«, stellte sich Martin förmlich vor.

»Ja, richtig. Martin Wendlinger... der Streber, der ins feine München umgezogen ist. Toto hat mir davon erzählt. Ganz schön teuer da im Süden, was?«

»Ich komme klar.«

»Ich habe für euch bereits Kaffee und Kuchen organisiert, bevor die ganze Bagage hier hereinplatzt. Ist alles umsonst heute.«

Zur Untermalung der eigenen Worte stopfte sich Rüde die Kuchengabel in den Mund und malmte die Sahnemischung genussvoll hin und her.

»Schwarzwälder Kirsch. Das teuerste Stück in der Vitrine. Habe ich alles gecheckt, während ihr auf dem Friedhof wart.«

»Du warst nicht auf der Beerdigung?«

»Wieso sollte ich? Das macht den alten Pelzer nicht wieder lebendig, außerdem kannten wir uns kaum. Später gibt es übrigens noch Schnittchen sowie Bier und Schnaps.«

»Immer noch der alte Sparfuchs.« Toto grinste und nickte einer Dame zu, die etwa Mitte fünfzig war.

»Wer ist das?«, fragte Rüde.

»Keine Ahnung. Aber sie macht einen offenen und geschiedenen Eindruck.« Toto kniff ein Auge zu.

»Jedenfalls, schön dass wir uns Wiedersehen und den Tag sogar gesponsert kriegen.« Rüde schien in seinem Element zu sein und bestellte Kaffee nach, obwohl die Tasse noch halb voll war.

»Ich bleibe nicht lange.«

»Entspann dich, Martin. Was hast du Besseres vor, als mit uns auf alte Zeiten anzustoßen?«, grätschte Toto dazwischen. »Hilf mir Rüde. Wir müssen unseren Gast aus München locker machen und zum Bleiben überreden.«

»Das sollten wir hinbekommen.« Rüde strich über den Schnauzbart, an dem ein großer Klumpen Sahne klebte und sah sich nach der Bedienung um.

Während Martin abwechselnd vom Kuchenteller auf die Uhr schaute und die Minuten bis zur Abfahrt zählte, gingen Rüde und Toto die Trauergäste durch, um auf alte Bekanntschaften zu schließen.

»Tina Schüssler.«

»Niemals.«

»100 Prozent ist das Tina Schüssler. Die hatte schon in jungen Jahren respektable Hupen, wenn ich mich an den Schwimmunterricht erinnere«, argumentierte Toto und versuchte, unter der weißen Bluse etwas auszumachen.

»Da ist aber nichts«, widersprach Rüde.

»Orientieren sich nach Süden.« Toto kniff die Augen zusammen, um besser sehen zu können.

»Soll ich dir meine Brille leihen?« Martin war von der Quizrunde genervt, zumal er froh gewesen war, niemanden erkannt zu haben.

»Nicht nötig. Ich sehe wie ein junger Adler.«

»Sagt wer?«

»Sage ich.« Toto gab das Kniffeln mit den Augen schließlich auf und knöpfte sich den nächsten vor. »Wer ist der korpulente Kerl mit den roten Backen?«

»Keine Ahnung.«

»Markus Bergmann«, half ihnen Martin auf die Sprünge.

»Das ist der Bergmann? Der Schönling mit den blonden Haaren, die so akkurat geschnitten waren wie bei diesem Boxer Ivan Drago? Der hat die Frederike flachgelegt, noch bevor du dich getraut hast, mit ihr anzubandeln.«

»Ich habe niemals mit ihr angebandelt, Toto.«

»Zumindest kannst du dich an deinen Widersacher gut erinnern.«

Toto hatte recht. Dieser Markus Bergmann war zu ihrer Schulzeit der Mädchenschwarm gewesen. Nur, wenn er eine hatte abblitzen lassen, konnte man sich aus zweiter Reihe an sie heranwagen. Bei Frederike war das nie der Fall gewesen und so blieb sie bis zuletzt ein Schwarm für Martin, bevor er den bedeutungsvollen Trip nach München unternommen hatte. Gott sei Dank, dachte er sich jetzt in Anbetracht ihrer Entwicklung und schlug Toto und Rüde einen Themenwechsel vor.

»Du hast recht. Wir haben uns Ewigkeiten nicht gesehen und in der Zwischenzeit ist viel passiert. Also leg los, Martin.«

»Bei mir gibt es nichts zu erzählen. Nicht mehr. Wie du weißt Toto, ist meine Frau vor einem halben Jahr gestorben. Wir haben keine Kinder, und so lebe ich allein in unserer kleinen Stadtwohnung und bereite mich aufs Ende vor. Das war es in aller Kürze.«

»Was hast du denn beruflich bei den Bazis so getrieben? In Bayern muss man eine Menge Geld verdienen, habe ich gehört«, hakte Rüde nach.

»Ich war Ingenieur bei Dornier, bis man das Werk geschlossen hat. Man hat nicht schlecht verdient, doch im Vergleich zu heute eindeutig zu wenig. Was ist mit euch? Was macht ihr den ganzen Tag?«

»Mir geht es blendend.«

»Das klingt vieldeutig, Rüde. Können wir vielleicht mehr erfahren?«

»Was klingt an *blendend* für dich vieldeutig, Toto? Bis auf ein paar Magenschmerzen hin und wieder geht es mir bestens. Was braucht man denn im Alter, außer Gesundheit und einen überdachten Platz zum Schlafen?« Rüde fühlte sich offensichtlich auf den Schlips getreten.

»Erlebnisse. Das ist alles, was noch zählt. Unsere Tage werden immer weniger und was nützt das Geld, wenn es auf dem Konto liegt und Wurzeln schlägt. Ich will leben und auch lieben.« Toto hob die Kaffeetasse wie zu einem Toast, und sah sich nach der Fünfzigjährigen von Gegenüber um.

»Champagner trinken, Cabrio fahren, die große Freiheit spüren«, ergänzte er, als hätte er das Motto der Französischen Revolution neu definiert.

»In der Wohnung deiner Eltern.« Martin nervte das aufgesetzte Freiheitsdenken. Warum konnte Toto sich nicht altersgerecht verhalten und die jungen Leute machen lassen. Sie hatten ihr Leben gelebt.

»Tja. Alles kann man wohl nicht haben. Dafür habe ich noch jede Menge Spaß. Lebst du mit jemandem zusammen, Rüde?«

»Natürlich lebe ich mit jemandem zusammen. Was ist das für eine Frage?«

»Dann erzähl uns von ihr.«

»Es ist ein ihm.« Rüde schaute sich verlegen nach dem Personal um.

»Du bist… du warst doch damals nicht… also zumindest hat keiner was bemerkt.« Toto stotterte verlegen.

»Ich bin nicht schwul, falls du das damit ausdrücken wolltest. Ich lebe bei meinem Schwiegersohn.«

»Also bei deiner Tochter?«

»Nein, die ist ausgezogen.« Rüde fummelte verlegen am Schnauzbart in Ermangelung an Alkohol, Zigaretten oder einem Handy, während Toto die Kellnerin lautstark an den Tisch bestellte.

»Hören Sie, Schätzelein. Mein Freund Martin muss in einer Stunde aufbrechen, um den Zug nach München zu erwischen. Als wenn das nicht schon schlimm genug wäre, kommt er, nach ihrer Auslegung der Alkoholregeln, nicht mehr in den Genuss eines leckeren Altbieres. Könnte man ihm zuliebe eine Ausnahme machen?«

»Nun ja, es ist erst 14 Uhr. Bier gibt es erst ab fünf…«, stotterte die schüchterne Bedienung, die sich anlassbezogen, in eine schwarze Uniform gezwängt hatte.

»Schauen Sie sich diese betagte Runde an. In drei Stunden könnte so mancher von denen nicht mehr unter uns sein. In unserem Alter zählt jede Minute.«

»Ich weiß nicht, was meine Chefin dazu sagen wird.« Die junge Frau sah sich verlegen um und blieb an einer hochgewachsenen Dame hängen, die an der Kasse saß und Belege sortierte.

»Bringen Sie uns unauffällig drei Altbier vom Fass und ich sorge dafür, dass keiner hier die Kurve kratzt.«

»Machen Sie sechs daraus und bitte die Großen«, ergänzte Rüde.

Die Bedienung verschwand, während Toto den Gesprächsfaden wieder aufnahm.

»Also Rüde, warum lebst du mit deinem Schwiegersohn zusammen?«

»Weil es für uns beide das Beste ist. Karola, also meine Tochter, hatte ihn, also Arno, ohne einen Cent im Portemonnaie sitzenlassen. Sie hat einfach ihre Sachen gepackt und ist bei einer Freundin eingezogen. Ich habe sie nicht mal gehen hören, obwohl ich auf der Couch geschlafen habe.«

»Du wohnst schon länger bei den beiden?«

»Nein, erst seit drei Jahren.«

»Vielleicht war das der Grund, warum Karola ausgezogen ist?«, mutmaßte Toto.

»Kann ich mir nicht vorstellen. Ich habe ihnen erst mal beigebracht, wie und wo man Geld einsparen kann. Durch mich hatten sie immerhin Kohle auf dem Konto, was Karola dann geplündert hat. Jetzt arbeiten Arno und ich daran, es wieder auszugleichen.« Rüde trank das erste Bier in einem Zug aus und unterdrückte den anschließenden Rülpser.

»Und woran arbeitet ihr gemeinsam?« Toto ließ nicht locker, während Martin geistig abgedriftet war. Was interessierte ihn Rüdes langweiliges Leben? Solche Scharmützel hatte es in seiner Ehe nie gegeben und er beglückwünschte sich einmal mehr, keine Kinder in die Welt gesetzt zu haben.

»Na ja. Arno hat einen Bürojob bei den Stadtwerken, der nicht sonderlich viel einbringt, aber solide und vor allem sicher ist. Seit Corona darf er von zu Hause arbeiten, und ich helfe ihm dabei, damit er währenddessen kellnern gehen kann. Das bleibt bitte unter uns, denn wenn Karola von dem Geld erfährt, kommt sie sicherlich zurück. Und das will keiner von uns beiden.«

»Aber wie kannst du ihm helfen? Du warst doch Fliesenleger?« Toto runzelte die Stirn.

»Na ja, ich bewege seine ... ihr wisst schon ... dieses Ding, was über den Tisch rollt und auf so einem Teppich liegt.«

»Du bedienst eine Computermaus?«, schaltete sich Martin in den Dialog mit ein.

»Ist gar nicht so kompliziert. Alle zehn, fünfzehn Minuten muss ich das Teil hin und herschieben, damit der Bildschirm leuchtet und Arnos Vorgesetzte denken, dass er vor dem Rechner sitzt und arbeitet.«

»Warum bist du überhaupt zu deiner Tochter und ihrem Mann gezogen?«, fragte Toto.

»Na wegen der Kohle. Von tausend Euro im Monat kann niemand wirklich leben. Manchmal ist das Leben hart und ungerecht.«

Sie tranken eine weitere Runde Altbier, als Martin plötzlich mit Entsetzen auf die Uhr sah. Nur noch zwanzig Minuten, um den Zug nach München zu erreichen. Mitten im Gespräch stand er kerzengerade auf und orderte ein Taxi. Normalerweise kam er stets zu früh zu allen wichtigen Terminen, wozu für ihn auch eine Zugfahrt zählte. Jetzt würde er Blut und Wasser schwitzen und musste sogar hoffen, dass die Bahn Verspätung haben würde. Zum Abschied tippte er sich an die Stirn als Zeichen, dass er seine Schuldigkeit getan hatte, und wünschte seinen Freunden noch ein schönes Leben.

Immer wieder starrte Martin verzweifelt auf die Uhr oberhalb des Taxameters, die gegen ihn und seine Zugfahrt lief. Noch drei kurze Minuten, und er war immer noch zwei Ampeln weit entfernt vom Hauptbahnhof. Dann noch der Bezahlvorgang und das Herausholen des Gepäckstücks aus dem Kofferraum. Eigentlich unmöglich. Martin fingerte einen Zwanziger aus dem Portemonnaie heraus und legte ihn aufs Armaturenbrett. Noch während der Fahrt schnallte er sich ab und öffnete die Seitentür, sodass dem verdutzten Taxifahrer nichts anderes übrig blieb, als eine Vollbremsung hinzulegen.

»Kofferraum. Aufmachen. Schnell.«

Martin schnappte seinen Koffer und hastete durch die Bahnhofshalle bis zum Bahnsteig hoch. Erst als er auf die menschenleere Plattform stieg, spürte er das Brennen in den Oberschenkeln. Die Luft blieb weg und er musste sich an einem Werbedisplay abstützen. Kein Zug stand mehr im Gleis, nur ein einsamer Schaffner saß in einem Unterschlupf und blickte angestrengt aufs Handy.

»Die Regionalbahn nach Düsseldorf?« Die Worte kamen im Stakkato wie Brocken aus Martins Mund.

»Fährt heute ausnahmsweise von Gleis zwei. Wenn Sie sich beeilen …«

Das brauchte man ihm nicht zweimal sagen. Martin ignorierte das Schwindelgefühl, drehte sich um die Achse und … landete auf allen vieren. Ein Tropfen Blut quoll aus dem Riss an seinem linken Hosenbein, doch der Adrenalinschub des Sturzes ließ ihn sofort wieder aufstehen. Mit Erleichterung stellte er fest, dass der Zug noch immer dastand.

»Um Himmels willen. Ist Ihnen etwas passiert?« Der Schaffner hatte den Unterschlupf verlassen und kam mit besorgter Miene auf ihn zugelaufen.

»Ich muss den Zug erwischen.« Martin zeigte wie in Zeitlupe auf die Reihe von Waggons, die sich mit einem trägen Ruck in Gang setzten.

»Das schaffen Sie dann wohl nicht mehr.« Der Bahnbeamte legte seine rechte Hand auf Martins Schulter, als wolle er ihn vor einer Kurzschlussreaktion bewahren. »Ist heute vielleicht besser so«, fügte er hinzu.

»Wieso? Wann kommt der nächste Zug?«

»Offiziell in einer Stunde, doch von Holland kommt ein Sturmtief auf uns zu, falls Sie es noch nicht gehört haben. Übrigens Sie bluten.«

»Halb so wild.« Martin bemerkte zum ersten Mal den Wind, der gegen das klapprige Dach des Mönchengladbacher Hauptbahnhofs stürmte. Es knirschte an allen Verstrebungen und man musste Angst haben, dass Glassplitter oder Metallteile herunterbrechen würden. Er war so sehr in seinen Wettlauf gegen die Zeit vertieft gewesen, dass er bisher vom Sturm keine Notiz genommen hatte.

»Gehen Sie besser nach Hause, bevor es schlimmer wird. Das da draußen und das mit Ihrem Bein. Morgen ist auch noch ein Tag. Und übermorgen übrigens auch.« Der Schaffner lächelte mitfühlend.

»Nein, das geht nicht. Ich muss heute noch nach München.«

»Nichts ist wichtiger als das eigene Leben und niemand weiß, ob der nächste Zug noch kommt. Über 50 Prozent der Verbindungen wurden schon gecancelt.«

»Mein Leben ist mir egal. Ich warte hier.«

»Dann gehen Sie wenigstens nach unten in die Bahnhofshalle. Da ist es geschützt und Sie können einen Kaffee trinken.« Der Schaffner schloss die kleine Plastikbude ab und stieg gemächlich die Treppenstufen hinunter.

Martin war nun allein und setzte sich auf den Koffer, was er früher nie getan hätte. Liliane hatte stets besondere Sorgfalt auf ihre gemeinsamen Sachen gelegt, zu denen auch das Reisegepäck zählte. Dadurch hielt alles Ewigkeiten und musste selten oder nie ersetzt werden. Nicht gut für die Wirtschaft, aber eine Wohltat für Nostalgiker wie Martin, die in jedem Gegenstand eine Enzyklopädie aus Erinnerungen sahen. Noch fünfzig Minuten bis zum Eintreffen des nächsten Zugs. Er würde einfach hier sitzen bleiben und dem Sturm Paroli bieten.

Kapitel 6

Ein Sonnenschirm knallte gegen die Vitrine und brachte Toto aus dem Konzept. Er wollte Inge gerade fragen, ob sie in den nächsten Tagen mit ihm Essen gehen würde, als die Aluminiumstange einen hässlichen Kratzer auf der Scheibe hinterließ. Inge war die attraktive Blondine, die nach Martins Verschwinden zu einem Hoffnungsschimmer für ihn geworden war. Vielleicht würde sich aus dem Beerdigungskaffee am Ende was ergeben und so versuchte er, die Unterhaltung wieder aufzunehmen.

»Machen Sie sich keine Sorgen, Teuerste. Das war nur ein Windstoß, der uns zusammenführen will.«

»Das war kein Windstoß, sondern ein Orkan, und ich sollte schleunigst hier verschwinden.« Inge suchte mit den Augen bereits nach ihrer Tasche, während sich die Trauergemeinschaft panikartig auflöste.

»Ich bringe Sie selbstverständlich zu Ihrem Fahrzeug«, bot Toto an, während Rüde verzweifelt versuchte, zwei ältere Damen zum Bleiben zu überreden.

»Nicht nötig. Bis zum Auto schaffe ich es selbst und nichts für ungut, aber wenn ich mit einem alten Mann spazieren gehen möchte, dann fahre ich zu meinem Vater ins Seniorenheim.« Inges Worte hallten in Totos Ohren wie eine schallende Ohrfeige. Früher hätte er darauf eine witzige Antwort gegeben, heute nickte er verlegen und wünschte einen schönen Abend.

Nachdem er sich vergewissert hatte, dass Rüde noch ein Weilchen bleiben würde, hetzte er nach draußen, um nach

Franz Ferdinand zu sehen. Der kläffte unter einem Blätterwald aus Zweigen, die sich dekorativ auf Lack und Polstern gleichmäßig verteilt hatten. Ein abgetrennter Ast lag mitten auf der Motorhaube und hatte eine Delle hinterlassen.

»Ist ja gut, mein Kleiner. Kein Grund laut zu werden.« Toto schloss das Verdeck und trennte die Hundeleine vom Lenkrad, um Franz Ferdinand mit ins Café zu nehmen. Bei dem Chaos würde sicher keiner mehr auf die »Wir-bleiben-draußen«-Regel pochen. Nur noch Rüde saß teilnahmslos am Kopfende des Tischs, während das Personal hektisch um ihn herumtanzte, um die Tafel vor dem Feierabend abzuräumen.

Zwanzig Minuten und zwei Schnäpse später, standen sie Arm im Arm am Straßenrand und schauten fasziniert zum Park, der zum Spielball der Natur geworden war. Überall flogen lose Äste und Zweige herum, ein Mülleimer rollte über den Gehweg und landete in einem Teich.

Der Vorplatz des Cafés sah wie ein Katastrophengebiet aus, während drinnen bereits alles abgedunkelt war.

»Was machen wir jetzt?«, fragte Rüde mit belegter Stimme.

»Wir warten auf den Blitz, der uns erschlägt.«

Wie auf Kommando tauchten die Scheinwerfer eines Taxis auf und blendeten Toto, der die Hände schützend vors Gesicht nahm. Ein zerknirschter Martin stieg widerwillig aus und kratzte seinen Koffer von der Rückbank. Das Hosenbein war aufgerissen und er hinkte merklich, als er auf sie zukam.

»Hat man dich zusammengeschlagen oder hast du es dir anders überlegt?«, fragte Toto.

»Wegen dir habe ich den letzten Zug verpasst und jetzt traut sich keiner mehr nach München. Wegen diesem lauen Lüftchen.« Martin deutete mit der freien Hand zum tiefschwarzen Himmel, der prompt mit einer Böe retournierte. Auch wenn der Nachmittag anders als geplant verlaufen war, freute sich Toto über Martins Rückkehr zum Café. Vielleicht würden sie in der Stadt noch eine offene Kneipe finden und so stellte er sich vor das Taxi, damit es ja nicht ohne sie davonfuhr. Nach anfänglichem Widerstand willigte der Fahrer schließlich ein und startete das Fahrzeug. Ein E-Auto, wie Toto stolz bemerkte und Martin dabei in die Rippen stieß. Der hatte sich zumindest beruhigt und das Protestgehabe eingestellt, als der Fahrer sie vor einem leer stehenden Ladengeschäft am alten Markt hinausließ.

Üblicherweise saß hier die Jugend an Bistrotischen und feierte bis in die tiefe Nacht, heute sah der Platz jedoch verriegelt und verrammelt aus. Man bereitete sich auf einen Krieg mit dem Orkan vor und niemand erwartete noch Gäste für den Abend. Toto schlug die Beifahrertür zu und wich einem Stück Plastikfolie aus, das sich von einem Baugerüst gelöst hatte. Er wollte keineswegs nach Hause gehen, denn vielleicht war das die letzte Chance, gemeinsam einen draufzumachen und der Sturm war nur die Titelmelodie für einen fulminanten Absturz.

Die blinde Entschlossenheit bröckelte, als selbst die übelsten Kaschemmen abgedunkelt waren. Auch der China-takeaway und die Imbissbude Dürüm Dürüm mit dem Wahlspruch: *»Nur mein Döner macht dich schöner«* hatten geschlossen, obwohl sie keine Ruhetage kannten. Eigentlich war es sinnlos, zwischen den dunklen Bars umherzustreifen, zumal Martin augenscheinlich Schmerzen hatte und das linke Bein nachzog.

Als er bereits frustriert aufgeben wollte, erspähte Toto die Leuchtreklame einer Bar mit Namen *Dicker Turm,* die dem Sturm zu trotzen schien. In den Fenstern des mittelalterlichen Gewölbes flackerte Kerzenlicht und Gelächter schallte auf den Bürgersteig hinaus.

»Willkommen im dicken Turm!« Ein Barkeeper mit tätowierten Oberarmen deutete auf eine Auswahl freier Tische und füllte drei Gläser voll mit Schnaps. »Die erste Runde geht aufs Haus. Für die nächste müsst ihr selbst bezahlen. Ich bin übrigens Guffi.«

»Martin, Rüde, der Hund heißt Franz Ferdinand und ich bin Toto. Wir kommen aus Gladbach.«

»Ich komme aus München«, korrigierte Martin und schaute sich im *Dicken Turm* um, den er entfernt aus seiner Jugend kannte. Damals waren sie zum Kartenspielen hergekommen.

»Oh, der feine Marty kommt aus München, der Stadt des deutschen Fußballmeisters.« Guffi verzog sein Gesicht zu einer Grimasse.

»Ich heiße Martin und mache mir nichts aus Fußball.«

»Das solltest du vielleicht, denn dann hättest du hin und wieder einen Grund zum Feiern.« Guffi lachte über seinen eigenen Spruch und spülte ein paar Gläser ab.

»Wo er recht hat, hat er recht.« Toto nickte bestätigend und bestellte für Franz Ferdinand eine Schüssel Wasser.

»Das ist mit Schuss. Mit Verlaub, dein Köter sieht so aus, als könnte er was Stärkeres gebrauchen.« Guffi stellte Franz Ferdinand eine Wasserschale hin und drehte den nächsten Song auf volle Lautstärke. *Thunderstruck* von ACDC.

»Jungs, sie spielen unser Lied«, jubelte Rüde und griff zum Glas, um anzustoßen.

»Hey, habt ihr Lust auf ein Duell?«

Erst jetzt bemerkte Toto die drei jungen Leute, die etwas versteckt in einer Nische saßen und in ein Würfelspiel vertieft waren. Zwei Männer mit sichtbarem Bauchansatz und glasigen Augen sowie eine unscheinbare Frau mit einer opulenten Dauerwelle. Vielleicht Studenten oder Auszubildende, die anscheinend ordentlich getrunken hatten.

Während Martin sein Knie mit einem nassen Taschentuch betupfte und so tat, als hätte er die Frage überhört, hakte Toto nach und fragte nach dem Spieleinsatz.

»Wer weniger verträgt, verliert, und zahlt die Zeche.« Der größere der beiden Jungs grinste breit. Er trug ein weißes

Unterhemd, darüber eine Goldkette mit extragroßen Gliedern.

»Die können wir locker schlagen, schließlich haben sie ein Mädchen in der Runde. Also was meint ihr?« Toto wollte das Wiedersehen mit einem gemeinsamen Erlebnis krönen und fühlte sich fit für ein Saufduell der alten Schule.

»Ich mache bei so was nicht mit.«

»Ach Martin, stell dich nicht so an. Die Grünschnäbel schaffen wir locker, zumal sie jetzt schon völlig Hacke sind. Was meinst du Rüde?«

»Das kann teuer werden. Ich kann mir gar nicht leisten zu verlieren. Außerdem haben wir auch schon was getrunken.«

»Dann dürfen wir halt nicht verlieren!« Toto drehte sich herum und reckte seinen Daumen hoch. »Also gut, wir sind dabei. Aber die Kleine da trinkt mit.«

»Hey, Guffi, wir haben ein Duell«, grölte der junge Mann im Unterhemd, während der Barbesitzer eine Flasche Kräuterlikör auf den Tresen stellte. »Die Demenz-WG am Nachbartisch will unsere Rechnung übernehmen.« Schallendes Gelächter folgte, als hätte man sich selten besser amüsiert.

»Demenz-WG? Hat uns dieses Milchbrot etwa als dement bezeichnet?« Martin legte das Jackett ab und krempelte die Ärmel hoch. Es sah so aus, als wolle er sich prügeln, stattdessen orderte er selbstbewusst die erste Runde, und das Trinkduell nahm seinen Lauf.

Kapitel 7

Martin öffnete die Augenlider einen Spaltbreit und blickte auf den Hund, der neben ihm auf dem Kissen lag und schnarchte. Er war unfähig, sich zu bewegen, während der Metallhammer im Kopf dumpfe Schläge gegen seine Schädeldecke prügelte. Was war letzte Nacht passiert und wo waren Toto und Rüde? Allein der Gedanke strengte ihn an und er schloss die Augen, um möglichst wieder einzunicken. München, der Zug, Liliane, das Grab. Ein Alarm aus Verpflichtungen schrillte in ihm auf und die plötzliche Bewegung riss Franz Ferdinand aus seinen Hundeträumen.

»Du stinkst«, sagte Martin und hauchte in die Handflächen. »Ich muss mich korrigieren. Ich stinke.«

Er scheuchte den Hund aus Totos Bett, in dem er wohl die Nacht mit ihm verbracht hatte und starrte auf den digitalen Wecker. 12.35 Uhr. Wann hatte er zuletzt so lange geschlafen? Er konnte sich nicht daran erinnern, da sowohl er als auch Liliane überzeugte Frühaufsteher waren. Alles jenseits 7.30 Uhr galt für ihn als verschlafen und so musste der heutige Fauxpas eine Ausnahme bleiben. Martin schlug die Bettdecke zur Seite, nur um festzustellen, dass er noch in seinem Anzug steckte, was ein zweites schlechtes Zeichen war. Was war nur gestern Nacht passiert?

Er konnte sich an den verpassten Zug, den Sturm, den Sturz und auch an die Runden Schnaps im *Dicken Turm* erinnern. Bei dem Gedanken wurde ihm speiübel und so quälte er sich endlich aus dem Bett, um möglichst schnell ins Bad zu kommen. Der Anblick im Wohnzimmer jagte einen

Schauer des Entsetzens über seinen Rücken. Während Rüde kopfüber auf der Sofalehne hing, hatte sich Toto wie ein Embryo um einen Küchenstuhl geschlungen. Nicht schon wieder ein Abgang, schoss es Martin durch den Kopf, der eine aufkeimende Panikattacke verspürte. Das Herz schlug viel zu schnell und Schweiß bedeckte seine Stirn.

»Toto! Rüde! Lebt ihr noch?« Er füllte ein Glas mit Leitungswasser bis zum Rand und spritzte es Toto ins Gesicht.

»Was… was ist?« Toto schreckte hoch und sah aus, als wäre er über Nacht auf 90 Jahre hochgealtert.

»Wir haben verschlafen.«

»Bist du verrückt? In meinem Alter hättest du mich mit der Wasserdusche töten können.« Toto setzte sich auf und schielte zu Rüde, der noch immer mit dem Gesicht nach unten über der Sofalehne lag.

»Was ist mit dem?«

»Keine Ahnung. Ich bin erst zu dir gekommen.«

Toto robbte auf allen vieren Richtung Rüde und kontrollierte dessen Atem.

»Er lebt!«, gab er Entwarnung und Rüde einen Klaps auf die Wange.

»Lasst mich einfach sterben«, jammerte der und versuchte, sich aufzurichten.

»Was für eine Nacht!«, schwärmte Toto, der sich neben Rüde auf das Sofa setzte.

»Grauenvoll.«

»Es ist alles weg…« Martin schüttelte entnervt den Kopf.

»Das glaube ich dir gern«, schmunzelte Toto. »Du hast den Dummschwätzer im Unterhemd am Ende ganz allein geschlagen.«

»Ich? Sicher nicht. Wenn ich mich nur erinnern könnte…« Vorsichtig betastete Martin seine pochende Stirn, als würde das die Erinnerung zurückbringen.

»Toto sagt die Wahrheit, Martin. Du hast uns vor der Niederlage bewahrt. Und die wäre uns teuer zu stehen gekommen. Dabei fällt mir ein...« Rüde schnellte vom Sofa hoch, um gleich wieder zurückzufallen.

»Oh, mein Gott. Mein Schädel... Ich brauche ein Aspirin und Wasser. Einen ganzen Kübel Wasser. Wie spät ist es?«

»12.54 Uhr mittags.« Martin füllte zwei Gläser voll mit Wasser und reichte sie seinen Freunden.

»Das kann... das darf nicht sein. Ich muss arbeiten.« Rüde machte ein verzweifeltes Gesicht.

»Du bist Rentner, du brauchst nicht mehr zur Arbeit.«

»Du verstehst es nicht, Toto. Arno muss heute im Café aushelfen und ich werde an seinem Computer gebraucht. Ich bin bereits zu spät.«

»Und ich werde in München erwartet.« Martin schaute auf die Uhr, die schon wieder zehn Minuten aufgeschlagen hatte.

»Jetzt setzt euch beide wieder hin. Ihr seid so verkrampft auf eure alten Tage, als hättet ihr noch ewig Zeit, das Leben zu genießen«, echauffierte sich Toto und trank das Wasser in Schüben, als wäre es ein Glas Champagner.

»Du hast leicht reden und keinerlei Verantwortung«, grummelte Martin.

»Ich habe Verantwortung für mein Leben und mein Job ist es, ein bisschen Fröhlichkeit hineinzubringen. Wir gehen alle auf die 70 zu und uns bleiben noch fünf gute Jahre. Vielleicht nicht einmal die, wenn man an den alten Pelzer denkt.«

»Warum kannst du nicht einfach in Würde alt werden? Wir haben unser Leben gelebt, jetzt lass doch mal die jungen Leute ran.« Martin kämmte sich die Haare mit den Fingern und blickte angewidert auf die dunklen Flächen unter seinen Nägeln.

»Die jungen Leute? Etwa meine Kinder und Enkel, die nichts mehr von mir wissen wollen? Außerdem, wenn dir alles so egal ist, dann fummle nicht in den Haaren herum, als wärst du Elvis Presley.«

»Auch schon tot«, seufzte Rüde.

»Was haltet ihr davon, wenn wir eine WG gründen?«

»Hier in der Wohnung deiner Eltern? Ich schlafe mit deinem Hund unter einer Decke, Rüde kotzt vom Sofa runter und du schwingst dich um den Küchenstuhl. Gute Idee, Toto.«

»Ich habe nicht gekotzt«, protestierte Rüde.

»Nicht in Mönchengladbach, sondern irgendwo im Süden, wo es warm ist, und die Sonne scheint.«

»In München scheint die Sonne und genau da fahre ich jetzt hin. Übrigens falle ich für die nächsten Beerdigungsfeiern aus. Denk nicht mal daran, mich zu kontaktieren.«

Martin wollte sich auf keine Diskussionen einlassen, am allerwenigsten auf Gespräche, in denen es um ein Wiedersehen ging. Dieser Ausflug würde ein einmaliges Ereignis bleiben, eines von der Sorte, das er möglichst schnell vergessen wollte. Es war ein Fehler gewesen, hierherzukommen, und in ein paar Stunden würde es bereits Geschichte sein. Also verabschiedete er sich von Rüde und ließ sich von Toto noch zum Bahnhof fahren, bevor er in den Zug in Richtung Heimat stieg.

Martin schloss die Wohnungstür auf und atmete tief ein. Es roch nach Heimatluft, es roch nach seiner Liliane. Zumindest bildete er sich das ein und so stürmte er in alle Zimmer, in der Hoffnung, dass sie auf ihn warten würde. Aber es war nur der Geruch ihres Parfums, das im Badezimmer auf dem Sideboard stand, und er ließ sich enttäuscht aufs Sofa fallen. Die ganze Zugfahrt hindurch hatte er geschlafen und das würde er noch immer tun, wenn ihn nicht die Schaffnerin geweckt hätte. »Wir sind in München. Endstation«, hatte sie ihm fürsorglich ins Ohr geflüstert und leicht dabei berührt, damit es ihm nicht so erging wie Toto.

Es war ein seltsames Wiedersehen gewesen, fand Martin. Chaotisch, ernüchternd, anstrengend und doch blieb am Ende ein Gefühl zurück, als hätte sich ein Vakuum gefüllt, das seit Lilianes Tod entstanden war. Ganz so, als wäre er nicht allein mit seinem Schicksal, sondern verbunden mit zwei alten Seelen, die genau wie er, ein Kreuz zu tragen hatten. Dabei war sein Verlust keineswegs mit den trostlosen Leben der Freunde zu vergleichen. Er fühlte nicht wie Toto, der unbedingt noch ein paar Höhepunkte ans Ende seines Lebens setzen wollte oder wie Rüde, dem sein Pfennigfuchsen in die Wohngemeinschaft mit dem Schwiegersohn getrieben hatte. Martin konnte sich als Sieger in der Runde fühlen, doch es fühlte sich wie eine Niederlage an. Wie ein Film, der nach dem Happy End, einfach immer weiterläuft. »Wir haben noch fünf gute Jahre«, hatte Toto gesagt und ungewollt bei Martin die nächste Panikwelle ausgelöst. Fünf Jahre? So lange noch? Rein rechnerisch konnten es sogar zehn oder zwanzig sein, fuhr es Martin kalt den Rücken runter. Was sollte er nur so lange hier auf Erden treiben?

Kapitel 8

»Du bist zu spät!« Arno saß vor dem Laptop in der kleinen Küche und hatte deutlich schlechte Laune. Der Abwasch türmte sich auf der Arbeitsplatte, in einer Pappschachtel müffelten die Reste einer Pizza vor sich hin.

»Tut mir leid. Ich wurde vom Sturm aufgehalten.« Rüde war k. o. Der Restalkohol brummte noch immer in seinem Schädel, während sich im Magen ein unliebsamer Schmerz ausbreitete. Fast wie ein Fegefeuer.

»Der Sturm ist seit 2 Uhr nachts vorbei. Ich musste meine Arbeit für dich sausen lassen.«

»Na ja, du arbeitest doch, oder?« Rüde zeigte auf den Bildschirm des Computers.

»Sehr witzig, Rudolf. Das ist eigentlich dein Job. Hätte deine Tochter mich nicht ausgenommen, bräuchte ich nicht doppelt schuften.«

»Ich hatte gestern Abend einen Filmriss und muss mich erst mal ausruhen. Tut mir leid.«

Rüde ließ den Rucksack auf den Boden fallen und ging in sein Zimmer, wo er sich erschöpft auf die zwei übereinandergestapelten Matratzen fallen ließ. Er fühlte sich krank und ausgelaugt, was hauptsächlich am Schnaps lag, von dem er gestern eindeutig zu viel getrunken hatte. Gut, dass sie wenigstens nicht die Zeche hatten bezahlen müssen, da die magere Rente kaum für seinen Anteil an der Wohnung und dem Essen reichte.

Dennoch hatte er sich in der Gegenwart der alten Schulkollegen gut gehalten, wie er fand, auch wenn sein Seelenleben nur noch Schattenseiten kannte. Die WG mit Arno war eine Zweckgemeinschaft, die der finanziellen Not entsprungen war und beiden wenig Spaß bereitete. Im Grunde hatte er mit dem Jungen nichts am Hut und war überzeugt davon, dass es Karola ohne ihn und ihrem Vater heute besser ging. Seine Ex-Frau Matilde hatte es ihr vorgemacht und Rüde im letzten Jahr der Selbstständigkeit verlassen. Du sparst uns noch zu Tode, hatte sie ihm ins Gesicht geschrien, als er mit zwei Aldi-Tüten heimgekommen war. Dabei war der Ausflug zum Discounter nur der Auslöser für eine jahrelange Diskrepanz im Lebensplan gewesen. Während Matilde immer hoch hinaus wollte und am liebsten noch zwei Kinder mehr gehabt hätte, klebte Rüde stets am Boden wie die Fliesen, die er jeden Tag verlegte. Wenigstens hatten sie sich im Guten getrennt, fand er, auch wenn der Zeitpunkt miserabel für ihn gewesen war, da er die gemeinsame Wohnung allein nicht lange halten konnte. Schließlich fand er bei Arno und Karola Unterschlupf, was der Anfang vom bekannten Ende war. Vielleicht hatte Toto also recht, und ihn traf eine Mitschuld an der Trennung der beiden.

Kapitel 9

Toto saß im *Café Heilstätte* und beobachtete das Publikum. Menschen seiner Altersklasse schwiegen sich bei einem Stückchen Sahnetorte an, um danach mit ihrem Rollstuhl eine Runde durch den Park zu drehen. Manche hatten Glück und konnten selbst fahren oder mit dem Rollator ein paar Schritte aufrecht gehen, andere waren auf die Hilfe des Personals angewiesen und mussten sich gedulden.

Toto war frustriert und ließ den Kuchen halb gegessen stehen, um mit Franz Ferdinand das Parkgelände zu verlassen. Es war mehr eine Flucht und der Beweis dafür, dass er noch gut zu Fuß war, sodass er gar am Ende lief, um möglichst schnell davonzukommen. Er musste in seinem Leben etwas verändern, das wurde ihm beim Anblick der abgestumpften Greise klar.

Auf dem Heimweg stoppte er an einem Supermarkt, wo man alles unter einem Dach bekam. Es gab sogar einen Friseur, der laut Plakatwerbung vor einer Woche neu eröffnet hatte.

Warum nicht, überlegte Toto, dessen silbergraue Locken lange nicht gestutzt worden waren. Seine Ex, Rosa, hatte sich nach der Trennung eine moderne Kurzhaarfrisur schneiden lassen und sah damit besser aus als je zuvor. Wie jemand, der alte Zöpfe abschneidet und sich neu verlieben will. Genau so eine Veränderung brauchte er jetzt auch, und so linste er durch die Vitrine und stellte erleichtert fest, dass niemand auf den Stühlen saß.

Eine junge Frau in ausgefranster Jeans und weißem Top stand hinter der Ladentheke und spielte mit dem Handy.

»Entschuldigen Sie, aber hätten Sie vielleicht Zeit für mich und meine Haare?« Toto langte mit beiden Händen in den Nacken als gelte es, eine Mähne in den Griff zu kriegen.

»Haben Sie einen Termin?«

»Nein, tut mir leid. Ich dachte, dass ich vielleicht…«, stotterte Toto, der etwas von seinem Mut verloren hatte.

»War ein Scherz. Suchen Sie sich einen Platz aus.« Die junge Frau blinzelte und zeigte auf die leeren Frisierstühle.

»Nicht viel los heute?«

»Aller Anfang ist schwer. Ich habe erst vor ein paar Tagen aufgemacht und die Leute müssen sich noch dran gewöhnen.« Die junge Frau wirkte trotz der Flaute zuversichtlich. Sie war hübsch und wäre in jungen Jahren was für ihn gewesen. »Von der Eröffnungsfeier ist noch was Prosecco übrig. Möchten Sie vielleicht ein Glas?«

»Da sage ich nicht nein.« Toto sah sich im Laden um, der im Gegensatz zum schmuddeligen Supermarkt neu und hochmodern aussah.

»Ist das Ihr Geschäft?«, fragte er, als die junge Frau mit zwei gefüllten Gläsern zurückkam.

»Ja, alles bar bezahlt«, grinste sie.

»Woher hat man in dem zarten Alter so viel Geld?« Toto hätte sich nicht mal einen dieser Sessel leisten können.

»Ich habe ein Stück Land geerbt. Na ja, eigentlich war es ein Rübenacker, der so heiß begehrt war, dass ich mir vom Verkauf eine kleine Wohnung und die Einrichtung im Laden leisten konnte.«

»Beneidenswert!« Toto trank das Glas in einem Zug aus.

»Donnerwetter, hätte mein alter Chef zu ihrem Durst gesagt.« Die junge Frau lächelte freundlich und legte ihm einen Plastikumhang über. »Wie möchten Sie es haben. Kurz oder lang?«

»Ich dachte eher an eine Dauerwelle.«

»Oh, Sie haben von meinem Spezialgebiet gehört?«

»Das war ein Scherz. Ich brauche eine Veränderung, also kurz.«

Die junge Frau begann damit, die krausen Silberlocken abzuschneiden und stutzte Totos wuschelige Koteletten. Dabei sah sie ständig auf die Uhr und drückte merklich auf die Tube.

»Sie haben noch was vor?«, fragte Toto, dem die Hektik nicht verborgen blieb.

»Mittwochs hole ich immer meine Tochter Hannah aus dem Kindergarten ab und da muss ich pünktlich sein. Wären Sie an einem anderen Tag gekommen, hätte ich länger für Sie Zeit gehabt, doch mittwochs schließe ich bereits um zwei.«

»Kinder sind was Schönes.« Toto musste unwillkürlich an seine Enkelkinder denken, die er bisher nicht zu Gesicht bekommen hatte und wohl auch nie mehr sehen würde.

»Das Schönste auf der Welt«, lachte die Friseurmeisterin. »Das weiß man erst zu schätzen, wenn man sie schon mal verloren hat.«

Toto wurde aus dem Satz nicht schlau, doch die Zeit war für ihn abgelaufen und der neue Haarschnitt eine deutliche Zäsur zum alten Leben.

»Und? Gefällt es Ihnen?« Die junge Frau blickte ihn skeptisch an, als würde sie selbst nicht an die eigenen Künste glauben.

»Es ist perfekt. Ich werde sicher wiederkommen und ihren Laden weiterempfehlen. Wie ist denn Ihr werter Name?«

»Mona. Einfach Mona.«

Kapitel 10

Martin stellte den Strauß Rosen in die Kupfervase und sah sich auf dem Friedhof um. Er war allein, zumindest in der Reihe, so konnte er laut mit Liliane sprechen, ohne dass ihn jemand für verrückt erklären würde. Schließlich gab es jede Menge zu erzählen und ihn plagte sein Gewissen.

»Ich muss mich bei dir entschuldigen, denn ich war verreist und konnte dich nicht besuchen kommen. Dafür habe ich dir Rosen mitgebracht, die dunkelroten, die du immer so geliebt hast. Ich war auf einer Beerdigung in Mönchengladbach, aber das hast du von da oben sicher selbst gesehen. Dann kann ich dir wohl kaum verheimlichen, dass ich mich mit Toto getroffen habe und mit Rüde, den du aus Erzählungen von früher kennst. Ich weiß, dass du Toto nicht besonders leiden kannst, aber er hat sich wirklich Mühe gegeben, um mich aufzumuntern. Keine Sorge, es ist ihm nicht gelungen und ich habe die ganze Zeit nur an dich denken müssen. Wäre der Sturm nicht gewesen, hätte ich dich gestern schon besucht, aber es gab eine höhere Macht, die anscheinend was dagegen hatte. Toto hat uns beiden vorgeschlagen, dass wir zusammenziehen sollen, damit keiner mehr allein ist. Kannst du dir das vorstellen? Mit Toto unter einem Dach zu leben? Ein Albtraum! Rüde, der eigentlich Rudolf Theißen heißt, hat es auch nicht besser erwischt, denn er lebt in einer WG mit seinem Schwiegersohn zusammen. Mit seiner Tochter hat er sich verkracht, und ich bin froh, dass wir beide keine Kinder haben.«

»Sie haben nachgelassen.«

Martin glaubte, sich zunächst verhört zu haben. Traute sich tatsächlich jemand, ihn in seinem Monolog zu unterbrechen? Als er sich umdrehte, blickte er in Annelieses pechschwarz geschminkte Augen.

»Bitte, was haben Sie gesagt?«

»Na ja, sie waren drei Tage hintereinander nicht bei ihr am Grab. Das ist Rekord. Glückwunsch!« Anneliese verzog den Mund zu einem schiefen Lächeln.

»Ich war verreist. Aber woher wissen Sie das? Beobachten Sie mich etwa?«

»Ich mache hier nur die Runde. Das ist meine Art, es zu verarbeiten.«

»Dazu gehört wohl auch Ihr aufdringliches Wesen.« Die Bemerkung war ihm herausgerutscht und es tat ihm auf der Stelle leid.

»Entschuldigung...«

»Kein Grund, sich zu entschuldigen.« Anneliese schüttelte mit dem Kopf. »Ich rede zu viel. Hat zumindest mein Mann immer gesagt und sich geschämt, wenn ich einfach fremde Menschen angesprochen habe. Doch was bleibt mir anderes übrig? Meine Tochter wohnt in Amerika und meine angeblichen Freundinnen sind viel zu sehr mit nichts beschäftigt, um sich mit mir abzugeben. Am Ende des Lebens ist man ziemlich allein, finden Sie nicht auch?«

»Mir macht es nichts aus.« Martin blickte aufs Grab, als würde ihm der Anblick in der Tat genügen.

»Das glaube ich Ihnen nicht. Der Mensch ist ein Gesellschaftstier und will sich ausdrücken.«

»Ich bin es nicht und war es nie gewesen. Der einzige Mensch, mit dem ich stundenlang reden konnte, liegt jetzt da unten.«

»Kommen Sie endlich von ihrer Trauerweide runter. Sie sind noch jung und fit und können locker noch 20 Jahre leben.«

»Jetzt fangen Sie auch noch damit an. Gestern wollte mich

ein alter Schulfreund schon in eine gemeinsame WG stecken. So wie im Studentenwohnheim, nur für alte Leute eben. Quasi eine Demenz-WG.« Martin verdrehte demonstrativ die Augen und schüttelte mit dem Kopf.

»Das klingt nach einer fabelhaften Idee, über die ich, an ihrer Stelle, ernsthaft nachdenken würde. Einen schönen Tag noch.«

Martin war ein wenig enttäuscht darüber, dass Anneliese mitten im Dialog Reißaus genommen hatte, zumal er gerade erst in Fahrt gekommen war. Diese Frau hatte ja keine Ahnung und es gab nicht den geringsten Grund, an diese abwegige Idee auch nur einen Gedanken zu verschwenden. Zu gern hätte er ihr seine Argumente dargebracht, doch jetzt stand er wieder allein an Lilianes Grab und wusste nicht so recht, den Abschluss einzuleiten.

»Ich muss los, mein Schatz«, sagte er deshalb verlegen, als wäre ihm ein wichtiger Termin dazwischengekommen.

Kapitel 11

Toto betrachtete sich im Rückspiegel des BMW und wahr zufrieden. Er hatte die Haare etwas eingefettet und sah mit der schwarzen Sonnenbrille wie ein echter Kapitän aus. Dazu trug er ein weißes Hemd, in dessen Tasche ein schwarzer Kugelschreiber steckte. Vom Zuhälter zum Piloten in weniger als sechs Stunden, was eindeutig ein Verdienst von dieser Mona war, zu der er fortan öfter gehen würde.

Jetzt wollte er den neuen Look im alten Jagdrevier austesten. Die Dörfer mit ihren Heilstätten und Klappermühlen waren zu frustrierend, sodass er einmal mehr nach Düsseldorf gefahren war, um am Altstadtufer zu flanieren. Er bückte sich zu Franz Ferdinand hinunter, der an einem Laternenmast nach Botschaften schnüffelte, um ihm ins Gewissen zu reden.

»Wir sind ein ziemlich geiles Team und sehen richtig gut aus. Also versau es nicht gleich wieder und verkneife dir das Furzen.«

Auch wenn er sich attraktiv und quicklebendig fühlte, ging es ihm nicht darum, den ersten Fang gleich einzutüten. Er musste sich wieder aufrichten, nachdem ihm die Blondine bei der Trauerfeier ordentlich einen mitgegeben hatte. Zudem waren Martins Todesahnungen und Rüdes kleine Welt des Sparens nicht förderlich für sein Gemüt gewesen. Es galt, das Leben zu zelebrieren, so wie die vielen gut gelaunten Menschen, die bei Spritz und frischen Scampi den Sommertag genossen. Die Kasematten am Rheinufer versprühten mediterranes Flair und waren einer seiner Lieblingsplätze in der Stadt. Es gab Restaurants, in denen Popmusik und Schlager liefen, eine Anlegestelle für Touristendampfer und die Promenade, an der man kilometerweit spazieren konnte. Toto bummelte gerade an ein paar Geschäften vorbei, als ihm ein Werbe-Aufsteller ins Auge stach, der perfekt zu seiner Stimmung passte.

»Immobilien in Düsseldorf und auf Mallorca«. Er hatte weder das Kapital noch den Segen seiner Freunde, aber das konnten diese Makler von Goldstaub-Immobilien wohl kaum wissen. Vielmehr wollte er sein Äußeres austesten, in der Hoffnung, dass man ihn für reich genug hielt, eine Finca auf Mallorca zu erwerben.

»Guten Tag, wie kann ich Ihnen weiterhelfen?« Eine Zwanzigjährige mit schwarzen Naturlocken sah von ihren frisch lackierten Nägeln auf und lächelte ihn an. Sie saß an einem Schreibtisch, auf dem ein silberner Laptopcomputer stand.

»Guten Tag, Frau Vanessa Trainee. Ist vielleicht Ihr Chef oder Ihre Chefin zu sprechen?« Toto war stolz, dass er das Namensschild des Mädchens zweifelsfrei erkennen konnte.

»Nur Vanessa, Trainee ist meine Berufsbezeichnung. Was suchen Sie denn?« Vanessa blies ein wenig Atem auf die feuchten Fingernägel.

»Ich bin interessiert an einer Immobilie auf Mallorca. Von daher würde ich gern Ihren …«

»In welcher Preisklasse suchen Sie?«

»Gehoben. Also locker um die 100.000 Euro.« Die Summe fühlte sich für Toto wie das Prickeln von Champagner an. So viel hatte er im ganzen Leben nicht gespart, doch das konnte diese junge Frau nicht wissen.

»Sehen Sie, meine Chefin wickelt nur Aufträge jenseits der Millionengrenze ab. Außerdem arbeitet sie die meiste Zeit in unserem Office auf Mallorca. Vielleicht kann ich Ihnen weiterhelfen. Haben Sie eine bestimmte Region im Auge? Ein Zimmer oder eineinhalb?«

»Ich hatte an eine Finca gedacht.«

»Dann brauchen Sie mehr Kapital, denn so eine Finca, die ist teuer. Gerade auf Mallorca. Was halten Sie stattdessen von einem Apartment in Rumänien? Direkt am Schwarzen Meer?«, konterte Vanessa und hackte etwas in die Tastatur ein.

»Jetzt hören Sie auf herumzutippen, junge Frau. Ich will nicht nach Rumänien.« Toto wäre am liebsten aufgestanden und gegangen. Doch die Blöße wollte er sich nicht geben und so hakte er noch einmal nach.

»Was müsste man denn für eine Finca auf Mallorca hinblättern?«

»Na ja, unter einer Million ist eigentlich nichts zu machen. Wir haben gerade die ehemalige Villa von Boris Becker im Programm. 4,5 Mille, in exklusiver Lage, mit Blick aufs Meer. Nur damit Sie ein Gefühl für die Auswahl hier bekommen«, erklärte Vanessa stolz.

»Das ist nichts für mich. Zu viel schlechtes Karma«, erwiderte Toto. »Gibt es nicht auch Immobilien unter der Millionengrenze?«

»Schwierig...« Vanessa surfte durch das Angebot der eigenen Website. »Hier hätte ich ein Haus mit Pool für 500.000 in der Nähe von Alcudia. Natürlich ohne Meerblick, aber mit einem Carport.«

»500.000?« Toto seufzte. Die Preise mussten sich seit seinem letzten Immobiliengesuch vor dreißig Jahren verzehnfacht haben. Auch damals fehlte ihm das Kapital für ein Reihenhaus in Mönchengladbach, obwohl er es rechnerisch vor seinem Tod noch hätte abbezahlen können. Jetzt fehlten ihm das Geld und auch die Zeit.

Toto hatte die Nase voll und erhob sich vom gepolsterten Beratungsstuhl, als Vanessa ihn mit einem »Stopp« auf seinen flachen Hintern fallen ließ.

»Ich habe da tatsächlich etwas... hm... komisch. Das muss

neu reingekommen sein. Das kann eigentlich nicht stimmen…«, grummelte die angehende Immobilienmaklerin.

»Ja, bitte?« Toto spürte, wie das Herz ein bisschen schneller schlug.

»Ich habe hier ein Haus bei Valldemossa. Das ist eine der begehrtesten Gegenden auf der Insel. Für sagenhafte 250.000 Euro!«

»Das klingt überragend!« Toto strahlte, als hätte er soeben in der Lotterie gewonnen. »Haben Sie vielleicht ein paar Fotos, die Sie mir zeigen können?«

»Na klar.« Vanessa drehte den Bildschirm herum, damit Toto etwas sehen konnte. Zwei überbelichtete Fotos zeigten eine gelbe Hausfassade im Sonnenuntergang.

»Klicken Sie mal weiter«, forderte er die junge Dame auf, die mit dem Kopf schüttelte.

»Das war's. Aber diese Aussicht könnte bald schon Ihnen gehören. Bei dem Preis müssen Sie jedoch schnell sein, es ist sicherlich bald weg.«

»Könnte man nicht mit den Besitzern sprechen, damit sie rasch noch ein paar Bilder schicken? Per E-Mail oder WhatsApp müsste das doch schnell gehen.«

Toto hing jetzt an der Leine und er überlegte bereits fieberhaft, wie und von wem er diese 250.000 Euro leihen könnte.

»Das sind oft einfache Leute, die haben es nicht so mit Internet.«

»Vielleicht könnte ja jemand anderes die Bilder machen…«

»Bei dem Preis ist die Finca in den nächsten Stunden weg. Auch ohne Fotos und Besichtigungstermin. Tut mir leid.«

»Dann reserviere ich es, schließlich habe ich es zuerst bei Ihnen entdeckt.«

»Gern. Dann bekomme ich als Anzahlung 25 Prozent vom Kaufpreis. Ich hoffe, das ist kein Problem für Sie…«

Toto zuckte innerlich zusammen. Sein Traum vom Glück schien zu platzen, bevor er überhaupt gedeihen konnte.

»Nun ja. Mein Vermögen ist in Wertpapieren angelegt. Das geht natürlich nicht von jetzt auf gleich.«

»Ohne Anzahlung und einen Vorvertrag kann ich das Objekt nicht blocken. Da bekomme ich mächtig Ärger mit der Chefin.«

»24 Stunden. Ich bitte sie nur um 24 Stunden, und um ein paar schöne Fotos von der Finca. Ihre Chefin wird auch garantiert nichts mitbekommen, schließlich ist sie auf Mallorca und kümmert sich um Millionäre. Das haben Sie selbst gesagt.«

Vanessa nickte. Zunächst zögerlich, dann umso eifriger, bis sie schließlich lächelte. Breit und freudestrahlend.

»Einverstanden. Sie haben 24 Stunden.«

Kapitel 12

Rüde strich gerade mit dem Zeigefinger über das Touchpad von Arnos Laptop, als sein Handy klingelte.

»Was ist, Toto? Ich habe gleich einen Videotermin, also fasse dich kurz oder ruf später an.«

»Du hast einen Videotermin? Bist du aufgestiegen?« Toto amüsierte sich hörbar.

»Ohne Bild und Ton versteht sich.« Rüde schaute auf die Uhr. Er hatte noch sieben Minuten Zeit, bevor er sich für Arno in die Videokonferenz einwählen musste.

»Wie sieht denn ein Video ohne Bild und Ton aus? Du nimmst mich auf den Arm, oder?«

»Du hast einfach keine Ahnung, Toto, und jetzt stiehl mir nicht die Zeit. Ich muss mich mit dem System der Stadtwerke verbinden und zuhören. Es reicht, wenn das kleine Logo mit Arnos Initialen auf dem Bildschirm blinkt.«

»Den Job hätte ich auch gern. Apropos Video: Ich habe einen neuen Haarschnitt. Möchtest du mal sehen?«

»Toto, ich habe keine Zeit, um mir deine Frisur anzusehen. Wenn es also warten kann ...«

»Kann es nicht, mein Freund. Ich habe eine Finca auf Mallorca aufgetan, wo wir den Lebensabend verbringen werden. Wir brauchen nur ein bisschen Startkapital und sollten innerhalb der nächsten 24 Stunden zuschlagen. Ich sage nur, Schnäppchenpreis für Rentner.«

»Alles klar, Toto. Schöne Idee, aber ich muss jetzt wirklich arbeiten. Lass uns die Tage mal telefonieren.«

Rüde beendete das Gespräch und wählte sich in die Videokonferenz ein, wo drei Anzugträger an einem ovalen Tisch saßen und abwechselnd in die Kamera sprachen. Nach jedem Satz wechselte der Vortragende, als wolle keiner die Verantwortung für das Gesagte übernehmen. Rüde wollte sich schon zurücklehnen, um sich ein Stück Streuselkuchen abzuschneiden, als das Thema Stellenabbau angesprochen wurde. Ein untersetzter Mann mit puterrotem Kopf zitierte das Geschäftsergebnis und die daraus resultierende Verantwortung, die er als Führungskraft gegenüber seinen Mitarbeitern habe. Und aus dieser Verantwortung heraus, erklärte jetzt der Schlaks zur linken, hätte man sich dazu entschieden, künftig wie ein Schnellboot aufzutreten. Was wiederum zur Folge habe, so der dritte Mann im Bunde, dass man mit weniger Matrosen deutlich leichter unterwegs ist, und die Trauminsel vor allen anderen erreichen wird. Rüde ließ sich von dem taktischen Geplänkel nicht ablenken, sondern ging in Gedanken bereits die Konsequenzen durch. Sollte man Arno entlassen, würde das Geld nicht mehr für die Miete reichen und er müsste sich nicht nur einen Job, sondern auch noch eine neue Bleibe suchen.

Kapitel 13

Martin saß im Wohnzimmersessel und starrte Löcher in die Wand. Er wusste nicht so recht was mit sich anzufangen und litt unter seiner Beschäftigungslosigkeit. Außer dem Reisen besaß er keine Hobbys und das tägliche TV-Programm ging ihm auf die Nerven. Nur Seifenopern für Senioren, begleitet von Arzneimittelreklame für Reizdarm oder Blasenschwäche. Als würde es in Deutschland nur Menschen mit Gebrechen geben, ärgerte er sich, auch wenn ihm ein schnelles Ende gerade recht gewesen wäre.

Er wuchtete sich aus dem Sessel hoch, um das Bücherregal zu inspizieren. Im Grunde genommen waren es Lilianes Bücher, da er, außer einem Italien-Reiseführer, kein einziges davon gelesen hatte. Vielleicht war es an der Zeit, dies nun zu ändern, zumal ihn die alten Schinken mit Liliane in Verbindung bringen würden. Er entschied sich für *Nachtzug nach Lissabon*, einem ihrer Favoriten. Liliane war mit ihm damals sogar an die Schauplätze des Romans nach Portugal gefahren, und er hatte ihr versprechen müssen, es irgendwann einmal zu lesen. Beim Herausholen aus dem Regal fiel ein gefalteter Zettel aus den vergilbten Seiten und segelte wie ein Papierflieger auf den frisch gesaugten Teppichboden. Martin hob ihn auf und erkannte sofort Lilianes Handschrift, die ihm eine Botschaft hinterlassen hatte.

Lieber Martin,
wenn du das Buch aufschlägst, würde ich mir wünschen, dass du es an einem Strand oder in einem der Cafés am

Gardasee liest, die ich immer so geliebt habe. Es bedarf einer besonderen Atmosphäre, wie auch unsere Liebe einzigartig und besonders war. Ich bin dir vorausgegangen, ansonsten hättest du wohl nie zu einem Buch gegriffen, da ich weiß, wie schwer du dich mit Lesen tust. Jetzt, wo du dir den Ruck gegeben hast, möchte ich dir von meinem letzten Wunsch erzählen. Ich habe immer von einem kleinen Ferienhaus geträumt, indem wir bis zum Lebensende glücklich sind. Ein Haus in Spanien oder an der Adria vielleicht, mit Blick aufs Meer und einem schönen Garten. Ich würde auf der Veranda sitzen und eines meiner vielen Bücher lesen, während du mit einem Gläschen Wein in Händen, den Sonnenuntergang genießen kannst. Leider habe ich es nicht mehr geschafft, dich davon zu überzeugen, aber vielleicht erfüllst du dir und damit auch mir den letzten offenen Wunsch. Ich kann dich sehen. Immer und überall.

In Liebe, deine Liliane

Martin schaute sich im Wohnzimmer um und blickte gar zur Zimmerdecke. Natürlich war niemand außer ihm im Raum, doch Lilianes Zeilen fühlten sich für ihn so an, als wären diese gerade erst verfasst worden. Ganz so, als hätte er mit ihr ein Telefongespräch geführt. Er wühlte jedes Buch aus dem Regal hervor und blätterte die Seiten durch, aber außer einem alten Lesezeichen, war keine Botschaft mehr darin versteckt.

Martin setzte sich zurück auf den Sessel und las den Brief ein zweites und ein drittes Mal und wusste nicht so recht, ob er sich freuen oder ärgern sollte. Eine Nachricht von Liliane war das Schönste, was ihm im letzten halben Jahr passiert ist, auch wenn ihm die Botschaft nicht sonderlich gefiel.

»Du hast gut reden, da im Himmel. Kannst überall hinfliegen und dir die schönsten Plätze ansehen.«

Als Antwort klingelte das Handy. Ein Anrufer, der ihm so

gar nicht in den Kram passte. Nicht jetzt ... ja eigentlich nie. Er begann, den Brief ein viertes Mal zu lesen, doch das Klingeln ließ nicht nach, sodass Martin schließlich resignierend abhob.

»Wen hat es diesmal erwischt?«

»Dich wird es erwischen, mein Freund und Mitbewohner«, tönte Toto in den Hörer. Er hatte offensichtlich gute Laune.

»Hoffentlich«, quittierte Martin. »Und ich bin nicht dein Freund und sicher nicht dein Mitbewohner.«

»Noch nicht Martin, doch warte ab, was ich dir gleich erzählen werde.« Toto plauderte einfach weiter und erzählte Martin von seinem Besuch beim Immobilienmakler in Düsseldorf.

»250.000 Euro? Woher hast du so viel Geld? Ich dachte, du bist pleite.«

»Ich habe natürlich nicht die gesamte Summe, doch als WG könnten wir es sicherlich zusammenkriegen. Rüde, du und ich.«

»Toto, ich ziehe nicht mit euch zusammen. Und sicherlich verlege ich meinen Wohnsitz nicht nach Mallorca. Wenn du dein Geld unbedingt unter die Leute bringen willst, nur zu. Ich glaube jedoch nicht, dass du mit 250.000 Euro wirklich eine Finca kaufen kannst. Das riecht nicht nach Schnäppchen, sondern nach Betrug.«

»Sonne, das Meer, ein Glas Sangria, hübsche Senhoritas.«

»Kein Bedarf!« Martin war nun wirklich sauer. Toto hatte das Talent dazu, ihn immer dann zu kontaktieren, wenn er Zeit für sich und seine Trauer brauchte. Er wollte in Erinnerungen schwelgen und diesen Brief noch einmal lesen und sicher nicht mit Toto über die Gründung einer Wohngemeinschaft diskutieren. Er legte auf und stellte sein Mobiltelefon auf lautlos. Den Rest des Tages würde er mit Liliane verbringen und alte Fotoalben durchsehen.

Kapitel 14

Er hatte es sich leichter vorgestellt. Nicht dass Martin und Rüde gleich Hurra schreien und alle Zelte abbrechen würden, doch ein bisschen mehr Begeisterung und Vorstellungskraft hätte er sich von seinen Freunden schon gewünscht. Stattdessen saß Toto allein mit der Idee in seiner Spießerwohnung und blickte in den regnerischen Himmel. Nur Miesepeter-Wetter und das schon seit zwei Wochen. Er musste raus aus diesem dunklen Allerlei, bevor der Sargdeckel auf seine Nase drücken würde. Wie lange war es her, dass er verreist ist? Drei, vier, fünf Jahre? Er konnte sich kaum noch an den Trip in die Türkei erinnern, den er mit einer flüchtigen Bekanntschaft unternommen hatte. Sie war 55 Jahre alt gewesen und hatte ihr Bedürfnis nach Sex und Knutschereien bereits eingestellt, wie er enttäuscht nach einer Woche Doppelzimmer feststellen musste. Dennoch waren es ein paar schöne Tage gewesen, weit weg von diesem Alltagseinerlei, das ihn immer wieder runterzog.

Toto drückte auf die Wahlwiederholung seines Handys und übte sich in Geduld. Es klingelte fünfmal, sechsmal, siebenmal, bis ein lautes *Nein* zu hören war. Trotzdem legte der Empfänger nicht gleich auf, sondern keuchte, als hätte Toto ihn bei einer Sporteinheit gestört. An etwas anderes mochte er gar nicht denken, als Martin immer noch am Hörer war.

»Du bist immer gleich so negativ. Lass uns gemeinsam alt werden und einen Blick auf diese Finca werfen. Sagt niemand, dass du dein geliebtes München und die Freunde gleich verlassen musst.«

»Ich habe keine Freunde.«

»Vielleicht nicht in München, doch Rüde und ich, wir mögen dich. Hat Rüde gestern noch am Telefon gesagt.« Toto hoffte, dass er mit der kleinen Lüge durchkam und bei Martin ein paar Punkte sammeln konnte.

»Ich will nicht gemocht werden, verstehst du mich? Ich will, dass endlich Schluss ist hier auf Erden, aber du und Liliane quatscht mir andauernd dazwischen.«

»Ich und deine Eliane? Hörst du jetzt Gespenster?«

»Liliane! Sie heißt, hieß… ach, was gebe ich mir überhaupt die Mühe? Du willst ja gar nicht zuhören. Genauso, wie sie mich einfach nicht in Ruhe sterben lassen will. Sie hat mir eine Nachricht hinterlassen, die ich in einem Buch gefunden habe«, erklärte Martin.

»Und? Was steht drin?«

»Ich soll einen schönen Flecken Erde für uns suchen und dort hinziehen, irgendwo im Süden.«

»Da hast du es! Und diesen Flecken Erde habe ich für uns gefunden. Wir müssen nur noch den Kaufpreis überweisen und uns in den Flieger nach Palma de Mallorca setzen.«

»Mit *uns* meinte Liliane sich und mich und nicht dich, Toto.«

»Na ja, aber da sie nun mal tot ist, bin ich so was wie ihr Botschafter auf Erden. Das ist wie bei diesem Film mit Patrick Swayze, falls du ihn gesehen hast.«

»Ich mache mir nichts aus Filmen.«

»Dachte ich mir schon, aber du machst dir was aus deiner Frau und wenn sie sich ein Domizil im Süden wünscht, dann wirst du ihr das wohl erfüllen müssen. Das bist du ihr schuldig«, orakelte Toto.

»Ich bin niemandem etwas schuldig«, grummelte Martin. »Wo soll denn diese Schnäppchen-Finca sein? Mallorca ist groß.«

»Ebendrum werde ich der Sache auf den Grund gehen.

Wie von dir gewünscht, werde ich der Maklerin ein Zeichen geben, dass uns dieses Häuschen interessiert.«

»Wie viel Geld hast du gespart, Toto? Und was hat Rüde auf der hohen Kante?«

»Alles klar, Martin. So machen wir es. Ich melde mich, sobald ich Neuigkeiten habe. Ich freue mich auf unser neues Leben.«

Toto drückte auf die rote Taste und jubelte mit einer Faust. Er hatte den Turnaround geschafft, auch wenn er keine Ahnung hatte, wie sie das Kapital zusammenbringen sollten. Es sei denn, Martin würde alles übernehmen, was sicherlich kein guter Start für eine Wohngemeinschaft war. Vielleicht ließen sich die Zahlungsmodalitäten ja verhandeln und vielleicht gab es mittlerweile neue Fotos. Mit diesen Aussichten im Kopf fuhr Toto nochmals in die Düsseldorfer Altstadt, um Goldstaub Immobilien aufzusuchen.

Kapitel 15

»Das ist der Blick nach Süden.«

»Den kannte ich bereits.« Toto war genervt, als er zum zweiten Mal die gleichen Bilder präsentiert bekam. Er suchte nach einem Verstärker für sein Vorhaben, nicht nach Impulsen, die das Ganze fraglich machten.

»Nicht ganz. Diese Aufnahme wurde am frühen Morgen gemacht, das andere war ein Schuss vom Sonnenuntergang. Stand zumindest in der E-Mail. Als Nächstes haben wir ein Foto der Fassade. Sieht herrschaftlich aus, wenn Sie mich fragen.« Vanessa zoomte in das Bild, und eine hellbraun verputzte Häuserwand erschien. Das Haus hätte genauso gut in Düsseldorf oder Mönchengladbach stehen können.

»Hm. Darauf lässt sich nichts erkennen«, stöhnte Toto.

»Hervorragende Bausubstanz, das sieht man sofort.« Vanessa sah augenscheinlich mehr in diesem Bild als Toto und klickte bereits auf das nächste Foto. Zu sehen war die Lehne eines Ledersessels, der vor einem Fenster stand.

»Was soll das sein?«, fragte Toto.

»Das Wohnzimmer. Sie können die Möbel gegen einen kleinen Aufpreis übernehmen.«

»Machen Sie weiter«.

Eine Flasche Rotwein auf einem Tablett, daneben zwei Gläser.

»Das ist als Geschenk für den neuen Eigentümer gedacht, steht hier in der Mail. Ist angeblich ein Rioja. Richtig teuer.«

»Hm, ja. Was haben wir noch?«

Ein Ensemble aus Klappstühlen, der Hintergrund verschwommen.

»Wow! Das muss die Terrasse sein. Ganz ehrlich, ich beneide Sie schon jetzt um diese Aussicht«, schwärmte Vanessa, während das Telefon klingelte.

»Sie entschuldigen mich?« Sie nahm den Hörer ab und ließ Toto vor dem Anblick der Terrasse schmachten. »Ja, exakt. Ist letzte Nacht reingekommen. Ich weiß, der Preis ist unschlagbar. Nein, es ist kein Witz. 250.000 Euro. Ja, es ist noch verfügbar. Allerdings sitzt mir gerade ein Kunde gegenüber, der sich für das gleiche Objekt interessiert. Was sagen Sie? Sie würden es für 300.000 sofort kaufen?« Vanessa nahm die Hand vor den Mund und machte ein erschrockenes Gesicht. »Sorry, das kann ich nicht tun. Der Herr war nun mal schneller als Sie. Wenn er es allerdings nicht nehmen sollte, dann verkaufe ich es Ihnen gern für 300.000 Euro. Ich rufe Sie, so schnell es geht, zurück. Auf Wiederhören.«

Vanessa legte auf und zuckte mit den Schultern. »Verrückt, jetzt hat schon wieder jemand wegen dieser Immobilie auf Mallorca angerufen und 50.000 Euro mehr geboten.«

»Haben Sie vielleicht noch weitere Bilder, die Sie mir zeigen können?«

»Ich befürchte leider nein. Aber wenn Sie mich fragen, ist der Preis ein Witz, für diese wunderschöne Finca.«

Obwohl die Bilder nicht besonders aussagekräftig waren, hätte Toto am liebsten zugeschnappt. Bei dem Preis konnte man praktisch keine Fehler machen, da allein das Grundstück etwas wert sein musste. Er brauchte nur das Geld und ergo Zeit, und das war leider sein Problem.

»Ich muss eine Nacht darüber schlafen und mit meinen Partnern reden.«

»Das können Sie natürlich gern tun, aber länger als 24 Stunden darf ich insgesamt nicht reservieren. Ansonsten dreht mir meine Chefin garantiert den Hals um.«

»Und wenn ich selbst mit Ihrer Chefin rede?«

»Das ist lieb gemeint, doch wie bereits erwähnt, wickelt sie nur Aufträge jenseits der Millionengrenze ab. Nichts für ungut, aber da sind wir noch ein gutes Stückchen von entfernt«, erklärte Vanessa, während das Telefon schon wieder klingelte.

Sie gab Toto ein Handzeichen, dass es nicht lang dauern würde, und hob den Hörer ab.

»Ja, Sie sind jetzt schon der Hundertste, der nach der Finca auf Mallorca fragt. Ich will nicht unhöflich sein, aber ich muss Sie unterbrechen, da mir in diesem Augenblick ein potenzieller Käufer gegenübersitzt. Wenn er es nicht nimmt, rufe ich Sie zurück. Allerdings liegt der Preis für neue Interessenten bereits bei 300.000 Euro... Schön zu hören, dass das kein Problem ist.« Vanessa legte auf und lächelte verlegen, als wäre ihr das Ganze peinlich.

»Also gut, Fräulein Trainee... « Toto sah sich plötzlich aus der Vogelperspektive, als würde er als Geist über seinem Körper schweben. Geh nach Hause und vergiss die ganze Sache, schoss es ihm als letzte Warnung durch den Kopf, doch der Toto, der am Tisch saß, ignorierte den Gedanken und konterte mit einem: »Wir nehmen es.«

»Ich sehe hier keine wir, sondern nur Sie. Von daher nehmen Sie es, nehme ich an. Wie Sie das dann untereinander regeln, ist Ihre Sache und geht mich nichts an.«

»Wann bräuchten Sie spätestens das Geld?« Toto wurde schwindelig und hoffte noch auf etwas Zeit.

»Ich setze jetzt den Vorvertrag auf, in dem Sie sich zum Kauf verpflichten, und sobald das Geld auf unserem Konto ist, gehört die Finca Ihnen. Herzlichen Glückwunsch!«

»Danke.« Toto spürte Trockenheit in seiner Kehle, während Vanessa Zahlen in den Computer eintippte.

»299.000 Euro?« Toto blickte erschrocken auf den Bildschirm.

»Mehrwertsteuer, Grundbucheintrag, Maklerprovision.

Trotzdem ist die Finca ein absolutes Hammer-Schnäppchen. Sie haben ja mitbekommen, was die anderen Interessenten dafür blechen wollten.«

Toto fühlte sich miserabel und nickte versteinert. 299.000 Euro Kaufpreis, von denen er nicht mal 30.000 würde beisteuern können. Noch könnte er die Unterschrift verweigern und mit Franz Ferdinand nach Hause fahren. Die junge Dame kannte nicht mal seinen Namen und könnte das Objekt wahrscheinlich für das Doppelte verkaufen. Vielleicht wäre sie sogar froh, wenn er vom Kauf Abstand nehmen und das Schnäppchen einem anderen überlassen würde. Schließlich ging es ums Geschäft. Er brauchte nur von diesem Stuhl aufstehen und zurück zu seinem Auto laufen, und alles wäre wieder so wie früher. Wie immer. Ganz easy. Doch Toto wollte, dass sich etwas änderte. Er würde Martin und Rüde überzeugen und einen Weg zur Finanzierung finden. Und so überflog er die Zeilen des Vertrags und setzte schließlich seine Unterschrift darunter.

Kapitel 16

»Du hast was getan?« Martin musste nach Luft schnappen und fasste unwillkürlich an sein Herz. Zumindest schlug es noch, was bei der Nachricht keine Selbstverständlichkeit war.

»Ich habe uns die Finca auf Mallorca gesichert. Du wirst nicht glauben, wie viele Interessenten es dafür schon gab, die ein Zigfaches dafür bezahlt hätten.«

»Dann lass sie doch ein Zigfaches dafür bezahlen. Meinen Segen hattest du jedenfalls nicht, und jetzt viel Spaß mit deinem neuen Zuhause. Du hast dir das sicher bis zum letzten Cent gut durchgerechnet.«

»Warte ab, bis wir da sind. Es wird dir gefallen.«

»Sicher nicht, Toto. Außerdem bin ich gerade beschäftigt. Viel Spaß auf Mallorca und bitte ruf mich nicht mehr an.«

Martin drückte auf die rote Taste und schaltete das Handy auf stumm.

Was hatte sich Toto nur dabei gedacht? Dabei war es für Martin weniger das Finanzielle als die Frage, warum er sich mit 70 Jahren einen solchen Klotz ans Bein binden sollte? Er hatte nicht mal Nachkommen, die davon profitieren würden. Natürlich war er patzig und unfreundlich am Telefon gewesen, aber anders würde Toto es wohl nie begreifen. Er zog die dunkelgraue Sommerjacke an und machte sich auf den Weg zum Friedhof, um Liliane von Totos Reinfall zu berichten.

Er redete sich gerade in Rage, als hinter ihm ein altbekannter Schatten auftauchte und ihn amüsiert beobachtete.

»Sie wirken heute etwas aufgelöst, wenn ich das so sagen darf.« Anneliese trug zur Abwechslung ein figurbetontes Sommerkleid, dazu eine Schiebermütze. Sie war klein, hatte aber offensichtlich kein Gramm Fett an ihrem Körper und wirkte überaus agil.

»Haben Sie mich belauscht?«

»Aufgrund der Lautstärke sind Sie nicht zu überhören.«

»Darf man nicht mal auf dem Friedhof seine Meinung sagen?« Martin spürte, dass er zu weit gegangen war und entschuldigte sich.

»Ach was. Lassen Sie es raus. Manchmal schimpfe ich auch mit meinem Anton, und soll ich Ihnen was sagen? Gelegentlich schnarcht er zurück, ganz wie in den guten alten Zeiten.«

»Ja, hin und wieder hinterlassen sie eine Nachricht …«

»Und? Hat sie diesmal was gesagt? Oder hat sie es schweigend zur Kenntnis genommen, was deutlich schlimmer ist.«

»Es betrifft nicht meine Liliane. Also, eigentlich betrifft es sie schon, aber eben nicht direkt.«

»Hm.«

»Es geht um meinen Schulfreund Toto, der eine Finca auf Mallorca gekauft hat.«

»Wie schön für Toto.«

»Eben nicht. Dieser verrückte Toto hat die Finca für sich, mich und unseren Schulkollegen Rüde gekauft.«

»Wie nett von ihm.«

»Nein, nicht nett. Sondern verrückt. Wir gehen alle auf die siebzig zu und mein nächstes Domizil wartet dort auf mich bereits.« Martin zeigte auf die säuberlich geputzte Platte.

»Ach ja. Ihr Grab ist quasi schon geschaufelt. Da können Sie ja gar nicht nach Mallorca ziehen.«

»Machen Sie sich nur lustig über mich. Was, wenn Ihnen plötzlich jemand sagen würde, dass er ein Haus für Sie gekauft hat. Dann würden Sie auch dumm aus der Wäsche schauen.«

»Ich schaue immer etwas dumm aus der Wäsche, aber in dem Fall, würde ich drei Kreuze machen und in den nächsten Flieger Richtung Palma steigen. Sie sind ein Glückspilz!«

»Wer soll sich um das Grab und die Wohnung kümmern? Ich habe keine Kinder oder Verwandten hier im Süden.«

»Es gibt hier einen guten Friedhofsdienst.«

»Darauf kann ich mich wohl kaum verlassen. Die nehmen nur das Geld und scheren sich um nichts, wenn sie niemand kontrolliert.«

»Ich könnte das für Sie übernehmen«, meinte Anneliese. »Früher saß ich an der Rezeption vom Hotel Bavaria und habe mich um die internationalen Gäste gekümmert. Ein aufmerksames Auge ist mir angeboren.«

»Ich kann doch nicht einfach einen Gärtnerservice engagieren, der regelmäßig von einer Dame aus der Nachbarschaft bespitzelt wird, während ich auf einer Finca auf Mallorca lebe?«

»Warum nicht? Sie tragen Ihre Frau im Herzen und da gehört sie, meiner Meinung nach, auch hin. Ihr täglicher Besuch macht sie nicht wieder lebendig und dass da…«, zeigte Anneliese auf das Grab, »ist nur ein Stein auf einem ordentlich geharkten Haufen Erde. Dass kriegen die vom Friedhofsservice Edelhuber mindestens genauso hin.«

»Ich muss darüber nachdenken«, grummelte Martin.

»Tun Sie das. Es ist nie zu spät für ein neues Abenteuer.«

Kapitel 17

»Ich weiß nicht, wo mir der Kopf steht, Toto. Vielleicht verliert Arno seinen Job und ich den meinigen gleich mit.« Rüde hatte sich eine Flasche Bier geöffnet, während Arno seinen Frust bei einer Spritztour mit dem Motorrad abbaute. Es war zu einem kleinen Streit gekommen, nachdem Rüde von der Videokonferenz der Chefs berichtet hatte.

»Wie perfekt! Dann hast du Zeit für etwas Neues und dein Schwiegersohn die Wohnung ganz für sich allein.«

»Aber ich habe keine Kohle, Toto. Jedenfalls nicht genug, um 80.000 Euro auf den Tisch zu legen«, widersprach Rüde, der sich den Anteil bereits ausgerechnet hatte.

»Es sind eher 100.000, da wir den Makler und das Grundbuch noch bezahlen müssen. Aber im Prinzip ist es ein Schnäppchen, da wir nie mehr Miete zahlen werden.«

»Ich bekomme monatlich einen Tausender vom Staat und auf dem Sparbuch liegen fünf für die Beerdigung. Jetzt weißt du, wie es um mich steht.«

»Was ist mit deiner Tochter? Vielleicht kann sie dir was vorstrecken?«

»Wenn alles in Butter mit Karola wäre, würde ich jetzt bei ihr wohnen und nicht bei meinem Schwiegersohn. Toto, ich habe nichts, was ich finanziell zu dieser Finca beisteuern könnte.«

»Du bist also dabei, Rüde?«

»Hast du mir nicht zugehört? Ich habe keine Kohle. Selbst wenn ich wollte, kann ich da nicht mitziehen.«

»Keine Kohle habe ich verstanden. Mit in den Süden ziehen kannst du aber trotzdem. Gib mir etwas Zeit, ich finde eine Lösung«, sang Toto weiterhin in bester Laune durch den Hörer und wünschte ihm noch einen schönen Tag.

Ein schöner Tag würde das nicht werden, denn Rüde ahnte bereits, in welcher Stimmung und mit welchem Alkoholpegel Arno zurück nach Hause kommen würde. Hoffentlich mit dem Taxi und nicht dem Motorrad, wie er es oft genug in der Vergangenheit getan hatte. Rüde schaltete den Fernseher ein und landete bei einer alten Traumschiff-Folge, die irgendwo im Mittelmeer spielte. An Bord gab es keine armen Rentner und über die inszenierten Sorgen dieser Leute konnte er nur müde lächeln. Nur dass ihm nicht zum Lachen zumute war. Dabei hatte er oft genug davon geträumt, sein Leben neu zu starten. Ganz von vorn zu beginnen, auf einem weißen Blatt Papier. Vielleicht würde er studieren, etwas von der Welt sehen und sich den Traum vom eigenen Haus erfüllen. Und natürlich wäre seine Frau bei ihm, die Kinder und die tausend Enkel. Wie in diesem Lied vom »Haus am See«. Er würde auf jeden Fall mutiger sein und sich nicht runtermachen und von allen herumschubsen lassen. Vielleicht hätte er gar seine eigene kleine Firma. Schon komisch, wie das Leben manchmal spielt, seufzte Rüde. Wenn man jung ist, denkt man nicht an Morgen und an das, was einmal sein wird. Man hangelt sich von Tag zu Tag und nimmt das Leben, wie es kommt, bis es irgendwann zu spät ist, selbst die Zügel in die Hand zu nehmen. Dann haben andere bereits für dich entschieden. Die Eltern, Ehefrau oder dein mies gelaunter Chef, und du strampelst in dem Hamsterrad, bis es irgendwann zum Stehen kommt und du dich hilflos und verloren umsiehst. Vielleicht hatte Toto also recht mit der Idee, etwas Neues zu versuchen. Es musste ja nicht gleich ein Haus im Süden sein, oder etwa doch?

Kapitel 18

Martin schleuderte das Buch gegen das Regal, um es kurz danach mit großer Vorsicht wieder aufzuheben, so als wolle er sich für das Verhalten von Mr. Hyde entschuldigen.

Was hatte sich Liliane nur dabei gedacht, als sie ihm diese Worte in den *Nachtzug nach Lissabon* geschrieben hatte? Er würde im Januar nächsten Jahres 70 Jahre alt werden und bis auf eine Todessehnsucht, die im Prinzip die Sehnsucht nach Liliane war, ging es ihm erstaunlich gut. Während andere in seinem Alter über Rückenschmerzen und Wehwehchen klagten, war er körperlich topfit. Er wollte nichts verändern, auf keinen Fall sein ganzes Leben. Und so hätte er den Wunsch am liebsten abgeschmettert, wenn nicht sein alter Schulfreund Toto mit dieser Finca auf Mallorca um die Ecke gekommen wäre. War es wirklich Zufall? Oder Schicksal, eine Fügung oder so etwas wie eine Vorsehung? Martin glaubte qua seiner Natur nicht an Hokuspokus oder Geister, die von oben Einfluss auf das Leben auf der Erde nahmen. So etwas gibt es nicht, hätte er vor Lilianes Tod felsenfest behauptet, doch plötzlich wollte etwas in ihm daran glauben. Dass Liliane ihn aus der Distanz beobachtete und er den Rest des Lebens dazu nutzen sollte, um ihren Traum vom Haus im Süden zu verwirklichen. Was sprach dagegen, an die Ersparnisse heranzugehen? Wem wollte er das Geld vermachen? Der Kirche? Auf keinen Fall. Seinem Cousin in Mönchengladbach? Nur über die eigene Leiche, was wohl der Auslöser des Ganzen sein würde. Im Grunde gab es nichts und niemanden, sodass er es genauso gut in dieses Hirngespinst von einer Finca stecken konnte.

Martin seufzte lautstark auf und nippte am Glas vom Riesling, den er aus dem Frust heraus geöffnet hatte. Normalerweise trank er nicht am frühen Nachmittag, doch die Umstände waren nun mal besonders und der Alkohol benebelte sein Temperament. Er griff zum Handy, das die ganze Zeit auf dem Sofatisch gelegen hatte und wählte Totos Nummer. Als der nach dem vierten Klingeln abnahm, rauschte es im Hintergrund und Martin konnte ihn kaum hören.

»Wo bist du, Toto?«

»Unterwegs zu meiner Bank.«

»Du hast Geld auf einer Bank?«

»Na klar. In Luxemburg.«

»Oh!« Martin war positiv überrascht, hielt er Toto doch für mittellos.

»Als Geschäftsmann weiß man, wo die Kohle hingehört«, lachte Toto, während Franz Ferdinand einmal dazu bellte. »Er spürt deine Nähe«, kommentierte Toto Ferdinands Bellen.

»Das will ich nicht hoffen«, stotterte Martin und suchte nach dem Einstieg ins Gespräch. »Wann musst du… das mit dem Geld erledigen?«

»Was willst du mich fragen, Martin?«, erwiderte Toto, der ein wütendes *Arschloch* folgen ließ. »Sorry, dass galt dem Lkw-Fahrer, der ohne Blinker ausgeschert ist.«

»Ich wollte fragen, ob das mit dem Haus auf Mallorca noch aktuell ist?«

»Na logo. Deshalb fahre ich nach Luxemburg. Wir müssen unsere Zahlung leisten, sonst schnappt uns jemand dieses Schnäppchen weg. Schnapp, schnapp.«

»Wie viel brauchst du denn von mir?« Martin zuckte bei der Frage instinktiv zusammen, da er wusste, dass Toto sofort jubeln würde.

»270.000 oder besser 280.000, dann kann ich gleich die Flüge für uns buchen. One way, versteht sich.«

»280.000 Euro? Hattest du nicht etwas von 250.000 Euro gesagt, was geteilt durch drei, 83.333 Euro für jeden von uns macht.«

»Rein rechnerisch liegst du richtig. Wir müssen aber noch die Maklerin bezahlen und das ganze Grundbuchgedöns. Es soll ja schließlich schwarz auf weiß verewigt sein, denn bisher habe ich nur den Vorvertrag unterschrieben. Dann musst du mir und Rüde noch ein wenig Kohle vorstrecken, was wir in den nächsten Jahren bei dir abbezahlen werden. Du bekommst also monatlich von uns eine nette kleine Rente. Ist doch großartig, oder?«

»Das ist jetzt nicht dein Ernst, Toto?«

»Leider ja. Rüde und ich werden alles geben, um es vor dem Tod zurückzuzahlen. Ehrenwort!«

»Und wie hoch ist die Diskrepanz?« Martin langte nach der Flasche Riesling und füllte das Glas bis zum Rand.

»Ich habe 30.000 Euro auf der hohen Kante plus alles, was in meiner Wohnung noch zu Geld zu machen ist. Der Puppenfänger und Franz Ferdinand sind allerdings tabu.«

»Und Rüde? Wie viel Geld kommt von Rüde?«

»Na ja. Vielleicht 5.000 Euro, wenn er auf seine Beerdigung verzichtet. Er hat leider nichts gespart.«

»Warum sollten wir ihn mitnehmen? Warum soll ich Rüdes Anteil übernehmen? Wir kennen uns nicht mal besonders gut.«

»Vielleicht aus Nächstenliebe?« Toto ließ das Wort gefühlte Ewigkeiten zwischen ihnen stehen.

»280.000 Euro bezeichnest du als Nächstenliebe?«

»Es ist nur geliehen und du bekommst es Cent für Cent von uns zurück. Wir brechen alle Brücken ab, nur um dir und deiner Frau Gemahlin den Traum vom Haus im Süden zu erfüllen.«

»Nach deiner Rechnung erfülle ich ihn gerade selbst. Dafür brauche ich euch nicht.« Martin trank das Glas in einem Zug aus und schenkte sich ein weiteres ein.

»Zu dritt sind wir unschlagbar. Das hast du doch beim Wetttrinken im *Dicken Turm* gesehen.«

»Da habe ich euch gerettet.«

»Dann rettest du uns halt ein zweites Mal. Ich schicke dir eine WhatsApp mit den Kontodaten der Immobilienfirma und dann sehen wir uns auf Malle, mein Freund.«

»Auf keinen Fall und ich bin nicht dein Freund.« Martin wollte noch protestieren, doch da hatte Toto bereits aufgelegt. Stattdessen poppte eine Nachricht mit der Bankverbindung von Goldstaub Immobilien auf dem Handy hoch, mit der Bitte, heute noch zu überweisen.

Bastard, dachte sich Martin und verfluchte diesen Tag, an dem er mit seiner schlechten Laune wieder ganz am Anfang stand.

Kapitel 19

Toto hoffte auf ein kleines Wunder, als er mit hundertsiebzig Sachen über die Autobahn brauste und den alten BMW bis an die Grenzen fuhr. Die 24 Stunden waren aufgebraucht und außer dem Geld aus Luxemburg, das bar im Handschuhfach verstaut war, sah er keine Aussicht auf den restlichen Betrag. Genauso gut hätte er zu Hause bleiben können, um die Sache einfach abzublasen. Weder Martin noch Rüde hatten sich zurückgemeldet und er sollte sich endlich eingestehen, dass es vorbei war. Doch Toto war ein lernresistenter, alter Bock, wie ihn seine Ex einmal genannt hatte, und so klammerte er sich an den berühmten letzten Strohhalm, um das Unmögliche zu versuchen.

Als er verschwitzt wie nach einem Dauerlauf um kurz nach sechs das Immobilienbüro erreichte, war die Ladentür bereits verschlossen. Panik stieg in ihm hoch, denn das konnte nur bedeuten, dass er A zu spät war und B, die Finca an jemand anderen verkauft wurde. Toto presste die Hände vor die Vitrine und starrte an den Zetteln mit den Angeboten vorbei ins Innere der Ladenfläche. Alles dunkel. Erst jetzt spürte Toto, dass der kleine Sprint ihn ordentlich gefordert hatte und er völlig außer Atem war. Er hatte nicht nur das Rennen gegen das Geld, sondern auch gegen die Zeit verloren, was es gleich doppelt schmerzhaft machte.

»Herr Tormann?« Toto drehte sich herum und erkannte Vanessa, die eine prall gefüllte Plastiktüte in der Hand trug. Mit ihren dunklen Locken und dem lila Lippenstift sah sie wie ein Modepüppchen aus.

»Fräulein Trainee, Gott sei Dank. Ich dachte schon, ich hätte Sie verpasst.«

»Ich war nur kurz was einkaufen. Steht doch auf dem Zettel da.«

Toto starrte auf das handgeschriebene Stück Pappe, das direkt über den Öffnungszeiten klebte. In seiner Hektik hatte er es einfach übersehen.

»Ich habe was für Sie.« Toto öffnete das dunkelgraue Ledertäschchen und wedelte mit den Euro-Noten.

»Um Himmels willen. Packen Sie ihr Geld weg. Was soll ich denn mit Cash? Es müssen 299.000 Euro auf dem Firmenkonto eingehen.«

Vanessa schloss die Ladentür auf und setzte sich hinter ihren Schreibtisch.

»Seien Sie froh, dass es schon Euro sind. Als ich das Geld einbezahlt habe, waren es noch D-Mark.«

»Auch wenn es Dollar wären, würden die Scheine nicht genügen. Wo ist der Rest vom Schützenfest?«

»Der Rest wird überwiesen. Ganz bestimmt. Also wollen Sie das Geld nun annehmen oder nicht?« Zu gern hätte er mit der Chefin über die Zahlungsmodalitäten diskutiert, da diese Nachwuchskraft anscheinend keine Kompetenzen hatte.

»Ich brauche die komplette Summe. Sonst läuft hier leider nichts. Und Sie wissen ja, der nächste Käufer ist nur einen Anruf weit entfernt.« Vanessa nahm demonstrativ den Hörer in die Hand und zuckte mit den Schultern.

»Haben Sie schon mal aufs Konto geschaut? Vielleicht ist etwas überwiesen worden.«

»Heute schon dreimal. Zuletzt vor einer Stunde. Und was soll ich sagen? Da war nichts. Also, nichts von Ihnen oder einem Ihrer ominösen Partner.«

»Dann schauen Sie bitte noch einmal.«

Vanessa ließ ihre Augen über den Bildschirm kreisen, als verfolge sie ein Tennisspiel. Plötzlich zeigten sich auf ihrer jugendlichen Stirn drei Falten und sie blickte Toto skeptisch an.

»Martin Wendlinger? Gehört der zu Ihnen?«

»Natürlich. Martin ist mein Freund und auch Investor. Was steht auf Ihrem Bildschirm?« Totos Herz begann zu rasen.

»Da steht: Überweisung Finca auf Mallorca, 280.000 Euro von Martin Wendlinger und eine IBAN von der Commerzbank in München.«

»Da haben Sie ihr Geld. Und entweder nehmen Sie den Rest von mir in Cash und setzen endlich den Vertrag auf, oder ich trete von dem Kauf zurück.«

Toto konnte kaum glauben, dass Martin tatsächlich die gesamte Summe überwiesen hatte und fühlte sich wie der Sieger eines Marathons. Allen Unwägbarkeiten zum Trotz hatte er nie aufgegeben und lief im Vollsprint durch die Ziellinie.

Zum ersten Mal freute er sich auf die letzten Jahre seines Lebens, die er nun nicht mehr allein verbringen musste. Er würde ein neues Abenteuer beginnen, von dem er bis vor Kurzem nicht mal ahnte, dass es überhaupt in Aussicht stand. Plötzlich war er Mitbesitzer einer Finca und würde mit knapp siebzig Jahren nach Mallorca ziehen. Das klang nicht nur überragend, sondern nach jeder Menge Spaß und einem echten Neuanfang.

Teil 2

Irgendwo im Nirgendwo

Kapitel 20

»Meinst du, er kommt?«

»Natürlich kommt er.«

»Ich traue mich kaum, ihm in die Augen zu sehen.«

»Wir zahlen es ihm heim, sozusagen.«

»Wie soll ich es ihm je zurückzahlen, Toto? Von dem Ersparten muss ich Möbel kaufen.« Rüde schaute zum wiederholten Mal auf die Anzeigentafel, wo Flug LH 731 aus München als gelandet gemeldet worden war.

»Du musst nach vorn denken und nicht immer drei Schritte zurück. Ab jetzt wird alles besser«, grinste Toto, der seit der Unterschrift jeden Tag mit Martin telefoniert hatte. Keines der Gespräche war euphorisch oder ermutigend gewesen, doch Martin hatte bei Toto sprichwörtlich Kredit und durfte sich als Sponsor einiges an Beschimpfungen herausnehmen.

Sein letzter Stand zu Martins Reisetätigkeit war ein klares *Nein* gewesen. Zu kurzfristig, zu überhastet, zu späte Abflugzeit, alles zu viel für seine strapazierten Nerven. Dabei waren seit dem Hauskauf fast vier Wochen vergangen.

Toto setzte sich auf den zerkratzten Hartschalenkoffer, der sein einziges Gepäckstück war und beobachtete die Passagiere, die mit strahlenden Gesichtern durch die Schiebetür der Ankunft strömten. Sie freuten sich auf vierzehn Tage Sonne, Strand und Meer, dazu die wilden Partys auf dem Ballermann. Alles Dinge, die Toto künftig jeden Tag genießen würde können. Er hatte alles auf eine Karte gesetzt und war mit sich im Reinen.

Die alte Wohnung war bereits an jemand anderen vermietet, die Möbel größtenteils verschenkt, während alle überflüssigen Klamotten, eingepackt im BMW, in gut drei Wochen auf die Insel kommen würden. Er hatte die alten Zöpfe abgeschnitten und den Weg zurück bewusst versperrt. Selbst seiner Ex und den zwei Kindern hatte er nichts vom Vorhaben erzählt, in Sorge, dass sie es als Fluchtversuch eines ewigen Versagers abtun würden. Wahrscheinlich würde das den Kern in etwa treffen, sodass er sich die Neuigkeit aufsparte, bis er etwas Fuß gefasst hatte.

In etwa einer Stunde würden sie jedenfalls den Schlüssel endlich in die Haustür ihrer Finca stecken, und Toto hoffte, dass Martin einmal mehr über seinen überlebensgroßen Schatten gesprungen war, um live dabei zu sein. Schon als Jugendlicher war er der Bedenkenträger ihrer kleinen Gang gewesen und hatte stets drei Gegenargumente, warum man besser keine Risiken eingeht. Ein Wunder, dass Martin überhaupt aus Mönchengladbach herausgekommen war, und dann auch noch mit einer tollen Frau und einem lukrativen Job. Manche Leute haben einfach Glück, schoss es Toto durch den Kopf, doch er wusste, dass das nur die halbe Wahrheit war. Schließlich ist jeder für sein Leben selbst verantwortlich und sollte stets das Beste daraus machen. Und das Beste lag nun vor ihm. Mit einem zufriedenen Lächeln auf den Lippen drehte er sich zu Rüde um, der immer noch angespannt auf die Schiebetür der Ankunft starrte.

»Er müsste längst durch sein, Toto. Ich sage dir, Martin kommt nicht.«

»Glaub mir, er kommt.«

Aus Ärger war Wut und aus Wut war Panik geworden. Martin brodelte innerlich und verfluchte Toto auf ein Neues, schließlich hatte er erst in ein paar Wochen nach Mallorca reisen wollen. Jetzt stand er mit einer Handvoll sorgenvoller Passagiere am Gepäckband und sah den letzten Koffern beim Rundendrehen zu. Diesmal würde es ihn garantiert erwischen. Wie sollte es auch anders sein?

Ohne seine Liliane fühlte er sich aufgeschmissen, zumal am Münchner Airport nur noch im Do-it-yourself-Modus verreist wurde. Wahrscheinlich hatte er den Aufkleber falsch angebracht und sein Gepäck stand immer noch in München. Oder es war unterwegs nach Australien oder Südamerika. Als er bereits frustriert zum Airline-Schalter stapfen wollte, um sich zu beschweren, erspähte er den dunkelgrauen Lederkoffer hinter einer Kolonne aneinandergestellter Gepäckwagen. Jemand musste ihn versehentlich vom Band genommen haben, ohne ihn zurückzulegen. Die Menschen wurden immer rücksichtloser, und Martin fühlte sich darin bestätigt, dass diese Welt nicht mehr die seine war. Im Gegensatz zu seinen Mitbewohnern hatte er nur Anziehsachen für zwei Wochen eingepackt, denn schließlich hatte er Verpflichtungen, und wurde in München weiterhin gebraucht. Es war eine Sache, ans Ersparte heranzugehen, aber eine völlig andere, seine Heimat für immer zu verlassen. Eine Finca als Zweitwohnsitz konnte er sich vorstellen, eine Männer-WG bis zum Lebensende sprengte jedoch seinen Wunsch nach einem selbstbestimmten Ableben. Er plante folglich, hin und her zu jetten, ganz wie diese viel beschäftigten Geschäftsreisenden.

Als er endlich die Schiebetüren der Ankunftshalle passierte, wurde er vom Aufprall des ungestümen Kurzhaar-Knäuels schier in die Knie gezwungen. Franz Ferdinand war mit voller Wucht an seinem Oberkörper abgeprallt und nahm schon wieder Anlauf, um es nochmals zu versuchen.

»Ist ja gut.« Reflexartig ließ Martin den Koffer auf den Boden knallen und umklammerte den Hund.

»Willkommen in España.« Toto, der ein scheußliches Hawaiihemd trug, strahlte und klopfte Martin zur Begrüßung auf die Schulter.

»Wart ihr schon beim Haus?«

»Wie könnten wir diesen epochalen Augenblick ohne dich beginnen? Ab jetzt machen wir alles gemeinsam.«

Genau davor hatte Martin Angst, denn er liebte es, schweigsam vor sich hinzumuffeln. Zumal ihn Totos dumme Sprüche und Rüdes Spartipps nicht die Bohne interessierten. Kaum auszudenken, dass er mit den beiden vierundzwanzig Stunden lang, tagein tagaus zusammenleben sollte. Dennoch hatte er sich vorgenommen, dem Ganzen eine Chance zu geben. Schließlich war es Lilianes letzter Wunsch gewesen und er hatte die gesamten Ersparnisse in dieses Haus gesteckt. Entsprechend angespannt fühlte er sich, als sie in das Taxi stiegen und in Richtung Valldemossa fuhren. Keiner sprach ein Wort, während die Landschaft im Zeitraffer an ihnen vorbeirauschte. Aus anonymen Hotelbauten und Industrieparks wurden elitäre Wohnanlagen und schließlich karge Felder, auf denen Olivenbäume standen.

»Es ist wunderschön hier, oder?« Toto, der neben dem Taxifahrer saß, zeigte auf ein Feld, das von einer Steinmauer umzäunt war. Zwei Esel standen unter einem Baum und suchten Schatten.

»Hm.« Martin hoffte, dass sie bald ans Meer kommen würden. Solch eine Ödnis hatte Liliane sicher nicht gemeint, als sie den Traum vom Haus im Süden heraufbeschworen hatte. Vielleicht hätte er doch besser nach einer Wohnung in der Toskana oder auf Sizilien suchen sollen.

»Gleich erreichen wir Valldemossa, ein Künstlerdorf, das deiner Liane hundertpro gefallen hätte.«

Während Martin ein »Liliane« in Gedanken korrigierte, bog der Taxifahrer auf einen schmalen Feldweg ab. Der Straßenbelag war an den Seiten ausgefranst und grüne Büschel stachen durch den schwindenden Asphalt, während Schlaglöcher aufs Tempo drückten. Der einzige Gegenverkehr bestand aus einem Lieferwagen, der bis zum Rand mit Schutt beladen war.

»Wie weit ist es noch, Toto?«

Martin beschlich ein mulmiges Gefühl. Vielleicht hätte er sich im Vorfeld mit dem Objekt und seiner Lage auseinandersetzen sollen, anstatt sich auf Toto zu verlassen. Nicht einmal den Vertrag hatte er sich schicken lassen, um das Thema möglichst lange zu verdrängen. Jetzt saß er auf der Rückbank wie ein kleines Kind und war zum Zuschauen verdammt.

»Ich weiß es nicht. Im Kaufvertrag stand Valldemossa.«

»Vielleicht nimmt der Fahrer eine Abkürzung.«

»Oder er bringt uns um die Ecke«, ergänzte Martin.

»Wir sind nicht auf Sizilien. Hier gibt es keine Mafia.« Toto verkrampfte sich zu einem Lächeln und fragte den Taxifahrer, wie lang die Fahrt noch dauern würde.

»Fünf Minuten«, kam die Antwort in perfektem Deutsch.

Fünfzehn Minuten später hielt das Taxi an einer Mauer, die zu großen Teilen eingestürzt war. Überall lagen Steine herum, und jemand hatte auf drei große Brocken ein »Fuck off« gesprüht. Der Fahrer stieg wortlos aus, öffnete den Kofferraum und entlud die drei Gepäckstücke. Martin hielt es zunächst für einen bösen Scherz und hoffte innerlich, dass Toto protestieren würde, doch der bedankte sich beim Taxifahrer und kramte einen Schlüsselbund aus seiner Hosentasche.

Kapitel 21

Der Taxifahrer drehte mitten auf der Straße und verschwand in einer Staubwolke. Ihn würden sie garantiert nicht wiedersehen und Toto schaute unwillkürlich auf sein Handy, das keinerlei Empfang zeigte. Der Anblick war ernüchternd, denn vor ihm lag ein Dickicht aus Trockenheit und Wildwuchs, das so gar nichts von einem Garten hatte. Überhaupt entsprach die Abgeschiedenheit keineswegs dem Bild, welches Toto von Mallorca hatte. Das Meer war meilenweit entfernt, von Geschäften, Bars und pittoresken Dörfern ganz zu schweigen. Weit und breit war nichts zu sehen, zudem drückte die Hitze deutlich stärker als am Airport und ließ das weite Hemd am Oberkörper kleben.

»Werden wir erwartet?« Martin hielt den Koffer fest umklammert, als könne er jederzeit gestohlen werden.

»Nein. Persönliche Übergaben gibt es erst ab einer Million Euro. Alles, was wir brauchen, halte ich in Händen.« Toto ließ den Schlüsselbund klingeln, während Martin und Rüde wie Störche über die eingestürzten Mauerreste stiegen.

Das würde kein Spaß mit seinen beiden Freunden werden, befürchtete Toto, der sich ermahnte, die Nase hoch und die Laune möglichst heiter zu halten.

»Was hast du dir nur dabei gedacht, Toto?« Martin ließ den Blick demonstrativ über die unkontrolliert sprießende Vegetation gleiten und schüttelte dabei unentwegt mit dem Kopf. Eine Schicht aus Staub und Erde hatte sich auf seine schwarzen Slippers gelegt, und ließ sie stumpf und ungepflegt aussehen.

»Das gehört alles uns.«

»Und was sollen wir damit?« Rüde drehte das Taschentuch zum dritten Mal herum, um den Schweiß auf seiner Stirn zu trocknen.

»Das sind Pinien und Olivenbäume, also teilweise«, antwortete Toto.

Vorsichtig suchten sie nach einer Lücke im Gestrüpp, die sich wenig später in Form eines angelegten Pfads vor ihnen offenbarte. In Tippelschritten stolperten sie vorwärts, während Franz Ferdinand wie ein Pfeil an ihnen vorbeischoss und im Unterholz verschwand.

»Also ihm gefällt´s«, bemerkte Toto, und stieß abermals auf wenig Resonanz bei seinen Freunden, die erstmals einer Meinung und in der gleichen Stimmung zu sein schienen. Hoffentlich reißt die Finca es heraus, hoffte Toto, der sein Herz im Schädel pochen hörte. Die Begeisterung war verschwunden und er verspürte eine altbekannte Angst in seinen Eingeweiden. Die Angst davor, Menschen zu enttäuschen, die ihm etwas bedeuteten. Das war bei seiner Ex-Frau und den Kindern so gewesen und jetzt drohte ihm das gleiche Schicksal mit Rüde und vor allem Martin.

Nach etwa siebzig Metern blitzte plötzlich die Fassade durch das Buschwerk und Toto atmete erleichtert auf. Zumindest existierte ihre Finca und sah auf den ersten Blick gar nicht mal so übel aus. Das Haus hatte, aus der Entfernung betrachtet, durchaus etwas Herrschaftliches, mit seinem halbrunden Tor und den vielen kleinen Fenstern. Eine einladende Terrasse, ausgelegt mit Kopfsteinpflaster, wirkte wie der Marktplatz einer mittelalterlichen Stadt. Mit jedem Schritt, dem sie dem Gebäude näherkamen, ließ die Begeisterung jedoch nach und diverse Mängel schoben sich ins Blickfeld. Die Fensterläden hingen schräg in den Scharnieren, während sich tiefe Risse über die Fassade zogen. Ein Teil des Dachs war freigelegt und verkohlte Balken stachen in den wolkenlosen Himmel. Überall lag Müll und Schutt herum und es roch nach kaltem, längst erloschenem Rauch. Zudem hatte sich die Natur einen großen Teil zurückerobert und überwucherte die blank polierten Pflastersteine.

»Das ist keine Finca, das ist eine gottverdammte Ruine.« Martin hielt den Koffer mittlerweile vor der Brust, als wolle er einen bösen Geist damit abwehren.

»Es braucht ein wenig Liebe und… eine Renovierung. Zumindest ist es groß genug für uns, und die Terrasse ist der Hammer.« Es kostete Toto mehr als nur Überwindung, diesen Anblick als Traumkulisse zu verkaufen. Er hätte sich niemals auf die lausigen Fotos aus dem Computer verlassen dürfen, doch es brachte nichts, ins gleiche Horn zu blasen.

»Gut, dass ich kein Geld hineingesteckt habe«, flüsterte Rüde.

»Danke«, brummte Martin und stand wie angewurzelt vor dem Haus.

Er steht unter Schock, mutmaßte Toto, der seinen Freund noch nie so sprachlos erlebt hatte. Selbst ein Fluchen wäre ihm jetzt lieber gewesen als ein Martin tief in Trance.

Toto ging die letzten Meter bis zur Tür und testete die Schlüssel nacheinander durch, bis es schließlich klick machte. Mit einem Ruck stieß er das Holztor weit nach innen auf und blickte gegen eine schwarze Wand. Es war stockfinster und Toto fingerte nach dem Lichtschalter. Eine einzelne Glühbirne sprang an und beleuchtete einen mit Gerümpel zugestellten Korridor. Schränke lagen umgestürzt am Boden, ihr Inhalt überall verstreut, vermischt mit Dreck und Scherben. Ein wildes Sammelsurium aus Porzellan, Schuhen, Jacken, Putzmitteln und benutzten Lappen. Dazu Werkzeuge und Gartengeräte, die in einer Ecke aufgestapelt waren.

Entweder war der Vorbesitzer ein Messie gewesen oder hier hatte schon lange niemand mehr gelebt. Toto stieg über die herausgebrochene Schublade einer Kommode hinweg und stolperte in die angrenzende Küche, in deren Mitte ein Holztisch mit vier Stühlen stand. Im Gegensatz zum Flur wirkte der Raum aufgeräumt, und die zwar abgewohnte Küchenzeile schien komplett in Schuss zu sein. Drei verstaubte Töpfe standen sogar noch auf dem Herd, Öl und Gewürze sauber aufgereiht daneben. So als wäre jemand nur mal um den Block gegangen, um gleich das Mittagessen auf den Tisch zu bringen. Aus der Gewohnheit heraus öffnete er den Kühlschrank, während im Hintergrund ein »Oh, mein Gott« ertönte. Anscheinend waren Martin und Rüde aus der Starre erwacht und im Hausflur angekommen. Der Kühlschrank war, bis auf eine einsame Flasche Rotwein, leer. Die Abstellflächen mit Essensresten tief verkrustet. Toto nahm die Flasche aus der Seitentür und öffnete den Drehverschluss. Zumindest schien der Wein in Ordnung zu sein, was eindeutig die beste Nachricht dieses miesen Tages war.

»Lasst uns erst mal etwas trinken.«

Die betretenen Mienen seiner Freunde sprachen Bände, und es wurde Zeit, sie mit etwas Positivem abzulenken. Toto reichte Martin die Flasche und quälte sich zu einem Lächeln.

»Es ist ...«

»Trink erst Martin, dann reden wir.«

»Niederschmetternd«, brachte Rüde Martins Satz zu Ende.

»Jetzt fang du nicht auch gleich an zu meckern. Gestern warst du noch der Untermieter deines Schwiegersohns, heute bist du Co-Besitzer einer Finca auf Mallorca.«

»Ich bin eher Co-Besitzer einer Baustelle. Glaub mir, ich kenne solche Objekte aus der Zeit als Fliesenleger zu Genüge. Ein Brandschaden muss sofort saniert werden, sonst kannst du das Gebäude nur noch abreißen«, erklärte Rüde.

»Mach, dass es wieder wegkommt, Toto. Und besorge mir mein Geld zurück.« Martin hielt die Rotweinflasche immer noch in Händen und machte gleich den nächsten großen Schluck.

»Lasst uns erst einmal ankommen und die Räumlichkeiten inspizieren. Das Haus ist riesengroß und allein das Land ist mindestens das Doppelte vom Kaufpreis wert.«

»Prima, dann kannst du es ja locker für das Doppelte verkaufen. Die Differenz kannst du dir einstreichen.«

Es war schwer für Toto, gegen die eigene Enttäuschung anzureden, und er konnte Martins Ärger gut verstehen, auch wenn ihnen weder Trübsal, Wut noch Schockstarre weiterhelfen würden. Sie mussten nach vorn sehen und er als Initiator der Idee vorangehen.

Im oberen Geschoss gab es drei Schlafzimmer, deren Decken gut und gern drei Meter fünfzig hoch waren. Der Boden war mit ausgeblichenen Teppichen ausgelegt und es roch nach Muff und altem Qualm. Genau wie in der Küche hatte Toto das Gefühl, dass die Vorbesitzer niemals ausgezogen waren oder sie sogar beobachteten. Überall lagen persönliche Gegenstände auf dem Boden und es war nicht mehr zu übersehen, dass jemand alles Hab und Gut durchsucht hatte.

»Ist das die Einrichtung, die du dem Vorbesitzer für sagenhafte 3.000 Euro abgekauft hast?«, fragte Martin, ohne eine Antwort abzuwarten.

»Zumindest haben wir ein Bett für die Nacht.« Toto zeigte auf ein mittelalterliches Gestell, auf dem eine aufgeschlitzte Bettmatratze lag.

»Ich werde hier sicherlich nicht übernachten und wir fassen davon auch nichts an. Wir widerrufen diesen Kauf, denn das ist übelster Betrug. Im Haus hat es gebrannt, die ganze Bude stinkt nach altem Rauch. Außerdem sind die Räume völlig abgewohnt und das Gerümpel lässt sich nicht mal mehr verschenken. Es war ein fataler Fehler, mich auf deinen Spürsinn zu verlassen.« Martin machte mit dem Handy ein paar Fotos.

»Lass uns das nicht überstürzen, vielleicht kann man es mit ein paar Handgriffen in Ordnung bringen.«

»Wenn ich zwanzig Jahre jünger wäre Toto, würde ich es glatt versuchen. Aber meine Knie sind vom ganzen Fliesenlegen durchgescheuert. Sobald wir in der Stadt sind, rufe ich

Arno an, damit er mein Zimmer nicht an jemand anderen vermietet.« Rüde betupfte seine Stirn, auf der sich wieder Schweißperlen gebildet hatten.

»Das wird uns jung halten«, widersprach Toto.

»Eher ins Grab bringen«, kommentierte Martin und machte ein Bild von einer aufgeschraubten Steckdose, aus der ein Wust aus Drähten hing.

»Du wolltest doch sterben, und die Finca ist ein großer Schritt in diese Richtung. Was sagst du jetzt?«

»Ich sage dir, dass du, sobald du einen Balken Empfang auf deinem Handy hast, den Makler anrufst, und diesen Kauf stornierst«, schnaufte Martin.

Toto zückte aus einem Impuls heraus das Handy und traute seinen Augen kaum.

»Hier gibt es ein Wifi-Signal«, stellte er fest und starrte auf die Kennworteingabe.

»Der Router muss ganz in der Nähe sein.«

Toto machte sich auf die Suche und fand den weißen Kasten schließlich im Flur, versteckt hinter einer Kiste mit Müll. Er bückte sich und betrachtete den Stoß Papier. Hauptsächlich zusammengeknüllte Küchenrolle, die mit einer rostbraunen Flüssigkeit durchtränkt war. So wie alter Wein. Oder wie ... Blut, lief es ihm eiskalt den Rücken herunter.

»Was machst du da?« Rüde stand auf der obersten Treppenstufe und sah ihn an, als hätte er etwas ausgefressen.

»Ach, nichts. Ich habe nur den Router gesucht und ... gefunden.« Toto stieß die Kiste zurück an ihren Platz und tippte das zehnstellige Kennwort, das auf der Rückseite vermerkt war, ins Handy ein.

»Das flutscht besser als bei mir zu Hause«, grinste er begeistert.

»Dann kannst du ja direkt den Makler kontaktieren«, grummelte Martin.

»Und ich kann Arno anrufen.« Rüde knetete nervös den Schnauzbart, als könne er es kaum erwarten.

»Anstatt euch über unseren ersten Teilerfolg zu freuen, denkt ihr gleich ans Verschwinden. Was seid ihr nur für Wohngenossen?«

»Weißt du Toto, das mit der Senioren-WG war wirklich gut gemeint von dir, und die Idee vom Haus im Süden klang überaus verlockend. Doch dieses Ding muss abgerissen werden, und der Garten braucht die Pflege eines ganzen Bataillons an Gärtnern. Wer soll das bezahlen und wer von uns würde das am Ende überhaupt erleben? Ich bin zu alt dafür und habe nichts gespart.«

»Das sind wir alles durchgegangen, Rüde. Wir müssen halt improvisieren und unsere Stärken einbringen. Du warst ein versierter Handwerker und du Martin, ein Ingenieur. Mit dem Talent und der Erfahrung können wir die Finca locker renovieren«, antwortete Toto.

»Und dein Talent hat uns da reingequatscht, also quatsch uns schnellstens wieder raus aus dem Schlamassel. Jetzt, hier, gleich.« Martins Augen funkelten und Toto wusste, dass es nicht die Zeit für Scherze und Verzögerungen war. Also drückte er auf die Nummer von Goldstaub Immobilien und wartete aufs Freizeichen. Beim vierten Klingeln ging Vanessa endlich dran.

»Wer sind sie noch mal? Ich kann Sie ganz schlecht verstehen. Rufen Sie aus dem Ausland an? Es ist Samstagnachmittag und der Laden ist gerade voller Kunden.«

»Ich bin es Fräulein Trainee, und das wissen Sie genau. Und wenn ich nicht sofort Ihre Chefin in der Leitung habe, dann…«, ließ Toto aus Ermangelung an Ideen das Ende einfach offen.

»Dann, was?«

»Dann verklage ich euch, denn das Anwesen auf Mallorca ist ein absoluter Witz für diesen Preis.«

»Das sagte ich doch, Herr Tormann.« Vanessa schien sich plötzlich an den Namen zu erinnern. »Es ist ein Spottpreis für solch ein Anwesen. Da haben Sie echt Glück gehabt!«

»Nein, Sie haben Glück gehabt. Denn Sie bekommen diese wunderbare Finca unbenutzt zurück und können sie fürs Doppelte verscherbeln. Derweil erstatten Sie den Kaufpreis und streichen uns aus der Besitzurkunde.«

»Oh, das geht leider nicht. Wir verkaufen Anwesen der S-Klasse normalerweise nicht und ich musste mir einiges von meiner Chefin anhören, dass ich ihnen dieses Schnäppchen überhaupt verkaufen durfte. Denn ist der Kaufpreis zu gering, drückt das zu sehr auf unsere Marge, verstehen Sie?«, erklärte ihm Vanessa.

»Dann holen Sie mir jetzt endlich die Chefin an den Hörer, damit ich ihr erklären kann, was demnächst auf ihre Marge drücken wird.« Toto fühlte sich atemlos und wütend und hoffte, dass Martin zumindest seinen Einsatz anerkennen würde.

»Oh, das geht leider nicht. Sie ist in unserem Zweitbüro in Spanien und ich bin ganz allein im Laden, der voller Interessenten ist. Ihnen noch eine gute Zeit auf Mallorca, Herr Tormann.« Vanessa legte auf und hinterließ ein Vakuum an Verzweiflung und Hoffnungslosigkeit in Totos Kopf.

»Was ist? Überweisen sie das Geld zurück? Können wir nach Hause fliegen?« Martin hatte sich auf einen klapprigen Holzstuhl gesetzt und sah ihn erwartungshungrig an.

»Noch nicht ganz«, druckste Toto herum, »Die Chefin ist im Ausland. Wir müssen uns gedulden.«

»Was hat das mit uns zu tun? Wir wurden betrogen und dieser Makler muss nur einen anderen Dummen finden, der ihm die Ruine abkauft.«

»Sie nehmen Immobilien der S Klasse leider nicht zurück. Und diese Vanessa Trainee meinte, dass es ein absolutes Schnäppchen war, über das wir uns sehr freuen sollten.«

»S-Klasse. Was soll das überhaupt sein? Gib mir sofort das Telefon!« Martin streckte bereits die Hand aus.

»Lass uns das in Ruhe überdenken, Martin. Ich bestelle ein

Taxi und wir verbringen den Abend am Ballermann. Morgen sieht die Welt ganz anders aus«, schlug Toto vor.

»Gib mir das Telefon!« Martin ließ nicht locker und tippte auf die Wahlwiederholung.

Statt Vanessas Stimme ging diesmal nur die Mailbox dran, mit dem Hinweis es später nochmals zu versuchen.

»Unverschämtheit«, entfuhr es Martin. »Wir fotografieren jeden Winkel dieser Bruchbude und schicken die Fotos notfalls an die Presse. Dann werden wir mal sehen, wie schnell die Kohle zurück auf meinem Konto ist.«

Kapitel 22

Die letzten Sonnenstrahlen brachen sich an den Masten der Jachten, die im Hafen von Palma träge hin- und herschaukelten. Der Kai war voller Menschen, die in einer der schicken Strandbars saßen oder mit einer Flasche Wein am Steg den Sonnenuntergang betrachteten.

Genauso hatte Toto es sich vorgestellt. Das Leben feiern und die düsteren Gedanken seines alten Lebens wie einen Sonnenuntergang im Meer versenken.

»Ist das schön hier!«, kommentierte er den roten Feuerball und nippte an dem Glas mit Sangria. Nachdem sie zwei Stunden frustriert über das Gelände ihrer Finca spaziert waren und alle Missstände mit dem Smartphone festgehalten hatten, waren sie mit dem Taxi in die Stadt gefahren, um sich für ein paar Tage ein Hotel zu nehmen. Vielleicht war das für den Anfang gar nicht mal das Schlechteste, überlegte Toto. Niemand brauchte aufräumen oder zu kochen, und sie konnten sich peu à peu aneinander gewöhnen.

»Man sieht eindeutig den Rußflecken auf diesem Foto. Und hier ein wunderbares Stillleben aus zerbrochenem Porzellan und Pappkartons.« Martin flippte durch die Fotos seines Handys.

»Jetzt leg den Knochen endlich mal zur Seite und sieh hinaus aufs Meer. Deshalb sind wir nach Mallorca gekommen.« Toto seufzte und füllte Franz Ferdinand etwas von dem Sprudelwasser in den leeren Napf. Sie saßen an einem der begehrten Außentische der Canblanc Strandbar und teilten sich eine Paella mit Meeresfrüchten. Dazu ein Frustbier wie Rüde und Martin es einstimmig genannt und Toto damit den nächsten Nackenschlag versetzt hatten. Aus Protest hatte er sich einen ganzen Liter Sangria bestellt, die herrlich süß an seinem Gaumen klebte.

»Du kippst gerade 2,20 Euro in die Hundeschüssel«, rechnete ihm Rüde vor.

»Er soll auch was von dem schönen Abend haben. Wenigstens einer, der nicht meckert.«

»Dein Hund hat ja auch kein Geld in dieses Haus gesteckt.« Martin zoomte mit den Fingern in den Bildschirm, um einen zickzackförmigen Riss der Außenfassade ins Visier zu nehmen.

»Wir haben alle investiert, Martin. Jeder nach seinen Möglichkeiten und ich finde, dass wir zu schnell aufgeben. Morgen früh sieht die Finca sicher besser aus. Versprochen.«

Toto stand noch eine Weile allein auf dem Balkon und blickte hinunter auf die belebte Straße, in der die Nachtschwärmer auf und ab flanierten. Oft lautstark grölend, mit einem Cocktail in der Hand, hin und wieder leise und verliebt, in inniger Umarmung. Obwohl er jede Minute dieses Tages in den Knochen spürte, war an Einschlafen noch nicht zu denken. Bei all dem Chaos, das über sie hereingebrochen war, fühlte er sich befreit und angekommen. Er wollte nicht zurück und seinen Traum begraben, nur weil es ein paar Probleme gab. Das hatte er in der Vergangenheit nur allzu oft gemacht und war mit dieser Strategie im Niemandsland gelandet. Nichts ist schlimmer, als in den eigenen vier Wänden zu verblassen, bis man eins mit der Tapete wird. Dazu durfte es nicht kommen, nahm sich Toto vor und öffnete das letzte Schnaps-Fläschchen aus der Mini-Bar.

Kapitel 23

Martin starrte auf den Reisewecker, dessen Anzeige erloschen war. Eigentlich hatte er den nie gebraucht, da er immer vor der eingestellten Uhrzeit wach geworden war, egal, wann dieses Plastikteil auch klingeln sollte. Wahrscheinlich hat er sich deshalb in den Ruhestand verabschiedet, orakelte Martin und blickte auf die Armbanduhr. Acht Uhr zwölf. Er hatte tatsächlich verschlafen. Vergeblich versuchte er, die Stimme im Kopf zu ignorieren, die ihm das als Zeichen unterjubeln wollte, und schwang sich aus dem Bett. Trotz des happigen Preises hatte er auf sein Einzelzimmer bestanden und für die anderen vorausbezahlt. Er würde sich das Geld zurückholen, genauso wie die Kohle, die er in das Haus gesteckt hat.

Da sie erst um zehn verabredet waren, konnte er die Zeit gut nutzen, um nach Flugverbindungen zu recherchieren. Keine Minute länger als nötig wollte er auf der Insel bleiben und so schrieb er seiner Friedhofsbekanntschaft Anneliese eine Nachricht, dass er früher als geplant nach Hause kommen würde.

Die Antwort kam prompt und unmissverständlich: »Wenn ich Sie vor dem Winter auf dem Friedhof sehe, rede ich kein Wort mehr mit Ihnen. Genießen Sie die Sonne und das sommerliche Flair. Hier regnet es in Strömen. Herzlichst, Anneliese.«

Er las den Text ein zweites und ein drittes Mal und blieb am Wörtchen »Herzlichst« hängen. Es erzeugte ein warmes und vertrautes Gefühl in seinem Herzen und erinnerte ihn daran, seine Mission hier zu vollenden. »Du steckst viel zu schnell den Kopf in den Sand«, hatte seine Liliane immer behauptet, und damit meistens recht behalten. Wenn es nicht so lief, wie er es wollte, dann ließ er es meist bleiben. Egal, um was es ging. Diesmal ging es jedoch um Liliane, um ihren allerletzten Wunsch, und er sollte es zumindest versuchen.

Mit dem Gedanken im Kopf ging er auf den Balkon hinaus und blickte auf die Dächer der Altstadt. In der Ferne blitzte gar das Meer zwischen zwei Häuserfronten hindurch, und er konnte ein paar Segelboote sehen, die eine Regatta fuhren. Es war angenehm warm und eine leichte Brise wehte ihm um seine Nase. Wahrscheinlich gibt es schlechtere Plätze, um den Lebensabend zu verbringen, musste Martin zugeben und entspannte sich ein wenig. Wenn er schon alles Geld in diesen Schwindel investiert hatte, dann konnte er die Zeit hier im Hotel wenigstens ein bisschen nutzen. Vielleicht mit einer Runde im Pool, überlegte er und überraschte sich am meisten selbst, als er wenig später in der Badehose vor dem Becken stand.

Als er den Frühstücksraum betrat, saß Toto bereits an einem Tisch auf der Terrasse und flirtete mit der Bedienung, die gut und gern dreißig Jahre jünger war als er. Die gute Laune war sofort verflogen und Martin kochte innerlich über Totos fehlgeleitetes Gespür. Anstatt sich um die Rückabwicklung des Kaufvertrags zu kümmern, stellte er jungen Damen hinterher.

»Guten Morgen, mein Freund. Darf ich dir Sofia, unsere reizende Bedienung vorstellen? Sie spricht ausgezeichnet Deutsch und hat versprochen, uns in Palma herumzuführen«, tönte Toto, der allerbester Laune war.

»Dafür wirst du leider keine Zeit haben, da du dich um deine Baustelle kümmern wirst.«

»Da ist wohl jemand mit dem falschen Fuß in diesen wunderschönen Tag gestartet. Vielleicht brauchst du erst einmal einen *cafe con leche*, um in Schwung zu kommen.« Toto bestellte zwei Kaffee mit Milch und sah Sofia hinterher.

»Apropos Baustelle. Um die habe ich mich bereits gekümmert, als du noch am Schlafen warst. Sofia hat einen Onkel, der zufälligerweise eine Baufirma besitzt, die auf Renovierungen spezialisiert ist. Wir bekommen einen Sonderpreis. Was sagst du jetzt?«

»Ich bin sprachlos.«

»Das habe ich mir gedacht. Wie ich schon sagte, mit ein paar Handgriffen…«

»Ich bin sprachlos, wie du uns von einer Scheiße in die nächste quatschen konntest. Es wird keine Renovierung geben, zumindest keine, die von meinem Konto finanziert wird. Du sorgst dafür, dass ich mein Geld zurückbekomme. Hast du nicht gesagt, dass dieses Immobilienbüro eine Zweigstelle auf Mallorca hat? Na, dann begib dich auf die Suche.«

»Ach Martin, das kannst du doch nicht wirklich wollen? Denk daran, was deine Elaine dir als letzte Botschaft hinterlassen hat.«

»Liliane! Und sie erwähnte mit keinem Wort, dass ich eine abgefackelte Ruine kaufen soll, die nach Aschenbecher stinkt und sich irgendwo im Nirgendwo befindet.«

»Lass uns das zu dritt besprechen. Vielleicht hat Rüde eine zündende Idee«, erwiderte Toto und schaute auf die Uhr. Es war bereits halb elf und von ihrem Freund fehlte bisher jede Spur.

Rüde fühlte sich elend. Erst die Schweißausbrüche und jetzt auch noch sein Magen. Das ganze letzte Jahr hatte er sich damit herumgeplagt und mit Tabletten immer wieder kompensiert. Eigentlich hätte er längst zum Arzt gehen müssen, doch Rüde hatte Angst. Angst davor, dass es etwas Schlimmes sein könnte. Ein Geschwür oder vielleicht Krebs. In seinem Alter war das nichts Ungewöhnliches, zumindest las man ständig davon in der Zeitung. Wie würde er auf die Nachricht reagieren? In Tränen ausbrechen, verzweifeln oder vielleicht sogar erleichtert sein? Dass es vorbei ist, dieses elende Leben, das zuletzt nichts Gutes mehr für ihn bereitgehalten hatte. Vielleicht war er deshalb von Totos verrückter Idee angetan gewesen und hatte schließlich zugesagt. Noch einmal etwas Neues wagen, um dem Tod ein Schnippchen zu schlagen. Wie töricht, musste er jetzt feststellen und schämte sich dafür. Er hatte Arno im Stich gelassen und durfte sich nicht wundern, wenn der Weg zurück versperrt war. Wo sollte er ab morgen übernachten? Wäre Martin nicht gewesen, hätte er sich nicht mal dieses Zimmer leisten können, vom Anteil an der Finca ganz zu schweigen.

Er knibbelte eine weitere Tablette aus dem Blister und spülte sie mit Wasser herunter. Schon die vierte innerhalb der letzten Stunden, was ein persönlicher Rekord war. Er musste versuchen, wieder einzuschlafen, ansonsten würde es nicht besser werden.

Kurz nach elf knallte etwas an der Tür. Rüde schreckte hoch und musste sich zunächst mal orientieren. Er fühlte sich betäubt, doch dem Magen ging es besser. Erst beim nächsten Klopfen fiel ihm auf, dass er seine Freunde ungewollt versetzt hatte. Er hastete zum Eingang und wäre beinahe über die eigenen Schuhe gestolpert, die direkt vor seinem Bett standen. Mit einem großen Ausfallschritt rettete er sich vor dem Sturz und drückte gleichzeitig die Klinke.

»Mein Gott, Rüde, wo bleibst du denn?« Martin und Toto standen mit belegten Brötchen und bedrückten Mienen vor der Tür.

»Entschuldigt, ich habe wohl verschlafen.«

»Kann man wohl so sagen«, tönte Toto und drückte ihm das Brötchen in die Hand. »Geht es dir auch gut, mein Freund? Wir haben uns ein wenig Sorgen gemacht.«

Rüde verkrampfte sich zu einem Lächeln und schob es auf

den Alkohol am Abend. »Danke für das Frühstück, Männer. Gebt mir noch ein paar Minuten, dann bin ich wieder auf dem Damm.« Er ignorierte Totos misstrauischen Blick und drückte ihm die Tür vor der Nase zu. Er brauchte noch einen Augenblick für sich. Nur ein paar Minuten, dann würde es schon wieder gehen.

Kapitel 24

Toto legte eine Extraportion Aftershave auf und massierte etwas Öl in die noch feuchten Haare. Entgegen der Befürchtung, dass der Morgen eine Katastrophe werden könnte, gab es einen Lichtblick. Sofia hatte versprochen, ihn auf dem Weg zum Immobilienmakler zu begleiten, um bei Bedarf zu übersetzen. Natürlich brauchte er keine Übersetzerin, doch das musste Sofia ja nicht wissen. Endlich würde er wieder mit einer Frau an seiner Seite einen Stadtbummel unternehmen, und das auch noch mit einer hübschen Spanierin, die im Alter seiner Tochter war. Er hatte sich sofort in ihr freundliches Wesen verguckt, den südländischen Akzent und die mandelbraunen Augen. Angeblich hatte sie ihr exzellentes Deutsch im Umgang mit den Gästen im Hotel gelernt, genauso wie die Gabe, auf alle Wünsche eine Lösung anzubieten. Ihre Familie sei groß und auf der Insel gut vernetzt, und konnte gewisse Dinge möglich machen. Und gewisse Dinge würden sie in Zukunft brauchen, glaubte Toto, und machte sich auf den Weg zu ihrem Treffpunkt.

Sofia hatte ihre schlichte Arbeitsuniform gegen ein ärmelloses Sommerkleid getauscht und führte Toto durch die malerischen Altstadtgassen, die um diese frühe Mittagszeit bereits aus allen Nähten platzten. Viel besser als in Düsseldorf fand Toto, der sich an den exklusiven Modeläden und Cafés nicht sattsehen konnte. Immer wieder führte sie der Weg zu einem neuen wunderschönen Platz, der förmlich zum Verweilen einlud. Zudem hatte er sich in den *Mercat de L´Olivar* verliebt, wo es frischen Fisch in Form von Tapas und dazu

Weißwein und Champagner gab. Perfekt, um niemals dort anzukommen, wo man eigentlich hinwollte.

»Warum wollt ihr die Finca wieder verkaufen?« Sofia hatte die Sonnenbrille in ihre pechschwarzen Haare gesteckt und betrachtete die Auslagen einer Modeboutique, während Toto durch die Frage aus den Tagträumen gerissen wurde.

»Martin und Rüde hat es nicht sonderlich gefallen, befürchte ich.«

»Und dir? Hat es dir gefallen?«

»Ich liebe es. Auch wenn es im Haus offensichtlich gebrannt hat und man jede Menge Arbeit hineinstecken muss. Aber was haben wir denn schon Besseres zu tun?«

»Dann verkauft es nicht und lasst es renovieren. Onkel Jordi macht euch einen guten Preis.«

»Das kann ich nicht allein entscheiden, da Martin unser Sponsor ist und ich die beiden in das Vorhaben hineingequatscht habe. Ich glaube, die zwei sind einfach noch nicht reif für eine Wohngemeinschaft.« Toto zuckte mit den Schultern.

»Es ist komisch, in dem Alter von WG zu sprechen. Hier in Spanien macht man so was, wenn man jung ist und sich kein eigenes Apartment leisten kann.« Sofia blieb an einem Laden für Bademode stehen und betrachtete die Auslage.

»Na ja, so in etwa ist es bei mir und Rüde auch. Im Rentenalter kannst du dein Gehalt nicht mehr verhandeln und musst mit den paar Kröten auskommen, die dir der Staat aufs Konto überweist. Außerdem finde ich den Gedanken überragend, mit guten Freunden alt zu werden«, ergänzte Toto und tippte gegen den neuen Panama-Hut, den er einem Straßenhändler für acht Euro abgekauft hatte.

»Seid ihr das denn, Freunde?« Sofia hatte sich augenscheinlich in einen gelben Bikini verguckt.

»Wir waren mal Freunde. Vor vielen Jahren. Jetzt sind wir eher so was wie Leidensgenossen, die im Alter nicht allein sein wollen. Wobei das auf Martin sicherlich nicht zutrifft.«

»Er ist sehr direkt«, entgegnete Sofia, ohne aufzuschauen. Stattdessen betrat sie selbstbewusst den Laden.

»Er macht sich das Leben gern kompliziert. Vor allem nach dem Tod seiner Frau Liliane.«

»Kanntest du sie, diese Liane?«

»Liliane.« Toto schmunzelte. »Sag Martin bitte nicht, dass ich ihren Namen korrigiert habe. Ich kannte sie nicht wirklich, doch sie und Martin waren ein Herz und eine Seele. Er macht die ganze Chose eigentlich nur wegen ihr, da sie ihm noch eine letzte Botschaft hinterlassen hat.«

»Interessant.« Sofia plauderte, ohne Toto dabei anzusehen. Stattdessen nahm sie den gelben Bikini von der Stange und hielt ihn mit etwas Abstand vors Gesicht. »Ich probiere den kurz an, ja?«

Toto nickte und setzte sich auf ein Plüschsofa im Wartebereich, während sich Franz Ferdinand am Wassernapf zu schaffen machte. Er sollte Sofia nicht mit rührseligen Geschichten langweilen, nahm er sich vor und checkte seine Nachrichten. Drei WhatsApp von Martin, der nach Resultaten fragte. Immer mit der Ruhe, seufzte Toto innerlich und starrte auf den Vorhang der Umkleidekabine, der sich wie in einem Puppentheater hin und her bewegte. Er hoffte, dass Sofia ihm den Bikini vielleicht vorführen würde, um sein Urteil einzuholen, doch den Gefallen tat sie ihm am Ende nicht. Stattdessen drängte sie darauf, den Laden schnellstens zu verlassen, und ächzte, dass der Fummel viel zu teuer sei.

Es war bereits nach vierzehn Uhr, als Toto endlich in den Paseo del Borne einbog, um das Büro von Goldstaub Immobilien aufzusuchen. Fast wäre er an der ausgeblichenen Markise vorbeigelaufen, hätte da nicht dieser Aluminiumaufsteller gestanden, auf dem ein paar luxuriöse Villen angepriesen wurden.

»Kann sein, dass es gleich unschön wird«, raunte er Sofia zu, die zuversichtlich lächelte.

»Kein Problem, ich kann auch Schimpfwörter übersetzen.«

Er befestigte die Hundeleine an einer Straßenlaterne und betrat den Laden. Noch einmal würde er sich nicht abschütteln und von einem Lakaien vertrösten lassen, nahm er sich entschlossen vor. Umso enttäuschender war der Anblick des verwaisten Schreibtischs, auf dem lediglich ein Laptop stand. Im Hintergrund röhrte eine Kaffeemaschine und ein kurzatmiges »Un momento por favor« ertönte.

»Einen Moment bitte«, übersetzte Sofia.

Eine kurvige Blondine erschien im Türrahmen und starrte ihn verdattert an. Etwas Kaffee schwappte aus der Tasse und spritzte auf den Boden.

»Sie?« Es war mehr ein Aufschrei als eine Begrüßung und auch Toto traute seinen Augen kaum, als er die Frau aus dem Café in Düsseldorf erkannte.

»Gabi!« Er spürte, wie kalter Schweiß in seine Achselhöhlen schoss und ihm sein Abgang wie ein Film vor Augen präsentiert wurde.

»Sie!«

»Was machen Sie hier?«, fragte Toto, der sofort merkte, wie naiv das klingen musste.

»Mir gehört der Laden. Die Frage ist eher, was Sie hier machen, Sie elender Hochstapler? Ist die Kleine da ihr nächstes Opfer?« Gabi zeigte mit der Kaffeetasse auf Sofia, die sichtlich Mühe hatte, inhaltlich dem Wiedersehen zu folgen.

»Nein, das ist meine… Sofia.« Toto ärgerte sich, dass ihm nichts Passenderes eingefallen war, und suchte sein Heil in der Offensive. »Außerdem sind Sie von uns beiden ja wohl die Betrügerin. Wir wollen unser Geld zurück.

»Ihr wollt Geld? Ist das ein Überfall, ganz ohne Maske, Knarre und den ganzen Kram?«

»Nicht wir zwei, sondern meine Freunde und ich. Ihre Mitarbeiterin, Vanessa Trainee, hat uns eine Finca zum angeblichen Schnäppchenpreis verkauft. Nur dass die Finca jeden Augenblick zusammenfallen wird und sich im Nirgendwo befindet. Hiermit storniere ich den Kauf. Sie können davon gern die Auslagen für den Schampus und den Hummer abziehen«, erklärte Toto.

»Ach, Sie waren das mit dem Mallorca-Schnäppchen. So bekommt wohl jeder das, was er verdient, nicht wahr?« Gabi grinste und nippte genüsslich am Kaffee. Sie sah entspannt aus und schien Totos verzwickte Lage zu genießen.

»Das ist kein Kavaliersdelikt, sondern offensichtlicher Betrug. Im Haus hat es gebrannt, die Möbel sind abgewohnt und überall liegt Müll herum. Wir haben Fotos von alledem gemacht und werden diese an die Presse geben.«

»Das vergessen Sie gleich wieder, denn ansonsten zeige ich Sie wegen ihrer Drohgebärden an. Sie haben einen Kaufvertrag unterschrieben und das Haus exakt so abgenommen, wie sie es vorgefunden haben. Nicht mein Problem, dass Sie das Kleingedruckte überlesen haben. Stornierungen akzeptiere ich innerhalb von 24 Stunden. Da sind Sie leider ein paar Tage drüber. Die Finca gehört also ganz Ihnen. Herzlichen Glückwunsch!« Gabi beendete den Satz mit einem Funkeln in den Augen.

»Wenn es sich denn um eine Finca handeln würde. Dieses Gebäude gehört abgerissen«, entgegnete Toto.

»Oh, das würde ich ihnen nicht raten, denn es steht auf einem Risikoverhütungsgebiet, wo nicht neu gebaut werden darf. Außerdem reagieren die Behörden beim Abriss von historischen Gebäuden sehr empfindlich. So eine Finca ist etwas Besonderes und zählt quasi zum Kulturerbe. Also schön renovieren und ausbessern, was für Sie ja kein Problem sein sollte, denn im Hochstapeln sind Sie eine glatte Eins.« Gabi grinste diabolisch.

»Ihre Mitarbeiterin sagte, dass es sich um eine Immobilie der S-Klasse handeln würde und es noch weitere Interessenten für das Grundstück gibt. Dann erteile ich Ihnen hiermit den Auftrag, einen neuen Käufer aufzutreiben.«

»S-Klasse steht bei uns intern für Schrott-Klasse. Niemand ist so dämlich und blecht ohne Besichtigung den Preis, den Sie dafür gezahlt haben. Außerdem kümmere ich mich ausschließlich um Objekte jenseits der Millionengrenze. Und jetzt haken Sie ihre Adoptivtochter unter den Arm und verlassen das Geschäft. Ich bin froh, dass Sie diesmal auf den perversen Köter mit dem rosa Leibchen verzichtet haben.«

»Franz Ferdinand wartet draußen an der Laterne. Ohne Hose«, entgegnete Toto, dem augenblicklich übel wurde.

»Das passt zu dieser Ausgeburt. Und jetzt raus aus meinem exklusiven Laden. Sie vergraulen die Kundschaft.«

»Sie hören noch von mir.«

»Kann ich mir kaum vorstellen«, antwortete Gabi und prostete Toto mit der Kaffeetasse zu.

Toto war geschockt darüber, wie klein die Welt im Grunde war. Ausgerechnet die Frau, vor der er, mit geprellter Zeche, im Café Hansemann geflohen war, hatte sich unbewusst an ihm gerächt. Mit einer Schrottimmobilie, die überteuert, baufällig und unverkäuflich war. Es hatte nur einen Dummen gebraucht, der auf dieses Schnäppchen hereinfällt, und der Dumme war nun leider er gewesen.

Toto traute sich kaum, Sofia in die Augen zu sehen. Was sollte sie nur von ihm denken? Stark und dominant hatte er auftreten wollen, um es dieser Chefin ordentlich zu zeigen. Für Martin, für Rüde, für sich selbst und auch für Sofia, die ihn als resoluten Macher im Gespräch erleben sollte. Stattdessen hatte diese Gabi ihn wie einen Waschlappen dastehen lassen und mit einem verbalen Arschtritt vor die Tür gesetzt.

»Es tut mir leid, dass es so gelaufen ist. Trotzdem danke, dass du mitgekommen bist«, seufzte Toto und nickte verlegen, während Sofia seinen Oberarm streichelte. Aufmunternd, mitfühlend.

»Du kanntest diese Frau?«

»Kennen wäre übertrieben. Wir sind uns einmal begegnet und ich habe sie sitzenlassen.« Flucht wäre der richtige Terminus gewesen, doch Toto musste zurück zu alter Stärke finden und wähnte sich auf einem guten Weg.

»Das hat sie dir anscheinend nicht verziehen. Frauen können manchmal nachtragend sein.« Sofias Mundwinkel zuckten kurz, als wisse sie, wovon sie redete.

»Glaub mir, diese Frau hat es faustdick hinter den Ohren, und sie wird mich noch kennenlernen.«

»Aber sie kennt dich doch schon.« Sofia schien das Wortspiel missverstanden zu haben.

»So nicht! Ich werde mir etwas einfallen lassen, womit sie niemals rechnen wird.« Toto hatte nur leider keine Ahnung, was das sein könnte. Zudem musste er Martin und Rüde beichten, dass der Termin bei Goldstaub Immobilien ein Schuss in den berühmten Ofen gewesen war. Die Zeit des Trödelns und Flanierens war vorbei und so bat er Sofia, ihn auf direktem Weg ins Hotel zurückzuführen.

Kapitel 25

Es fühlte sich wie der Morgen nach dem Saufgelage an, nur dass es gerade mal vier Uhr am Nachmittag war. Die Sonne knallte gnadenlos vom Himmel und Toto stand bis zu den Schultern im Hotelpool und nippte an einer Piña colada.

»Nimm was von der Sonnencreme, Rüde. Deine Glatze glüht wie eine Herdplatte.«

Toto reichte Rüde die Plastikflasche, die er in dem kleinen Laden gegenüber vom Hotel gekauft hatte. »Und du, Martin, zieh endlich das Hemd aus und spring ins Wasser. Es sind über dreißig Grad. Im Schatten.«

»Ab einem gewissen Alter sollte man sich nicht mehr ohne Hemd und Hose in der Öffentlichkeit zeigen.« Martin saß wie festgebunden auf dem Stuhl und starrte stoisch auf die Fliesen, während ein paar Ameisen über seine Füße krabbelten.

»Wenn Rüde und ich das sagen würden, dann ginge das als Selbstschutz durch. Mit deinem straffen Body kannst du dich an jedem Strand der Welt blicken lassen. Also bestell dir einen Drink, dann sieht die Welt gleich besser aus.«

»Die Welt sieht aber nicht besser aus. Oder hast du endlich eine Idee, wie wir diesen Albtraum von einer Finca wieder loswerden und ich mein Geld zurückbekomme?«, grübelte Martin vor sich hin.

Toto schüttelte resigniert den Kopf. Er hatte Martin und Rüde vom nüchternen Resultat seines Besuchs bei Goldstaub Immobilien berichtet und es Gabi in die Schuhe geschoben.

Dass er den finalen Vertrag nicht einmal gelesen hatte, wollte er zunächst einmal für sich behalten.

»Wenn es nach den Aussagen deiner Maklerin unmöglich ist, die Finca wieder loszuwerden, reißen wir sie einfach ab. Vielleicht ist das Grundstück ohne Haus mehr wert.«

»Das geht nicht, Martin«, protestierte Toto. »Das Haus befindet sich in einem Risikoverhütungsgebiet. Wenn es abgerissen wird, darf nie mehr etwas Neues auf dem Grundstück errichtet werden. Außerdem steht das Gebäude unter Denkmalschutz.«

»Risiko ... was?«

»Verhütung sagt dir nach fast fünfzig Ehejahren sicher nichts mehr. In unserem Fall bedeutet es, dass wir in einer Gegend wohnen, in der es zu Erdrutschen, Überschwemmungen oder Waldbränden kommen kann. Steht so im Internet. Wenn wir die Finca einfach abreißen, machen wir uns strafbar.«

»Diese Frau hat sich strafbar gemacht und jetzt schiebt sie uns den schwarzen Peter zu. Das ist ungeheuerlich!«

»Aber sie hat leider recht«, entgegnete Rüde, auf dessen kahlrasiertem Schädel ein dicker Film aus Sonnencreme glänzte. »Ich kenne solche Objekte aus meiner Zeit als Fliesenleger zur Genüge. Mit den Behörden ist es immer schwieriger geworden und mittlerweile steht jedes Gebäude, das älter als zwanzig Jahre ist, unter Denkmalschutz. Da hast du keine Chance.«

»Keine Chance? Das werden wir ja sehen. Diese Frau hat Dreck am Stecken und ich werde es ihr heimzahlen. Nein, du wirst es ihr heimzahlen, Toto! Also lass dir besser etwas einfallen.«

Die Situation war ein einziges Fiasko und Martin musste sich ablenken, um nicht auf Toto loszugehen. Wie hatte er diesem Filou einfach so vertrauen können, zumal sie nicht mal gute Freunde waren? Er entschied sich für einen Spaziergang zur berühmten Kathedrale, um dort ungestört den eigenen Gedanken nachhängen zu können. Martin war das erste Mal in Palma und die Atmosphäre erinnerte ihn spontan an seinen ersten Besuch in München. Damals war er fasziniert gewesen von all den Leuten, die bis spätabends im Biergarten saßen und einen Maßkrug Bier nach dem anderen tranken. Als gäbe es kein Morgen. Hier in Palma gab es zwar keine Biergärten, doch in den Cafés und Restaurants wurde ebenfalls getrunken und das Leben zelebriert. Dazu ein Stadtbild wie aus einem Bildband.

Es gab die üblichen Straßenhändler, die vor den maurischen Gärten *S'Hort del Rei* nachgemachte Handtaschen verkauften, während rote Reisebusse im Minutentakt Frischfleisch vor die Kathedrale transportierte. Wie in einem Hindernisparcours kämpften sich die Pferdekutschen durch die bunte Menschenmenge, im Hintergrund der Klang von spanischen Gitarren. Überall gab es Palmen und Platanen, die ihre Schatten auf die liebevoll herausgeputzten Einkaufsstraßen warfen, während ein Straßenkünstler Seifenblasen in den blauen Himmel pustete. Palma hätte Liliane sicherlich gefallen, glaubte Martin und er spürte, wie der Stress der letzten Stunden an ihm abfiel. Wie gern wäre er jetzt in seinen Rhythmus aus Kniebeugen, Frühstück, Friedhof, Nickerchen und Tagesschau verfallen, was in Anbetracht der Lage wie ein schöner Traum klang. Schön, aber auch ein bisschen öde, wie er zugeben musste. So öde, dass sich die Tage bis zu seinem Tod wahrscheinlich endlos in die Länge ziehen würden. Dagegen waren die letzten 24 Stunden atemlos verlaufen. Bei dem Gedanken zuckte er zusammen, denn das Eingeständnis machte ihm gleichzeitig Angst.

Plötzlich hatte er keine Lust mehr auf ein trostloses Gebet und so ignorierte er die Kathedrale und lief zum Hafenbecken, wo ein paar Segelboote träge hin und herschaukelten. Sehnsüchtig schienen sie darauf zu warten, endlich losgeleint zu werden, um ein paar weiße Kronen in die blaue See zu malen.

Martin sah sich um. Niemand da, und so knöpfte er spontan das Hemd auf und entledigte sich der Bermudashorts, um sie neben einem Poller abzulegen. Nur mit der Unterhose bekleidet, setzte er sich an den Rand des Stegs und betrachtete das Meer. Bis auf eine Qualle, die scheinbar schwerelos umhertrieb, war das Wasser klar. Kein Abfall, keine Algen, keine Fäkalien. Ungewöhnlich für ein Hafenbecken, in dem niemand schwimmen gehen würde. Es war an der Zeit, dass das mal jemand ausprobiert, sagte Martin zu sich selbst und ließ sich von der Leiter ungelenk ins Meer plumpsen.

Das kalte Wasser tat gut und Martin tauchte unter, um sein zermartertes Gehirn zu kühlen. Wie lange hatte er nicht mehr im Meer gebadet und dann auch noch allein?

»Hey, ist Ihnen was passiert?« Ein deutscher Sprachfetzen drang an seine Ohren, als er gerade wieder auftauchte. Ein Mann in seinem Alter stand an der Reling einer kleinen Jacht und faltete die Bild-Zeitung zusammen.

»Haben Sie nach mir gerufen?« Martin ruderte ungeschickt mit den Armen, um sich über Wasser zu halten.

»Ich dachte, Sie seien hineingefallen, aber augenscheinlich geht es Ihnen gut.«

»Ich wollte mich nur abkühlen.«

»Wir haben hier auch einen Strand.« Der Mann legte die Zeitung zur Seite. Ein opulenter Bierbauch spannte sich unter einem viel zu knappen T-Shirt. Das Gesicht war braun gebrannt, als würde er den ganzen Tag in der Sonne brutzeln.

»Ich dachte, ich wäre allein.«

»In der Regel ist man das hier auch. Haben Sie vielleicht Lust auf ein kühles Bier?« Der Mann hielt eine blaue Kühlbox hoch und lächelte einladend.

Martin zögerte. Normalerweise war er nicht der Typ für ein spontanes Bier. Mit einem fremden Menschen schon mal gar nicht. Auf der anderen Seite hatte er nichts Besseres vor und konnte ein wenig Ablenkung gebrauchen. Also nickte er und schwamm auf das Boot zu.

»Nehmen Sie die hintere Leiter, dann helfe ich Ihnen rauf.«

Der Mann reichte Martin seine braun gebrannte Pranke. Ein fester Händedruck, der an Martins kalten Fingern Spuren hinterließ. »Ich bin übrigens Manni und lebe seit siebzehn Jahren auf Mallorca.«

»Ich heiße Martin… und lebe seit gestern hier.« Martin setzte sich auf ein weißes Plastikpolster, das wohltuend warm an seinem Hintern klebte.

»Na dann, willkommen im Paradies. Du wirst niemals mehr nach Hause wollen. Das kannst du mir glauben.«

Nach den ganzen Tiefschlägen tat es gut, so viel Positives vom Leben auf Mallorca zu erfahren. Manni schwärmte von endlos langen Sommernächten, den milden Wintern und der herausragenden Qualität des Essens. Die Heimat Gelsenkirchen hatten er und seine Frau Karin bisher nicht ein einziges Mal vermisst, und es sah nicht so aus, als sollte sich das ändern.

»Das klingt gut. Sie sind wirklich zu beneiden.«

»Wir waren doch bereits beim Du, Martin. Als Strafe musst du noch ein Bier trinken und mir deine Geschichte erzählen. Was hat dich ins Paradies verschlagen?«

Martin musste unwillkürlich schlucken, denn nach Paradies fühlte sich die Zeit bisher für ihn weiß Gott nicht an. Eher wie die Hölle, doch das konnte er Manni wohl kaum sagen. Vielleicht würde es ihm dennoch guttun, den Frust bei einem Fremden zu platzieren, und so entschied er sich dazu, vom verpatzten Hauskauf zu erzählen. Zunächst schien es genau das Gegenteil zu bewirken und Martin spürte, wie sein Puls nach oben schoss und er immer lauter sprach. Als er am Ende der Erzählung war, fing Manni wissend an zu schmunzeln.

»Was gibt es bitte schön zu lachen? Hätte ich gewusst, dass dich das amüsiert, dann …«

»Nichts für ungut, Martin. Aber ich befürchte, ihr steckt ziemlich in der Scheiße.«

»Was meinst du damit?«

»Von solchen Fällen liest man ständig in der Zeitung.« Manni zeigte auf einen Stoß Papier, der neben ihm, fein säuberlich gestapelt lag. »Ihr seid nicht die Ersten, denen das passiert ist. Seit den neuen Vorschriften darf nicht mehr überall gebaut werden. Grundstücke, die für Hotels und schicke Villen vorgesehen waren, wurden über Nacht vollkommen wertlos. Also verramscht man sie an ahnungslose Deutsche, die glauben, ein Schnäppchen damit gemacht zu haben. Nur dass nach dem Kauf der Ärger erst richtig losgeht. Die Stadt kassiert Strafgebühren, wenn man sich nicht an die Regeln hält, und die Baufirmen verdienen sich dusselig und dämlich an den Renovierungskosten. Das ist wie bei der Mafia.«

»Was hat das mit der Mafia zu tun?«

»Die mischt überall mit, wo es Geld zu machen gibt. Frauen, Nachtclubs, Koks und … Immobilien.«

»Nur haben wir das Haus nicht von der Mafia erworben, sondern von einer windigen Maklerin aus Düsseldorf.«

»Das muss nichts heißen, denn wie es bei der Mafia so üblich ist, stecken am Ende alle unter einer Decke und machen sich die Taschen voll.« Manni legte die leere Bierflasche in einen Plastikeimer voller Leergut und fischte zwei neue aus der Kühltruhe. Die Sonne klebte bereits wie Eidotter über der Wasseroberfläche und würde bald im Meer verschwinden.

»Ich habe die ganzen Ersparnisse in dieses Haus gesteckt. Es muss doch irgendeine Möglichkeit geben, um es wieder loszuwerden. Was ist mit der Polizei? Wir wurden offensichtlich über den Tisch gezogen …«

»Ihr habt offensichtlich einen gültigen Kaufvertrag unterschrieben, den du offenbar nicht durchgelesen hast. Wenn du diese Halunken dingfest machen willst, musst du ihnen den Betrug entsprechend nachweisen, bevor du etwas unterzeichnest. Von daher sehe ich nur eine Chance.«

»Welche?« Martin schöpfte Hoffnung.

»Du renovierst das Haus, wirst mit deinen Freunden glücklich und leistest mir fortan Gesellschaft. Schließlich ist es das Paradies ...«

»Und ich werde niemals mehr nach Hause wollen«, ergänzte Martin den Satz. »Das mag für dich und deine Karin stimmen, denn ihr wurdet nicht ums Geld betrogen. Ich dagegen habe den letzten Wunsch meiner Liliane ordentlich vergeigt und die Ersparnisse sind aufgebraucht. Sobald ich mein Geld zurückhabe, steige ich in den nächsten Flieger und bin zurück in München.«

Schweigend genossen sie den Sonnenuntergang und Martin musste zugeben, dass der Anblick der vielen kleinen Boote vor der mit Scheinwerfern bestrahlten Kathedrale ein wunderschöner Anblick war. Er schloss die Augen und malte sich in Gedanken aus, wie es gewesen wäre, mit Liliane hier zu sitzen. Wie sie sich bei ihm eingehakt hätte, um die Romantik dieses Augenblicks in Gänze zu genießen. Wie sie ihn gedrückt, geneckt und überredet hätte, dem Ganzen eine Chance zu geben.

Es war bereits nach zweiundzwanzig Uhr, als Martin ins Hotel zurückkam. Er war es nicht gewohnt, so viel Alkohol zu trinken, und die Hitze hatte seinen Rauschzustand verstärkt. Entgegen der Erwartung, dass ihn das Bier nur müde machen würde, fühlte er sich fit und voller Tatendrang. Er freute sich sogar über den Anblick seiner Freunde, die als letzte Gäste an der Bar saßen. So konnte er ihnen gleich von der Idee erzählen, die ihm auf dem Rückweg in den Sinn gekommen war.

»Der verlorene Sohn kommt nach Hause. Wir haben dein

allzeit positives Gemüt vermisst.« Toto winkte mit einem leeren Cocktailglas, in dem zwei Eiswürfel lautstark hin und her klackerten.

»Ich habe jemanden kennengelernt.« Martin musste sich setzen, um das Schwindelgefühl zu kompensieren.

»Das kommt jetzt wirklich überraschend. Wie heißt die Gute, denn?« Toto verzog die Mundwinkel zu einem breiten Grinsen und gab Sofia das Zeichen, Nachschub an den Platz zu bringen.

»Keine sie…«, druckste Martin herum und stützte den Kopf mit beiden Händen ab. »Es ist ein *Er* mit dickem Bauch.«

»Dann hättest du dich auch für einen von uns entscheiden können.« Toto gab Martin einen freundschaftlichen Klaps auf den Rücken.

»Nur im Gegensatz zu dir hat Manni alles richtig gemacht und besitzt jetzt nicht nur eine große Wohnung mit Blick aufs Meer, sondern auch ein Segelboot. Das hat mich nachdenklich gestimmt.« Martins Augen wurden glasig, als würde er sich an etwas Trauriges erinnern. Obwohl er sich nach außen gern als harter Griesgram präsentierte, pochte im Inneren ein weiches Herz.

»Bevor du hier gleich losflennst, trinken wir auf diesen Manni.« Toto verteilte die Gläser und prostete den beiden Freunden zu.

»Wir lassen die Finca renovieren…«, knallte Martin die Idee mit aller Euphorie heraus.

»Bist du sicher, dass du noch der Gleiche bist, der uns um 17 Uhr am Pool verlassen hat?«

»Um sie anschließend zu verkaufen. Durch deine Immobilienmaklerin«, antwortete Martin gallig.

»Leider bist du immer noch der Alte.« Toto nippte am Gin Tonic und verdrehte dabei demonstrativ die Augen. »Kannst du dem Ganzen nicht ein wenig Zeit geben? Außerdem bin ich mir nicht sicher, ob Gabi, so ihr werter Name, daran interessiert sein wird, die Finca für uns zu verkaufen.«

»Dann sorge dafür, dass sie ein Interesse daran hat. Schließlich hat sie uns über den Tisch gezogen und arbeitet für die Immobilienmafia.«

»Die Immobilien ... was?«

»Du hast mich richtig verstanden, Toto. Und würdest du hin und wieder Zeitung lesen, dann hättest du davon gewusst und wärst nicht auf solch einen offensichtlichen Betrug hereingefallen. Du hast uns, ich korrigiere, *mich* da reinmanövriert und holst uns gefälligst wieder da raus. Bis dahin werde ich die Bruchbude ein wenig aufhübschen, ich korrigiere, *wir* werden sie gemeinsam renovieren lassen. Zumindest vordergründig. Das sollte nicht die Welt kosten und vom anschließenden Erlös gedeckelt werden können.«

»Tut mir leid, Martin, aber ich kann da nicht mitmachen. Finanziell wie organisatorisch. Arno hat vorhin angerufen und gefragt, ob ich zurückkomme und ihn unterstützen kann. Die Stadtwerke haben ihn sogar befördert und er hat einen neuen Nebenjob bei der Post aufgetan, der mehr einbringt als das Kellnern. Ich kann ihn jetzt nicht hängenlassen und muss zurück nach Gladbach.« Rüde betupfte mit einem Stofftaschentuch seine schweißbedeckte Stirn.

»Du kannst vor allem *uns* nicht hängen lassen. Schließlich bist du so was wie ein Profi in Sachen Renovierung. Willst du wirklich alles für deinen undankbaren Schwiegersohn aufgeben, der dich jahrelang nur benutzt hat?«, unterbrach Toto Rüdes düstere Gedankenwelt.

»Für euch bin ich nur das dritte Rad am Wagen und kann finanziell nichts zur Renovierung beisteuern. Entschuldigt, aber das fühlt sich echt beschissen an.«

»Zunächst mal braucht ein Wagen mindestens vier Räder und zum zweiten gibt es so etwas wie Freundschaft. Wir sind zusammen losgefahren und werden es gemeinsam schaffen. Sag du bitte auch mal etwas dazu, Martin.«

»Hauptsache, du löffelst deine Suppe aus Toto, denn hier und jetzt endet meine Nächstenliebe.«

»Da hörst du es, Toto. Martin meint auch, dass ich zurück nach Hause fahren sollte.«

Toto schüttelte den Kopf, als würde er die Wahrheit nicht hören wollen. Stattdessen orderte er Sofia an den Tisch, die ihr Arbeitsdress gegen eine Jeans mit Kapuzenpulli ausgewechselt hatte.

»Unser Freund Rüde hat ein bisschen Heimweh. Vielleicht hast du etwas Hochprozentiges dagegen.«

»Warum hast du Heimweh?« Anstatt Schnaps zu holen, setzte sich Sofia auf einen Barhocker und sah Rüde mitfühlend an.

»Weil ich meinen Schwiegersohn bei der Heimarbeit vertreten muss.« Rüde blickte verstohlen auf das leere Glas in seiner Hand, als würde er sich schämen.

»Wieso musst du überhaupt noch arbeiten? Und dann noch für deinen Schwiegersohn?«, bemerkte Sofia irritiert.

»Weil meine Rente zu mickrig ist und weil Arno mich, trotz der Trennung von Karola, aufgenommen hat und ich ihm dafür etwas schulde«, erwiderte Rüde mit einem Achselzucken.

»Was ist das für eine Heimarbeit, die du für ihn erledigen musst? Strickst du Schals oder Pullover?«

Rüdes Miene hellte sich kurz auf und er musste sogar schmunzeln. »Nein, ich nehme Termine am Computer für ihn wahr.«

»Das kannst du auch von hier aus machen.« Sofia stand auf und füllte etwas Tonic Wasser in drei Gläser.

»Wie soll das funktionieren? Arno arbeitet bei den Stadtwerken.«

»Das spielt keine Rolle. Du brauchst nur ein Laptop und einen Internetanschluss, und nebenbei mixe ich dir einen Drink. Das machen viele Leute auf Mallorca so. Sitzen am Strand und arbeiten, während ihnen die Sonne auf den

Bauch scheint.« Sofia machte mit den Händen eine Geste, als wäre das ein Kinderspiel und füllte die Gläser bis zum Rand mit Eiswürfeln. »Und bezüglich der Renovierung eurer Finca habe ich meinem Onkel Jordi schon Bescheid gesagt. Er erwartet euch gleich morgen früh und macht sicherlich ein Angebot, das ihr nicht ablehnen könnt.«

Kapitel 26

Rüde setzte sich auf die Bettkante und fummelte das Stofftaschentuch aus der Hosentasche. Pitschnass. Dabei hatte er es am Abend zweimal auf der Gästetoilette ausgewrungen, damit seine Freunde nichts bemerkten. Nur zu gern hätte er es auf die Hitze geschoben, doch tief im Inneren ahnte er, dass es mit seinem Magen zusammenhing, der weiterhin Probleme machte. Noch ein Grund, um schleunigst heimzukommen und sein altes Leben wieder aufzunehmen. Es wäre auch zu schön gewesen, wenn er, ohne einen Cent gespart zu haben, einfach mit den Freunden in den Süden ziehen könnte. Nein, er gehörte nicht in diese Runde und Leben auf anderer Leute Kosten war noch nie sein Ding gewesen. Umso mehr ärgerte es ihn, dass er sich von Toto hatte belatschern lassen, bis zum Verkauf der Finca hier zu bleiben.

Sie hatten das Hotel um zwei weitere Nächte verlängert, ohne dass er wusste, wie er das begleichen sollte, schließlich war die Rente längst verbraten und es ging bereits an die Ersparnisse. Im Vergleich zu Martins Investition war das ein absoluter Witz und so hatte er am Ende zugestimmt. Sie waren zusammen hierhergekommen und würden auch gemeinsam wieder heimfahren. Je eher desto besser. Bis dahin musste er Arno irgendwie vertrösten. Gleich morgen früh würde er anrufen, um ein bisschen Zeit bei ihm zu schinden.

Die Nacht hatte kaum Linderung gebracht und er hatte alle Nase lang zur Toilette gehen müssen. Auch so ein Phänomen des Älterwerdens, das ihm keinen Spaß bereitete. Irgendwann würde er vielleicht so einen Beutel brauchen oder in eine Pfanne machen. So, wie das Leben beginnt, geht es auch zu Ende und man war hilflos wie ein Baby. Er sah auf seine Armbanduhr, auf der es neun Uhr morgens war, und wählte Arnos Nummer.

»Karola?«

»Papa?«

»Was machst du in unserer Wohnung? Warum geht Arno nicht an den Hörer?«

»Was ist denn das für eine Frage? Immerhin habe ich länger hier gewohnt als du und ich darf ja wohl noch meinen Ex-Mann besuchen, wobei wir offiziell nicht mal geschieden sind.«

»Ja, natürlich.« Rüdes Gedanken fuhren Achterbahn und er überlegte, ob Karolas Besuch eine gute oder schlechte Neuigkeit war. Seit sechs Monaten hatte sie Arno nicht einmal angerufen und jetzt ging sie souverän an seinen Telefonanschluss. Dabei war Rüde gerade mal seit zwei Tagen ausgezogen.

»Was zur Hölle machst du eigentlich auf Mallorca?« Die Schärfe im Unterton war nicht zu überhören.

»Na ja, ich lebe hier.« Dabei fiel ihm auf, dass er seiner eigenen Tochter nichts vom Auswandern erzählt hatte, ganz so, als würde er selbst nicht so recht daran glauben.

»Aber wieso? Gab es einen Streit? Arno druckst herum und sagt, du hättest ihn im Stich gelassen.«

»Wenn hier jemand Arno im Stich gelassen hat, dann warst es ja wohl du. Ich habe mit zwei alten Schulfreunden ein Haus gekauft oder vielmehr eine Finca.«

»Du hast dir eine Finca gekauft? Von welchem Geld denn? Habe ich etwas übersehen?«, plärrte Karola in den Hörer.

»Keine Sorge. Das Geld stammt von meinem Freund Martin und ich schulde ihm noch den gesamten Anteil. Deshalb rufe ich ja an...«

»Um Arno auszunehmen? Das habe ich bereits erledigt«, bemerkte Karola keck.

»Ich muss trotzdem mit ihm reden und es wäre nett, wenn du ihn jetzt an den Hörer holen könntest.« Rüde unterdrückte einen Magenkrampf, der wie eine Kugel durch seine Eingeweide schoss.

»Du klingst so angestrengt. Bist du krank?«, fragte Karola.

»Nein, mir geht es gut. Mach dir bitte keine Sorgen.«

»Ich mache mir keine Sorgen. Zumindest nicht um dich.«

»Dann ist ja gut. Und jetzt hol mir bitte Arno ans Telefon. Wir haben etwas zu bereden.«

Das Gespräch verlief nicht gerade so, wie Rüde es sich erhofft hatte. Arno war immer noch sauer auf ihn und erwartete, dass er möglichst bald zurückkehren würde, um die Arbeit wieder aufzunehmen. Durch die gestiegenen Energiekosten war es ihm nicht möglich, die Wohnung allein zu finanzieren, und er brauchte diesen Nebenjob, um über die Runden zu kommen. Dass ein Großteil des Geldes für Alkohol, Glücksspiel und Klamotten draufging, verschwieg er wie sonst auch und hinterließ bei Rüde ein Gefühl der Machtlosigkeit. Entweder würde er Arno oder seine Freunde im Stich lassen müssen. Egal, wofür er sich entscheiden würde, er konnte es nicht allen recht machen. Also setzte er darauf, dass sich das Thema Finca vielleicht von selbst in Luft auflösen würde. Zumindest waren Martin und Toto gerade auf dem Weg dorthin, um sich mit diesem Onkel Jordi auf ein Angebot zu einigen.

Kapitel 27

Martins Hände zitterten, als er den Autoschlüssel entgegennahm. Einen Schaltwagen hatte er zuletzt in den 80er-Jahren gefahren und seit Lilianes Tod war er nur noch mit den Öffentlichen unterwegs gewesen.

Aufgrund ihrer finanziellen Lage hatten sie sich für einen ockergelben Seat Ibiza entschieden, der bei der Mietstation von Sofias Neffen Marcos das Angebot des Tages war. Alles besser, als dauernd mit dem teuren Taxi unterwegs zu sein, rechnete sich Martin aus, und stimmte schließlich zu. Während Rüde mit Franz Ferdinand im Hotel geblieben war, wollten er und Toto zur Finca fahren, um sich mit Sofias Onkel Jordi zu treffen.

Entgegen der Befürchtung, dass sie mit der Kiste nicht weit kommen würden, sprang der Motor sofort an und Martin steuerte den Seat in ruckartigen Schüben auf die Schnellstraße nach Valldemossa. Eigentlich fuhr er ungern mit dem Auto, da es ihm am Feingefühl für Übergänge fehlte. Entweder verfehlte er den Gang oder er trat zu heftig auf die Bremse. Zudem machten ihn die anderen nervös. Autofahrer, denen es nicht schnell genug ging oder Radler, die die Straße für sich ganz allein beanspruchten.

»Du musst die Kupplung streicheln, sonst löst du noch die Airbags aus.« Toto formte die Hand zu einer Welle.

»Keine Sorge, das Ding hat keinen Airbag«, brummte Martin, der sich ärgerte, kein Automatikgetriebe für den Preis bekommen zu haben.

»Trotzdem solltest du mit mehr Gefühl fahren, wenn wir

lebend unser Ziel erreichen wollen. Wann bist du das letzte Mal Auto gefahren?«

»Ich fahre regelmäßig. Doch so eine alte Kiste ist mir selten untergekommen.« Mit einem Ruck, der wie ein langer Seufzer klang, fuhr Martin in den Kreisverkehr, um kurz danach den Motor abzuwürgen.

»Wenn du nichts dagegen hast, würde ich gern übernehmen.«

Martin hatte nichts dagegen, sondern fühlte sich eher erleichtert, sodass er Toto widerstandslos das Steuer überließ.

»Aber pass gut auf, der Wagen reagiert überaus spontan.«

»Lass das mal den Toto machen. Der weiß, wie man reife Damen streicheln muss, damit sie wie ein Kätzchen schnurren.«

Toto fuhr den Seat zurück auf die Straße und schaltete das Autoradio ein. Ein stampfender Rhythmus, ohne Text und Melodie, dröhnte aus überreizten Lautsprechern, die ungestüm im Takt vibrierten. Trotz der lauten Einheitsdudelei empfand Martin die Landschaft diesmal als beruhigend. Die Felder mit Oliven-, Orangen- und Zitronenbäumen, die eleganten Villen mit ihren blau schimmernden Pools und die kargen Hänge der Tramuntana-Berge hatten durchaus was vom Paradies, und er konnte gut verstehen, warum Manni nicht zurück nach Deutschland wollte, und Lilianes letzter Wunsch ein Haus im Süden gewesen war.

Jordi erschien zwei Stunden später als vereinbart, was in Spanien ganz normal sei, erklärte der dem aufgebrachten Martin. Begleitet wurde er von einem durchtrainierten Mann mit Zottelmähne und freiem Oberkörper, der kaum noch freie Flecken auf der Haut hatte, die nicht mit einer Tätowierung überzogen waren. Er sah eher wie ein Bodyguard als wie ein Bauarbeiter aus, und Martin fühlte sich einmal mehr getäuscht und auch betrogen. Nur Verbrecher auf der Insel, hätte er am liebsten laut geschimpft, doch damit wäre er mal wieder wie sein Vater aufgetreten und hätte den vielleicht rettenden Kontakt mit Anlauf vor den Kopf gestoßen. Also biss er sich stattdessen auf die Zunge und stieg mit einem Vorwurf ein.

»Ich dachte, Sie rücken mit einem Bautrupp an und legen direkt los.«

»No hay estrés. Kein Stress, mein Freund. Erst muss ich mir einen Überblick verschaffen.« Onkel Jordi war hager und trug eine graue Stoffhose, die ihm wie ein Müllsack um die Hüften hing. Das blau-weiß gestreifte Businesshemd hatte er hochgekrempelt, als wolle er selbst mit anpacken.

»Den Überblick werden Sie sofort bekommen, denn im Gegensatz zu Ihnen, haben wir hier Stress, und zwar gewaltigen! Und … ich bin nicht Ihr Freund, nur um das klarzustellen.«

»Nach fünf, sechs Monaten sind wir beide garantiert Amigos. Das ist übrigens Diego, aber alle nennen ihn nur Django, wegen seiner Vorgeschichte.« Jordi klopfte dem jungen Mann auf die Schulter, der keine Miene dabei verzog. Sein Blick war starr ins Nirgendwo gerichtet, und er schien Martin nicht mal wahrzunehmen.

»Was denn für eine Vorgeschichte?«

»Nada importante. Nur Kleinigkeiten, die ein Glücksfall für uns sind.«

»Aber er verfügt schon über eine handwerkliche Ausbildung?«

»Si, si. Im Knast hat er den neuen Anbau nahezu allein gemauert und wurde wegen guter Führung früher als geplant entlassen. Wie gesagt, ein Glücksfall für uns.«

Martin musste in Anbetracht dieser Vorgeschichte unwillkürlich schlucken und nahm Djangos opulente Oberarme ins Visier. Im Zweifel würde er sie alle drei mit einem Handgriff abservieren können.

Er studierte die ausgemergelten Gesichtszüge des Bauunternehmers und versuchte, darin nach einer Summe für die Renovierungskosten zu lesen. Schon seit fünfzehn Minuten starrte der auf ihre Finca und massierte sein glattrasiertes Kinn.

»Dios mío!«

»Was soll das heißen?« Martin blickte irritiert zu Toto, als könne der ihn einwandfrei verstehen.

»Das heißt, viel Arbeit.« Onkel Jordi blickte zu Django, der wenig aktiviert erschien. Typisch für die jungen Leute und die Südländer im Besonderen, dachte Martin und drückte auf die Tube.

»Was wird die Renovierung kosten? Wie lange wird es dauern?«

»Depende.«

»Was soll das schon wieder heißen?«

»Kommt drauf an, wie lange es halten soll.« Onkel Jordi zuckte mit den Schultern, als läge die Entscheidung nicht bei ihm.

»Wir brauchen eine eindrucksvolle Fassade, damit wir es schnell und gewinnbringend verkaufen können. Schnell und gewinnbringend sind dabei die Zauberwörter. Es muss also nicht ewig halten, sondern nur so jemanden wie meinen alten Schulfreund Toto hier blenden und begeistern können. Hauptsache es geht schnell.«

»Rápido bedeutet teuer, weil wir ein großes Team benötigen, das ich nicht habe und extra für euch engagieren müsste.«

»Und was würde langsam und gewinnbringend kosten? Und überhaupt, wie schnell ist langsam?«

Onkel Jordi drehte sich erneut zu Django um und sprach mit ihm auf Spanisch.

»Als Erstes müssen wir das Haus leerräumen. Declutar. Entrümpeln. Dann schließen wir das Dach und reinigen die Zimmer, die vom Brand betroffen sind. Danach nehmen wir uns die anderen Räume vor. Böden, Fenster, Wände, Decken. Zum Schluss kommen die Terrasse und der Garten dran. Und ihr braucht einen Pool. Ansonsten kannst du die Finca nicht verkaufen. Denn bei allem Respekt, die Lage hier draußen ist beschissen.«

Beim letzten Satz musste Martin unwillkürlich schlucken, denn an der Abgeschiedenheit würden sie nichts ändern können. Doch zumindest schien Onkel Jordi einen Plan zu haben. »Das klingt vernünftig. Was kostet das und wann ist es fertig?« Martin wollte am liebsten sofort loslegen.

»Ciento cincuenta mil. Sagen wir 150.000 und fertig in 18 Monaten.« Onkel Jordis Antwort knallte ihm wie eine Ohrfeige ins Gesicht. Martin war geschockt, erinnerte sich jedoch daran, dass im Süden die Verhandlungstaktik zu jedem Geschäftsabschluss dazugehört.

»Das vergessen wir am besten gleich. Sagen wir 20.000 und fertig in einem Monat mit Zahlungsziel am Ende.«

»No. Wir sagen 120.000 und fertig in einem Jahr. Die Hälfte von der Kohle zu Beginn.«

»Das ist Wucher. Mein letztes Angebot sind 30.000 und fertig in sechs Wochen.«

»No es posible. 80.000 und fertig in zehn Monaten. Ohne Pool. Letztes Angebot.« Onkel Jordis Augen funkelten und Martin hatte das Gefühl, dass Django einen Schritt näher an ihn herangerückt war. Zehn Monate waren eine viel zu lange Zeit, um im Hotel zu übernachten. Sie würden in die Finca ziehen müssen, egal, wie dreckig, muffig oder baufällig die ganze Bude war. Noch schlimmer wogen allerdings die 80.000 Euro, da Martin wusste, dass die Kosten mehr als angemessen waren.

Hilfesuchend blickte er zu Toto, der nur verlegen auf den Boden starrte. Kein Wunder, dachte Martin, schließlich verfügten weder Toto noch Rüde über weitere Ersparnisse. Es lag also wieder mal an ihm, nur dass er keine 80.000 Euro hatte. Zudem hatte er geplant, die Renovierungskosten vom Verkaufserlös zu zahlen. Also zerrte er Toto hinter ein Gebüsch, um sich mit ihm zu besprechen.

»Vielleicht bekommen wir einen Kredit?«, überlegte Martin laut.

»Mit 70 Jahren? Da bekommst du nicht mal mehr ein Girokonto. Vielleicht können wir die Summe über zehn Monatsraten strecken. Dann wären es nur 8.000 Euro. Pro Monat«, schlug Toto vor.

»Selbst wenn sich dieser Jordi darauf einlässt, sind unsere gemeinsamen monatlichen Einnahmen Lichtjahre von dieser Summe entfernt. Oder hast du irgendwo noch Geld versteckt?«

»Schön wär´s. Trotzdem klingen 8.000 Euro besser als 80.000 auf die Kralle. So gewinnen wir wertvolle Zeit, in der mir sicher etwas einfällt.« Toto bleckte die Lippen, als hätte er ein letztes Ass im Ärmel.

»Was sollte dir denn einfallen?«

»Ist noch nicht spruchreif, aber es könnte uns aus der Bredouille retten.«

»Das klingt besorgniserregend.«

»Lass den alten Toto einfach machen.«

»Wir haben ja gesehen, wie das endet, wenn man dich mal machen lässt.« Martin fühlte sich in eine Zwickmühle gedrängt, denn ohne Renovierung würde er die Finca nicht verkaufen können. Andererseits waren zehn Monate eine viel zu lange Zeit, die er sicher nicht auf dieser Insel bleiben würde. Es gab kein Richtig und kein Falsch, und trotzdem musste er entscheiden. Vielleicht hatte Toto also recht, und sie würden durch die Stückelung der Summe etwas Übersicht und Zeit gewinnen. Zögerlich, als läge eine schwere Last auf seinen Schultern, ging er zurück zum Bauunterneh mer, der geduldig auf die Antwort wartete.

»Also, gut Señor Jordi. Legen Sie los! Wir splitten den Betrag auf zehn gleiche Monatsraten auf, beginnend mit dem nächsten ersten.«

Der Bauunternehmer schüttelte zunächst den Kopf, als hätte ihn das Angebot beleidigt. Dann diskutierte er mit

Django, der hin und wieder freudlos nickte, bis Onkel Jordi schließlich seine Hand ausstreckte.

»Acordado. Einverstanden. Wir legen in einer Woche los.«

»Nix da. Wenn wir Ihren Wucherkonditionen zustimmen, dann starten Sie sofort. Wir haben bereits zu viel Zeit mit Diskussionen vergeudet.«

Der Bauunternehmer runzelte die Stirn, als hätte sich die Situation dadurch geändert. Wieder sprach er kurz mit seinem Mitarbeiter, um anschließend sein Go zu geben.

»Bueno. Django bleibt hier und fängt sofort an. Ich melde mich die Tage.«

»Was soll das heißen? Sie können uns doch nicht mit ihm allein lassen. Und überhaupt, wann kommt der Rest ihrer Mannschaft?«

»Bis zum ersten Zahltag gibt es nur Django. Aber keine Sorge, er arbeitet für zwei und ist ein guter Junge. Eigenwillig, aber diligente. Fleißig.«

»Was ist, wenn er uns … beklaut? Wir kennen ihn nicht einmal?«

»Keine Sorge. Django war nicht wegen Diebstahl eingebuchtet. Gebt ihm eine Chance. Wir sehen uns am Freitag, dann sehe ich mir den Progreso, den Fortschritt, an«, erwiderte Jordi.

»Freitag? Das ist erst in vier Tagen. Was passiert mit Django in der Zwischenzeit? Wie kommt er jeden Tag hierhin?«, rief Martin hinterher.

»Django gehört jetzt zu Ihnen. Aber keine Sorge, er braucht nicht viel. Das ist der Vorteil, wenn man im Gefängnis war.« Der Bauunternehmer lachte laut auf und verschwand hinter ein paar ausgedörrten Sträuchern.

Kapitel 28

Schon als kleiner Junge hatte sich Toto mit seiner großen Klappe und findigen Ideen stets über Wasser halten können. Im Grunde war die Jugend sogar seine beste Zeit gewesen, da er im Gegensatz zu seinen Freunden nicht aufs Taschengeld der Eltern angewiesen war. Sein Vater starb bei einem Arbeitsunfall, als er noch ein Kind war, während die Mutter putzen ging und in einem Textilbetrieb Spulen für das Garn aufsetzte. Damit konnte sie gerade so die Miete und das Essen zahlen, sodass für Toto und seine Schwester Ingeborg nicht wirklich etwas übrigblieb. Er musste lernen, selbst zurechtzukommen, und so half er anfangs auf den Feldern aus und begnügte sich damit, ein wenig von der Ernte abzuzwacken. Später ließ er Spielsachen im Kaufladen mitgehen, die er an die reichen Kids verkaufte, bevor ihm einer seiner Geistesblitze kam. Er gründete die sogenannte Stibitz-Armee, eine Horde Volksschulkinder, die für ihn den Supermarkt leerräumten, während er das Personal mit seinen Anekdoten unterhielt. Auch wenn es arme Zeiten waren, erinnerte sich Toto gern an diese Tage, die voller Abenteuer steckten und ihm im Freundeskreis ein wenig Ansehen verschaffte. Das änderte sich schlagartig, als er erwachsen wurde, und feststellen musste, dass er außer der großen Klappe und dem Hang zum Delinquenten nicht wirklich etwas gelernt hatte. Seine Freunde waren alle weggezogen und wollten nichts mehr von ihm wissen. Er beschloss, sein Leben fortan in den Griff zu kriegen, und machte eine Ausbildung zum Chemischen Reiniger, was ihn mit einer gewissen Zufriedenheit erfüllte. Bis die Firma irgendwann bankrott ging und er wieder am Anfang eines neuen Lebens stand. Genau wie hier und jetzt, nur mit dem Unterschied, dass er keinen Job mehr kriegen würde, um sein Konto aufzufüllen. Doch vielleicht konnte er ja wieder andere für sich und seine Ziele arbeiten lassen, genau wie damals die Stibitz-Armee. Er kaute auf dem Gedanken noch ein Weilchen herum und hatte plötzlich eine Idee, während sie zu dritt beim Abendessen im Hotel saßen.

»Ich glaube, ich weiß, wie wir an Kohle kommen.« Toto legte eine Schweigesekunde ein, um ein neugieriges »Wie« zu ernten.

»Nicht schon wieder«, seufzte Martin stattdessen und schaute nicht mal von seinem Schnitzel auf.

»Jetzt nörgle nicht gleich rum, schließlich sollte ich mich um die Lösung kümmern. Und voilà, hiermit präsentiere ich euch die legendäre Schieberbande.«

»Schieberbande? Wer soll das sein?« Rüde knabberte auf einem Stück Knorpel herum und griff zur leeren Rotweinflasche, um sie enttäuscht wieder zurückzustellen.

»Für den Anfang bist das du, Rüde.«

Sein Freund hörte augenblicklich auf zu kauen und schaute ihn mit großen Augen an.

»Na ja, ich habe mir überlegt, dass es nicht angehen kann, dass du für deinen Schwiegersohn die Arbeit machst und keinen Cent dafür bekommst.«

»Das ist mein Anteil fürs Essen und die Miete«, entgegnete Rüde.

»Nur dass du nicht mehr bei Arno, sondern hier in Spanien wohnst. Wenn du also weiterhin für ihn die Maus von A nach B verschiebst, damit er seinem Nebenjob nachgehen kann, dann muss er dir künftig etwas abgeben.«

Rüde kniff die Augen zusammen, als müsse er sich konzentrieren.

»Ich weiß nicht, Toto. So habe ich das bisher noch nicht

gesehen. Keine Ahnung, wie Arno auf den Vorschlag reagieren wird.«

»Na ja, du hältst ihm den Rücken frei, und er scheffelt fleißig Kohle. Und hat fortan die Wohnung ganz für sich allein.«

»Hm.« Rüde schien weder überzeugt noch gewillt, die Idee in Taten umzusetzen, also bohrte Toto nochmals nach.

»Wir können dir schon morgen einen Laptop kaufen, sodass du ihn ab übermorgen wieder unterstützen kannst. Dann lässt du weder Arno noch uns im Stich und bekommst noch eine fette Rente.«

»Laptop kaufen?« Martin schüttelte den Kopf. »Wovon sollen wir den bitte schön bezahlen? Als ich sagte, mach dir Gedanken über die Einnahmen, meinte ich nicht, dass du dabei die Ausgaben verdoppeln sollst.«

»Du denkst zu kurzsichtig, mein Freund. Nur wer säht, kann etwas ernten und dieser Computer ist das Tor zu einer monatlichen Rente, die Rüde im Schlaf dazuverdienen wird. Und wer weiß, wo ein Arno ist, ist vielleicht auch noch ein zweiter oder dritter …«

»Im Gegensatz zu dir bin ich immerhin des Denkens mächtig, und nein, wir sind keine Freunde und werden es auch niemals werden. Heute weniger als gestern. Ich habe den Konditionen dieses Bauunternehmers nur zugestimmt, weil du angeblich einen Geistesblitz gehabt hast. Ich hätte mir denken können, dass dahinter mal wieder nur heiße Luft und sinnloses Geschwafel stecken.«

»Rüde hat es noch nicht einmal versucht …«, protestierte Toto.

»Ich bin mir nicht so sicher, ob Arno die Idee gefallen wird …«, druckste Rüde herum, dem die Diskussion anzustrengen schien. Er hielt beide Hände auf den Bauch, als hätte er zu viel gegessen.

»Da hörst du es.« Martin wedelte mit der leeren Flasche und drehte sie herum. Ein einzelner Tropfen fiel wie in Zeitlupe auf den Tisch und hinterließ einen Flecken auf der Papierserviette.

»Ihr gebt immer gleich auf, ohne es probiert zu haben. Ich werde mich selbst um Arno kümmern und ihm ins Gewissen reden.«

»Du kümmerst dich selbst um etwas? Das ist ja mal was Neues, Toto. Dann kümmere dich bitte auch um deine Immobilienmaklerin, die uns nach Strich und Faden ausgenommen hat. Ich werde mir das nicht gefallen lassen.«

»So mag ich meinen Freund Martin. Hart und unerbittlich wie Bruce Willis.«

»Keine Ahnung, wen du damit meinst, und es ist mir auch egal, denn übermorgen ziehen wir in die Finca und reduzieren unsere Kosten. Ich habe jedenfalls keine Lust, für euch beide ständig zu bezahlen.«

»Yippie-Ya-Yeah Schweinebacke!« Toto freute sich fast über Martins Kampfansage, auch wenn sie ein versteckter Vorwurf war. Alles war besser als das ewige Gemecker, das alle ständig runterzog. Jetzt brauchte er nur noch Rüdes Schwiegersohn Arno einen Deal anbieten, und dann würden die Einnahmen schon sprudeln.

Während Martin und Rüde den Tag am Swimmingpool verbrachten, nutzte Toto die Gelegenheit für einen Ausflug mit Sofia. Er wollte endlich etwas von der Insel kennenlernen und votierte für einen Strand, der hauptsächlich von Einheimischen besucht wurde. Die Bucht lag ganz im Osten und war nur durch einen schweißtreibenden Wanderweg zu erreichen, den er ohne Sofia nie gefunden hätte. Dafür war der Ausblick auf das türkis schimmernde Meer umso gewaltiger, das hier wie in der Karibik aussah. Ein paar Motorboote ankerten in der sichelförmigen Bucht, während junge Paare und Familien ihre Handtücher auf dem Strand ausgebreitet hatten. Das Leben schien unkompliziert und traumversunken. Genau so hatte er sich seinen Lebensabend vorgestellt.

Einschließlich der attraktiven Frau, die neben ihm auf einer Decke lag, während Franz Ferdinand aufgeregt zwischen den Wellen hin und her sprang.

Sofia trug den gelben Bikini, den sie beim Stadtbummel anprobiert hatte, ohne ein Wort darüber zu verlieren. Toto war es Einerlei, ob sie das Teil gekauft oder gestohlen hatte, schließlich war er in jungen Jahren selbst kein Kind von Traurigkeit gewesen. Hin und wieder muss man sich vom Leben etwas nehmen, ansonsten ist es viel zu schnell vorbei. Genau wie dieser schöne Tag, den er am liebsten angehalten hätte. Es war bereits nach fünf, als er das erste Mal auf die Uhr sah und sich an seine Pflicht erinnerte. Er hatte versprochen, mit Arno zu telefonieren, und er ahnte, dass es nicht so einfach werden würde. Viel lieber wäre er mit Sofia in ein schickes Restaurant gegangen, um mit ihr bei einem Abendessen weiter ins Gespräch zu kommen. Doch erstens musste er jetzt haushalten mit seinem Geld, und zweitens hatte er Bammel vor einer peinlichen Absage. Versau es dir nicht gleich, sagte er leise zu sich selbst und suchte nach Franz Ferdinand, der in gebückter Haltung neben einer frisch gebauten Sandburg stand und sein Geschäft erledigte.

Als Sofia ihn später mit einem Lächeln am Hotel absetzte, bedankte er sich bei ihr für den schönen Tag. Dabei entstand eine knisternde Stille, die in Spielfilmen meist mit einem Abschiedskuss überbrückt wird. Toto überlegte, ob er allen Mut zusammennehmen und etwas Derartiges riskieren solle, entschied sich dann jedoch dagegen. Stattdessen nickte er verlegen und verließ das Auto, um direkt auf seinem Zimmer zu verschwinden. Er brauchte dringend etwas Zählbares für Martin, also zückte er das Handy, damit er es sich nicht schon wieder anders überlegte.

Toto hörte sein eigenes Herz in den Ohren hämmern, als das Freizeichen ertönte. Nach dem fünften Tonsignal nahm Arno ab und stöhnte ein genervtes »Hallo« in den Hörer. Er schien in keiner guten Stimmung zu sein und Toto überlegte, ob er sein Vorhaben vielleicht verschieben sollte.

»Hallo, ist da jemand?«

»Ähem. Ja, hallo Arno. Hier spricht der... Manager von deinem Schwiegervater.«

»Wer ist da? Was für ein Manager?«

»Entschuldigung, da habe ich mich wohl etwas missverständlich ausgedrückt. Ich wollte sagen, hier ist der Freund und Manager deines Schwiegervaters Rudolf, der für dich seit Jahren schon den Job erledigt. Klingelt es jetzt bei dir?«

»Was ist mit ihm? Haben Sie ihn entführt? Ich habe keine Kohle, falls Sie es darauf abgesehen haben.«

»Ganz im Gegenteil. Es geht ihm ausgezeichnet auf Mallorca und er plant, sein Leben künftig hier zu führen.«

»Schön für ihn, aber er schuldet mir nun mal den Mietanteil. Das war unser Deal. Wieso ruft er mich nicht selbst an, wenn er mir etwas zu sagen hat?« Im Gegensatz zum müden Start klang Arno mittlerweile wach und alarmiert. Vielleicht habe ich mit dem schwachen Auftakt am Ende einen Nerv getroffen, hoffte Toto und legte nach.

»Weil er dafür seinen Manager Toto hat. Und Toto hat gesagt, dass es Arbeit künftig nur noch gegen Kohle gibt.«

»Was denn für Kohle? Ich arbeite für zwei und kann uns damit gerade über Wasser halten.«

»Nein, mein Freundchen. Du arbeitest für einen, denn den Job bei den Stadtwerken macht Schwiegervater Rudolf im Alleingang.«

»Nicht am Telefon.« Arno flüsterte jetzt plötzlich. »Man weiß nie, ob jemand mithört. Woher wissen Sie davon?«

»Ein guter Manager weiß alles. Und jetzt reden wir mal Tacheles. Dein Schwiegervater ist bereit, auch weiterhin für dich zu arbeiten. Von Mallorca aus, versteht sich. Dafür erwartet er aber eine kleine Gegenleistung, ansonsten...«

»Was denn für eine Gegenleistung?«

»Für deine Wohnung wirst du zukünftig allein aufkommen müssen. Und für den Rest überweist du Rüde jeden Monat 1.000 Euro und bringst uns einen neuen Kunden.« Toto war selbst überrascht über den Spontaneinfall und musste sich disziplinieren, um nicht in Jubel auszubrechen.

»Neuen Kunden? Wofür?«

»Wir bieten dieses Homeoffice zukünftig im großen Stil an. Professionell, sauber und diskret. Wenn du also weiterhin auf beiden Hochzeiten tanzen willst, dann schieb uns ein paar Kunden rüber.«

»Sind Sie wahnsinnig? Ich bekomme jede Menge Ärger und verliere den Job, wenn ich jemand anderem davon erzähle.« Arno klang wenig überzeugt.

»Dann lass dir etwas einfallen, denn ansonsten lassen wir uns etwas einfallen und du stapelst bis zum Ende deines Lebens Pakete in den Lkw.«

»Wollen Sie mich etwa erpressen? Jetzt holen Sie mir endlich Rudolf an den Hörer. Der spinnt doch.«

»Keine Chance mein Freund. Die Entscheidung liegt allein bei dir und du hast 24 Stunden, um darüber nachzudenken.« Totos Finger verfehlte die rote Taste, sodass er noch das »Arschloch« mitbekam, das Arno in den Hörer schimpfte. Danach war die Leitung stumm und er hörte wieder seinen Herzschlag in den Ohren trommeln. Er war eindeutig zu weit gegangen und konnte nur hoffen, dass Arno nicht bei Rüde anrief, um sich zu beschweren. Der würde garantiert eine Panikattacke bekommen und den nächsten Flieger Richtung Heimat nehmen.

Kapitel 29

Der Magen machte ihm erneut zu schaffen und Rüde war froh, dass man ihn allein zurückgelassen hatte. Es sollte ihr erster Tag im neuen Zuhause werden, und während Toto und Martin mit Einkäufen beschäftigt waren, wartete er auf die bestellten Möbel. Die Lieferung war für zehn Uhr morgens angekündigt worden, mit dem Hinweis, dass zehn Uhr in Spanien, die Zeitspanne von morgens zehn bis abends zehn umfasst, und mañana nicht zwangsläufig »morgen«, sondern definitiv »nicht heute« heißt.

Auch wenn die Warterei nervenzehrend war, konnte er zumindest entspannt auf einem Stuhl im Freien sitzen und Django bei der Arbeit zusehen. Der hatte die letzten beiden Nächte im Freien übernachtet und schien mit Wut im Bauch, den Müll zum Feind erklärt zu haben, um ihn in Portionen aus dem Haus zu tragen. Das obere Stockwerk war bereits entrümpelt und das Dach zumindest provisorisch ausgebessert. Ein wenig erinnerte ihn der stoische Arbeitswille des Jungen an seine ersten Tage beim Bau, wo er eine Lehre absolviert hatte, obwohl er eigentlich Architektur studieren wollte. Seinen Eltern fehlten sowohl das Geld als auch das Verständnis, um ihn auf eine Hochschule zu schicken, sodass er sich aufs Fliesenlegen spezialisiert hatte. Das Resultat waren ein kaputter Rücken und zwei künstliche Kniegelenke, die bei schlechtem Wetter schmerzten, als wären sie mit Sand geschmiert. Und wäre das nicht schlimm genug, quälte ihn seit ein paar Monaten der Magen. Na ja, eigentlich seit einem Jahr, wenn er ehrlich zu sich selbst war. Sobald die Renovierung abgeschlossen ist, gehe ich zum Arzt, verschob er den Termin zum x-ten Mal und war froh, eine neue Ausrede gefunden zu haben. Dieser Django hatte einen wahren Nostalgieschub in ihm ausgelöst und er lechzte danach, mit anzupacken. Er brauchte nur von diesem klapprigen Metallstuhl aufstehen und in die Gänge kommen. So wie damals.

Als Toto und Martin mit prall gefüllten Plastiktüten vom Einkaufen zurückkamen, lagen vor dem Haus fünf Haufen mit getrenntem Schutt, und Rüde hatte seine Magenschmerzen verdrängt und auch vergessen, genauso wie die Möbellieferung. Erst Martins bissige Fragen und abfällige Bemerkungen erinnerten ihn an seine Aufgabe, und er musste konsterniert erklären, dass bisher niemand aufgekreuzt war.

»Hast du nicht angerufen? Wir müssen den Spaniern Druck machen, sonst schlafen wir auf dem Boden«, stichelte Martin, und verlangte nach dem Zettel mit der Rufnummer, um sich selbst darum zu kümmern.

Gott sei Dank dachte Rüde, dem Streitgespräche immer schon ein Graus gewesen waren. Kein Wunder, dass er sich weder gegen seinen alten Chef noch gegen seine Frau und Tochter jemals hatte durchsetzen können. Ihm fehlte dieses Alpha-Gen und so machte er einfach, was die Leute von ihm wollten, ohne es zu hinterfragen oder einen Streit vom Zaun zu brechen. Einfältig wie ein Schaf, folgsam wie ein Lemming, hatte seine Ex-Frau einmal zu ihm gesagt, als er für einen krank gewordenen Kollegen eingesprungen war und nicht mit in den Urlaub fahren konnte. Dafür schonte er halt seine Nerven, dachte Rüde, als er den aufgebrachten Martin beobachtete, der mit puterrotem Kopf Zahlen in sein Handy kommentierte. Schon seit zehn Minuten kämpfte der gegen die automatische Sprachansage der Möbelfirma, ohne ein Erfolgserlebnis. Gleich wird er vor Wut platzen, amüsierte sich Rüde innerlich, als ihn Toto aus den zwiegespaltenen Gedanken riss.

»Ich habe mit deinem Schwiegersohn gesprochen, Rüde«

»Und, was hat er gesagt?« Rüde zuckte instinktiv zusammen. Am liebsten hätte er auf die Antwort verzichtet.

»Ich habe ihm ein unschlagbares Angebot gemacht. Jetzt brauchen wir nur noch den Computer und dann kannst du sofort loslegen.«

»Wie stellst du dir das vor? Ich habe weder das Geld noch Ahnung von dem ganzen Zeugs. Das hat alles Arno für mich eingestellt. Ich habe nur die Maus bewegt und hin und wieder etwas angeklickt.«

»Uns wird schon etwas einfallen.«

»Fein Toto, vielleicht fällt dir auch zu unseren Möbeln etwas ein. Ansonsten schlafen wir die erste Nacht im Freien.« Martin hatte mittlerweile aufgelegt und wirkte konsterniert.

»Die werden schon kommen, Martin. Und bis dahin genießen wir den ersten Sonnenuntergang im neuen Zuhause. Ein Moment, den wir sicher nicht vergessen werden.«

»Toto hat recht.« Rüdes Augen wurden feucht beim Anblick der orangen Strahlen, die sich an der Hauswand brachen. Selbst der Brandfleck und die aufgeplatzten Fensterrahmen sahen im Licht der untergehenden Sonne wie ein Gemälde von Monet aus.

»Was hat dich um 180 Grad gedreht?«, wollte Martin wissen, der noch immer aufgewühlt und angefressen war. Zudem schien ihm Rüdes Stimmungswandel zu missfallen, ganz als wäre miese Laune ein liebgewonnenes Verbindungsglied.

»Ich habe mich die letzten Tage nicht gut gefühlt, wie ihr sicherlich bemerkt habt. Auch die Sache mit Arno liegt mir nach wie vor im Magen, denn ich habe ihn im Stich gelassen, genau wie meine Tochter damals, als sie ihn verlassen hatte. Aber unser gemeinsames Experiment und dieser Bursche hier haben mir wieder Leben eingehaucht. Ich glaube, wenn jeder seine Stärken einbringt, können wir es schaffen.« Rüde wischte sich eine Träne aus dem Augenwinkel.

»Das ist kein Experiment«, unterbrach Toto. »Das ist unser Zuhause. Wir sind jetzt offiziell eine WG und müssen nur noch ein paar Räume renovieren.«

»Eine WG mit 70 Jahren? Das klingt für mich nach Armut und Verzweiflung«, grummelte Martin, der zumindest mal das Handy weggesteckt hatte.

»Nicht für mich. Ich habe mich noch nie so reich gefühlt wie heute, denn ich habe zwei alte, neue Freunde hinzugewonnen«, widersprach Toto und streichelte Franz Ferdinand, der unter seinem Stuhl schlief.

Rüde wollte Toto gerade beipflichten, als ein Ast in der Umgebung knackte. Jemand war auf dem Gelände und bewegte sich in eiligen Schritten auf sie zu. Nur seltsam, dass der Hund nicht anschlägt, überlegte er und schaute besorgt zu Django, der einen Schraubenzieher in die Hand nahm und sich aufgeregt nach allen Seiten umsah. Erst jetzt wurde Rüde bewusst, dass sie allein und ziemlich weit vom Schuss entfernt wohnten. Hierhin würde sich keine Polizeistreife verirren, an wachsame Nachbarn war nicht mal zu denken. Ein Rascheln im Gebüsch und wenig später der Anblick von Sofia, die zwei große Plastiktaschen in den Händen trug.

»Hola Jungs, ich habe euch eine frisch gemachte Paella aus dem Hotel mitgebracht. Vielleicht kann mir jemand helfen?«

»Schade, ich dachte, es wären unsere Möbel«, grummelte Martin, der sitzenblieb, während Django Sofia mit den Tüten half.

»An der Straße stehen mehrere Kartons. Ich dachte, die wären für die Müllabfuhr«, erwiderte Sofia und löste bei Martin den inneren Alarmknopf aus. Wie von der Tarantel gestochen riss er sich vom Stuhl los und stürmte durchs Gebüsch in Richtung Straße.

Zum ersten Mal an diesem Tag sah Rüde Martin lächeln, während der die Bestellnummern der Kartons auf einer Liste abhakte. Wie ein Buchhalter, der Soll und Haben gegeneinander aufrechnet und jubelt, wenn es passt. Die Lieferung war vollständig, verpackt in tausend Einzelteile, und Rüde schwante Ungemach, denn er kannte diese Bastelstunden zur Genüge. Karolas Jugendzimmer stammte von IKEA und sie hatte ihn dazu verdonnert gehabt, als Vater und Handwerker den Aufbau ganz allein zu stemmen, während sie mit ein paar Freundinnen ein Rockkonzert besuchte. Damals war er an den schlecht gemachten Skizzen schier verzweifelt. Diesmal war er zumindest nicht allein und so setzte er auf den Gemeinschaftsgeist und Martins klugen Kopf als Ingenieur.

Kapitel 30

Die Sonne knallte durch die stumpfe Fensterscheibe, die seit Jahren niemand mehr geputzt hatte. Martin musste blinzeln und schaute sich im Zimmer um. Es war nach Osten ausgerichtet und wurde von der Morgensonne bis in den letzten Winkel ausgeleuchtet. Er würde den Raum mit Vorhängen abdunkeln müssen, um nicht jeden Morgen wie beim Militär geweckt zu werden. Eine Zeit, an die er sich nur ungern erinnerte, obwohl ihn die dreimonatige Grundausbildung zum späteren Studium der Luft- und Raumfahrttechnik inspiriert hatte.

Das Zimmer war nicht besonders groß, wirkte aber durch die hohen Decken herrschaftlich und hatte einen schönen Ausblick in den Garten, der momentan noch eine Wildnis war. Auch wenn er jeden Knochen einzeln spürte, fühlte er sich fit. Bis nach Mitternacht hatten sie an den Bettgestellen herumgeschraubt und er war dankbar, dass Sofia und Django bis zum Ende mitgeholfen hatten. Zumindest würden sie sich fortan das Geld für das Hotel sparen, auch wenn die Finca alles andere als eine Wohnoase war. Es würde noch Monate dauern und ordentlich Geld verschlingen, bis alle Räume in einem akzeptablen Zustand waren. Geld, das sie nicht hatten und Zeit, die Martin keinesfalls in diesem Haus verbringen wollte. Dennoch würde der Ausflug nach Spanien länger dauern als geplant, und so wollte er zumindest Anneliese informieren, dass er noch ein Weilchen bleiben würde. Die gelegentlichen Nachrichten und Telefonate waren mittlerweile zu einem liebgewonnenen Ritual für ihn geworden, und er ertappte sich dabei, gezielt nach Gründen fürs Gespräch zu suchen. Genau wie diesmal.

»Schön, dass Sie sich melden. Wie geht es Ihnen?« Annelieses dunkle Stimme klang für ihre Verhältnisse erstaunlich anheimelnd und weich.

»Den Umständen entsprechend«, flüsterte Martin.

»Sie sprechen so leise. Hat man sie entführt?« Anneliese lachte herzhaft.

»Es ist noch sehr früh und wir hatten eine harte Nacht.«

»Also in München ist es halb elf, und überhaupt, was heißt in unserem Alter eine harte Nacht?«

»Halb elf? Oh, mein Gott. Da sehen Sie, was aus mir geworden ist. Ein Langschläfer. Wir haben gestern Abend unsere Betten aufgebaut. Der verfluchte Möbelhändler hat alles in Einzelteilen angeliefert und wir mussten jedes Brett zusammenschrauben. Gott sei Dank hat uns eine junge Dame dabei geholfen.«

»Betten bauen mit einer jungen Dame? Das klingt nach einem amourösen Abenteuer. Ich bin begeistert von ihren Fortschritten. Sie haben sich wohl schon akklimatisiert.« Anneliese klang ein wenig enttäuscht.

»Ganz im Gegenteil. Ich schlafe in einer Abstellkammer auf niedrigstem Niveau und zähle die Stunden bis zu meiner Rückkehr. Wie ist es um das Grab meiner Liliane bestellt? Macht diese Friedhofsfirma ihren Job?«

»Es sieht alles pikobello aus! Ich war heute früh schon da, um es zu kontrollieren. Ich musste dabei an Sie denken und beneide Sie ein wenig um das neue Leben auf Mallorca.« Martin bekam augenblicklich eine Gänsehaut und ihm wurde warm ums Herz. Anneliese musste an ihn denken? Und wieso war ihm das nicht einerlei? Er hatte nach Lilianes Tod allen Freuden abgeschworen und jetzt bekam er Herzrasen, nur weil diese Anneliese an ihn dachte? Vielleicht interpretierte er zu viel in diesen Satz hinein und ruderte zurück.

»Das brauchen Sie nun wirklich nicht. Bisher gab es keinerlei Gelegenheit, die Strände zu besuchen. Ganz im Gegenteil. Es gibt nur jede Menge Ärger ... und Arbeit.«

»Im Alter tut ein bisschen Arbeit gut. Sie müssen mir alles erzählen, wenn wir uns wiedersehen. Versprochen?«

Ein Wiedersehen mit einer Friedhofsbekanntschaft? Wo sollte das hinführen?

»Das könnte sich leider noch etwas hinauszögern«, stammelte er verlegen. »Aber ich setze alles daran, möglichst schnell zurückzukommen. Das verspreche ich Ihnen.«

»Versprechen Sie mir lieber, dass sie alles daransetzen, dort zu bleiben. Denn wer weiß, vielleicht besuche ich Sie eines Tages auf Mallorca. Na, wie klingt das?«

»Das klingt ... ähem, interessant. Ich würde trotzdem ein Wiedersehen auf dem Friedhof präferieren.« Martin klopfte sich mit der Handfläche gegen die Stirn. Wie konnte er nur so einen Mist verzapfen?

»Also gut, dann machen wir das so. Ich wünsche ihnen weiterhin gutes Gelingen bei Ihrem Vorhaben.«

»Vielen Dank, und ...«

Anneliese hatte aufgelegt und eine bleierne Stille hinterlassen. Nicht einmal der Wind oder das Zwitschern eines Vogels waren zu hören. Martin starrte wie paralysiert aufs Handy und ärgerte sich einmal mehr über seine komplizierte Art. Ein Wunder, dass er Liliane damals angesprochen hatte, wobei es eher umgekehrt verlaufen war. Während er mit ihr nur ein paar Schritte durch den Englischen Garten spazieren wollte, hatte sie auf den Cafébesuch bestanden, und damit die Romanze eingeleitet. Sie wusste ihn zu nehmen, wie er war, und er ließ sich von ihr durch das Leben leiten. Ein schönes Leben, das viel zu früh zu Ende war. Für sie und damit auch für ihn. Wie sollte er nur allein in dieser Welt klarkommen, die so viel dunkler war, seitdem Liliane nicht mehr bei ihm weilte? Er vermisste sie mehr denn je, und hätte am liebsten losgeheult. Auch wenn Toto und Rüde ständig in seiner Nähe waren, fühlte er sich mit der Lage überfordert.

Niemals hätte er die liebgewonnene Heimat und alles, was damit verhaftet ist, einfach so verlassen dürfen, vor allem nicht in seinem Alter. Da regelt man die Hinterlassenschaften und sorgt dafür, dass man, ohne jemandem zur Last zu fallen, von dieser Welt verschwindet. Er musste dieses Intermezzo so schnell es ging beenden und wieder in die Spur finden. Kein schlechter Plan, wie er fand, denn zumindest hatte er ein Ziel vor Augen.

Eigentlich hatte Toto vorgehabt, den Tag zu verschlafen. Das Aufbauen der Möbel war anstrengend gewesen, und er fühlte sich erschöpft und ausgelaugt. Warum konnte nicht einfach alles gut und genau so sein, wie er es sich erträumt hatte? Weil er auf ein windiges Angebot hereingefallen war und sie keine Kohle für die Renovierung hatten. So einfach war das. Er musste irgendwie an Geld kommen, und da sich seine Rente nicht erhöhen ließ, brauchten sie Arno und den kleinen Nebenjob. Und einen Computer. Sofias Cousin mütterlicherseits besaß zufälligerweise einen kleinen Elektroladen im Norden von Palma, indem er gebrauchte Laptops zu unschlagbaren Preisen verkaufte, was exakt auf die Beschreibung passte, die Toto ausgegeben hatte. Er entschied sich für ein silbern glänzendes Modell für vierhundertfünfundfünfzig Euro, die ihn an die Grenzen seines Überziehungsrahmens bringen würden. Doch wer nichts riskiert, kann nicht gewinnen, und so ließ er von Gonzales, den alle in der Familie Gonzo nannten, noch ein Software-Update aufspielen, während er mit Sofia Kaffeetrinken ging. Er wollte sich für ihre Hilfe mit einem Eisbecher revanchieren, zudem genoss er jede Minute, die er mit ihr verbringen durfte.

»Möchtest du probieren?« Spielerisch schob sie ihm den Löffel mit Schokoladeneis in den Mund.

»Schmeckt überragend!« Toto fühlte sich verliebt wie ein junger Teenager.

»Glaubst du, dass ihr das mit der Bezahlung hinbekommt?«

Ihre Frage riss ihn kurz danach aus seinen rosaroten Träumen.

»Wie meinst du das?«

»Na ja. Achttausend im Monat sind eine ordentliche Stange Geld.«

»Wir müssen lediglich einen kleinen finanziellen Engpass überbrücken. Bis zum ersten Zahltag haben wir das Geld garantiert zusammen, denn schließlich haben wir jetzt einen Computer.«

»Das ist gut. Ich mag dich nämlich und habe bei meinem Onkel ein gutes Wort für euch eingelegt.«

»Und dafür sind wir dir unendlich dankbar. Er soll sich keine Sorgen machen, das Geld wird pünktlich überwiesen.« Toto berührte erstmals Sofias Hand, die den zarten Druck erwiderte.

»Wunderbar, denn Onkel Jordi ist wirklich eine gute Seele. Es sei denn…« Sofia stoppte mitten im Satz und löste ihre Hand.

»Es sei denn, was…?

»Es sei denn, man betrügt ihn um sein Geld. Dann kann er richtig böse werden. Aber dazu wird es ja nicht kommen.«

Totos Lächeln gefror zu Eis und er fragte sich, was »richtig böse« wohl bedeuten würde. Er sollte besser Fahrt beim Geldeintreiben aufnehmen und den Druck unvermittelt weitergeben. Arbeit gegen Kohle. Was für sie galt, musste auch für Arno gelten. Er entschuldigte sich bei Sofia, um zu telefonieren.

»Hallo?«

»Hallo Arno. Ich bin´s, dein schlechtes Gewissen.«

»Ich habe keins.«

»Solltest du aber haben. Hier ist Toto, der Manager deines Schwiegervaters, um dir zu sagen, dass dein Ultimatum abgelaufen ist. Und zwar exakt in diesem Augenblick. Wir haben jetzt einen Computer und können sofort loslegen, wenn…«

»Ach, der komische Vogel von neulich. Sagen Sie Rudolf, dass es sich erledigt hat.«

»Wie bitte?«

»Er kann bleiben, wo der Pfeffer wächst. Meinetwegen auch auf Mallorca. Ich brauche ihn nicht mehr, wir brauchen ihn nicht mehr.«

»Und wie du ihn noch brauchen wirst«, schimpfte Toto, der spürte, wie Ärger und Panik gleichzeitig in ihm hochkochten. »Und überhaupt, wer ist denn wir?«

»Karola, meine Ex, ist wieder eingezogen und unterstützt mich jetzt im Homeoffice. Also lasst mich in Ruhe, sonst erzähle ich ihr von eurem miesen Plan.«

»Das kannst du nicht machen, nach allem, was dein Schwiegervater für dich getan hat. Da gibt es so was wie eine stille Vereinbarung, die es einzuhalten gilt.« Toto versuchte verzweifelt, seinen Plan zu retten.

»Keine Sorge. An Stille werde ich mich halten und sage einfach Tschüss.« Den Bruchteil einer Sekunde später war die Leitung tot und Arno hatte aufgelegt.

Mit zitternden Händen stopfte Toto das Handy in die Hosentasche. Wie konnte seine überragende Idee nur zu einem solchen Rohrkrepierer werden? Vor fünf Minuten war es die Lösung aller finanziellen Sorgen, jetzt hatten sie noch die Kosten für den Laptop an der Backe. Wie ein gebrauchter Fußabtreter stand Toto wenig später im Elektroladen und konnte Gonzo nicht mehr in die Augen schauen.

»Ist alles aufgespielt, Amigo. Der Computer schnurrt wie ein Kätzchen, und du kannst schmutzige Filmchen in allen erdenklichen Formaten schauen…« Gonzo setzte ein schmieriges Grinsen auf, als wisse er, wofür sein neuer Kunde einen Rechner brauchte.

»Vielen Dank.« Toto war nicht nach Schmuddelvideos zumute und er hätte am liebsten den Kauf sofort storniert.

»Das macht dann 950 Euro. In bar.«

»Wie bitte?« Toto fühlte sich wie Rocky Balboa in der zwölften Runde. Wie lange würde er noch durchhalten, bevor der Knock-out ihn zu Boden reißen würde?

»Na ja. Da ist Software für Tausende von Euros drauf, Amigo. Ich habe aus einem Beamtenroller eine Harley Davidson gemacht. Also…«. Gonzos Miene verfinsterte sich und Toto bekam einen ersten Eindruck davon, wie sich Onkel Jordi wohl verhalten würde, wenn die monatliche Zahlung ausblieb.

»So viel Bargeld habe ich nicht dabei. Nur die Karte der Sparkasse…«

»Kein Problem. Gegenüber ist ein Automat. Holst du etwas Geld ab und dann bekommst du deinen Rechner.«

Toto war bereits in den Miesen und ein Tausender würde den Kreditrahmen deutlich sprengen, sodass er die Auslösung des Laptops verschieben musste. Er schaute abwechselnd von Gonzo zu Sofia und zitierte Arnold Schwarzenegger. »Ich werde wiederkommen.«

»Besser früher als zu spät, Amigo.« Gonzo grinste diabolisch und sperrte den Laptop in einen abschließbaren Schrank.

Die Romantik war in dem Moment verflogen, als sie das Geschäft verließen. Sofia verabschiedete sich in Richtung Arbeit und ließ ihn, ohne den obligatorischen Wangenkuss, ratlos auf dem Bordstein stehen. Anscheinend waren die zarten Bande an Bedingungen geknüpft, die ohne Geld nicht zu erfüllen waren. Ohne Moos nix los galt auch auf Mallorca.

Toto schlenderte ziellos durch das anonyme Wohnviertel, das so gar nichts vom Reiz der pittoresken Altstadtgassen hatte und zermarterte sich den Kopf. Er wollte und durfte nicht scheitern, denn die Alternative war ein Abgrund, der kein Auffangnetz für ihn bereithielt. Anstatt nach hirnrissigen Einnahmequellen zu suchen, musste er endlich an der Wurzel allen Übels anpacken: bei Gabi und den alten Eigentümern. Irgendetwas stimmte nicht mit diesem Haus und er würde es herausfinden.

Kapitel 31

Es rüttelte und knackte, als wolle die Maschine kollabieren, doch am Ende rührten die Schaufeln den Zement und Rüde fügte eifrig Nachschub in die Trommel des Betonmischers.

»So wird's gemacht!« Für kurze Zeit vergaß er seine Magenschmerzen, die zu einem Dauergast geworden waren, und er zeigte Django, wie man das Gerät bediente.

Sie waren jetzt ein Team und es machte Rüde stolz, dass er seine Erfahrung weitergeben konnte und zum ersten Mal seit langer Zeit gebraucht wurde.

Der Erfolgsmoment zerplatzte, als Toto von seinem Stadtbesuch zurückkam und hektisch an ihm vorbeistürmte. Nicht mal Franz Ferdinand, der schwanzwedelnd an ihm hochsprang, konnte ihn aufhalten.

»Schau mal, Toto. Wir haben jetzt eine Mischmaschine und Zement. Das wird uns weiterbringen…«

»Großartig, Rüde. Doch wir brauchen keinen Mixer, sondern einen Fahrmischer und ich weiß auch, wer dafür die Rechnung zahlen wird.«

Rüde schwante bei dem Spruch nichts Gutes, denn Toto hatte Arno im Visier und Rüde wollte das angespannte Verhältnis zu seinem Schwiegersohn nicht noch schlechter werden lassen. Außerdem war ihm nicht nach Homeoffice zumute, schließlich brauchte der junge Django seine volle Unterstützung.

»Ich weiß nicht, ob das eine so gute Idee ist, Toto.«

»Aber ich. Hol Martin her. Wir treffen uns in fünf Minuten auf der Veranda. Es gibt eine außerordentliche Sitzung der Demenz-WG.«

Toto hastete die Treppen hoch zu seinem Zimmer und wäre dabei fast gestürzt. Eine lose Bodendiele ließ ihn stolpern und wäre nicht die Wand gewesen, hätte er sich garantiert den Hals gebrochen. Das musste dringend ausgebessert werden, machte er sich eine mentale Notiz, auch wenn jetzt nicht der Augenblick für Reparaturarbeiten war. Schließlich lag vor ihm die Lösung ihrer finanziellen Sorgen und damit der Dolch ins Herz der Immobilienmaklerin. Wieso war er nicht früher auf die Idee gekommen, mal in den Kaufvertrag zu sehen? Vielleicht weil Verträge und sonstiger Schriftkram nicht sein Ding waren. Schon in der Schule tat er sich beim Schreiben schwer, mit Lesen erging es ihm kaum besser. Im Alter kamen noch Faulheit und Interessenlosigkeit dazu, sich mit dem Papierkram von Behörden zu beschäftigen. Der Kaufvertrag machte da keine Ausnahme, auch wenn er jetzt vielleicht der Rettungsanker war.

Toto durchforstete seinen neuen Kleiderschrank aus Kiefernholz und flippte die Klamotten einfach auf den Boden. Irgendwo musste der Umschlag sein, den er zu Hause arglos in den Koffer reingepfeffert hatte. Er fand ihn schließlich immer noch an Ort und Stelle, leicht geknickt und an den Seiten etwas eingerissen. Gierig riss er am Verschluss und holte den Vertrag heraus, um direkt zur letzten Seite vorzuspringen. Ein Lächeln huschte über seine spröden Lippen, die trocken waren von der vielen Sonne. Er hatte gefunden, wonach er gesucht hatte. Martin und Rüde würden Augen und vor allem Ohren machen.

»Wir lassen uns die Renovierung sponsern.« Toto hielt das DIN-A4-Kuvert nach oben, als wäre das der schlagende Beweis.

»Ich dachte, den Sponsor hättest du bereits mit Rüdes Schwiegersohn Arno gefunden. Das war doch deine Spitzenidee, oder etwa nicht?« Martin hatte den Vormittag recht wortkarg mit dem Abschneiden von Ästen verbracht und schien von der Unterbrechung nicht sonderlich begeistert zu sein.

»Das gestaltet sich etwas kompliziert, da Arno wieder mit deiner Tochter Karola zusammen ist.« Toto schaute Rüde strafend an, als hätte er das Ganze eingefädelt, um Totos Plan zu torpedieren.

»Was? Wie kann das sein?«

»Genauso überrascht habe ich in etwa reagiert, denn der undankbare Rotzlöffel plant die Zukunft ohne dich.«

»Das hat er gesagt?«

»Im Grunde schon, denn ab sofort wird deine Tochter den Computer für ihn bedienen.«

»Gut, dass wir keinen gekauft haben.« Rüde seufzte und fühlte sich erleichtert.

»Ganz so ist es nicht…«, stotterte Toto.

»Sag bitte nicht, dass du weiteres Geld, das wir nicht haben, für irgendwelchen Schnickschnack ausgegeben hast.« Martin kniff die Augen zusammen und ließ dabei demonstrativ die Gartenschere auf und zuschnappen.

»Na ja, es war ein absolutes Schnäppchen, das wir Sofias Cousin Gonzo zu verdanken haben.«

»Diese Familie nimmt uns scheibchenweise aus…«, schnaufte Martin. »Noch heute bringst du den Computer zurück.«

»Es ist leider etwas kompliziert, da uns Sofias Cousin ein hochwertiges Softwarepaket aufgespielt hat«, stotterte Toto.

»Dann soll er das Zeugs eben wieder runtermachen. Setz dich ins Auto und bring die Sache in Ordnung, die du eingefädelt hast.«

»Ich habe den Computer nicht, denn er ist bei Gonzo in Gewahrsam. Aber für 950 Euro können wir ihn jederzeit auslösen. Je eher desto besser, meinte er.«

»950 Euro?« Martin stand mittlerweile und zeigte mit der Heckenschere auf Toto.

»Beruhige dich, Martin, denn während ihr euren Freizeitaktivitäten nachgegangen seid, habe ich an einem unschlagbaren Plan gearbeitet. Danach lachen wir über die 950 Euro.«

»Ich bin ganz Ohr.«

»Vielleicht legst du in der Zwischenzeit die Gartenschere weg, bevor du jemanden damit verletzt«, flehte Toto, doch Martin tat, als hätte er es überhört.

»Also gut, kommen wir zu diesem kleinen Zauberumschlag, der den Kaufvertrag enthält.« Toto holte ein zwanzig-seitiges Pamphlet heraus und blätterte hektisch bis zur letzten Seite.

»Da haben wir es schwarz auf weiß!«

Martin und Rüde starrten auf das Blatt Papier, das lediglich die Unterschriften der Vertragspartner enthielt.

»Exakt. Da haben wir schwarz auf weiß, in was für einen Schlamassel du uns reingeritten hast.«

»Ich würde eher sagen, dass der gute alte Toto einem Betrugsfall auf die Spur gekommen ist. Ich hatte in der Stadt heute einen Geistesblitz und mich daran erinnert, dass der finale Vertrag auf Spanisch formuliert war und Gabi diesen selbst unterschrieben hat.«

»Donnerwetter, was für ein Geistesblitz!«

»Warte ab Martin, denn zufälligerweise hatte ich in meiner Zeit als Privatdetektiv eine Kundin, deren Ehemann Immobilienmakler war und exakt auf diese Weise Geld verdient hat. Er hat dem Käufer mehr abgeluchst, als der Verkäufer anschließend bekommen hat, indem er die Differenz samt Provision in die eigene Tasche steckte. Damit das keinem auffiel, hat er mit jeder der Parteien einen eigenen Vertrag gemacht und ihn selbst unterschrieben. Das Risiko war angeblich minimal und die Rendite optimal. Sagte zumindest Bärbel, meine Klientin.«

»Und wie hast du diesem Makler anschließend das Handwerk gelegt?«

»Gar nicht, Rüde. Ich sollte nur Fotos von seiner Liaison mit der Sekretärin machen, damit Bärbel mehr aus ihm herauspressen konnte. Es ging nicht darum, ihn auffliegen zu lassen, schließlich lebten beide gut von diesem Geld.«

»Ein toller Detektiv bist du«, grollte Martin. »Wieso fällt dir das jetzt ein, wo es zu spät ist? Der Vertrag ist unterschrieben.«

»Wir müssen nur herausfinden, wem die Finca vorher gehört hat. Diese Assistentin, Vanessa Trainee, erwähnte etwas von einer armen mallorquinischen Familie, die aus der finanziellen Not heraus verkaufen musste. Wenn sie weniger als die von uns gezahlten 250.000 für das Haus bekommen haben, wurden wir und sie betrogen.«

»Schön, dass du endlich auch zu der Erkenntnis gekommen bist, dass wir beschissen wurden.«

»Das Blatt wird sich bald wenden, und dann scheißen wir zurück. Jetzt brauchen wir nur noch den Namen des Vorbesitzers, dann ist der Rest ein Kinderspiel. Und ich habe auch schon eine Idee, wie wir an den kommen.«

Kapitel 32

Endlich gab es Licht am Ende des Tunnels und Toto fühlte sich wie ein Ermittler. Nicht wie der schmierige Schnüffler, der für wohlhabende Damen aus dem Düsseldorfer Speckgürtel Fotos von untreuen Ehemännern macht. Diesmal war er einer großen Sache auf der Spur und er würde Gabi dafür dranbekommen. Und dann wäre die Übernahme der Renovierungskosten noch das Geringste, was er von ihr verlangen würde können.

Es war schon kurz nach achtzehn Uhr als er zum zweiten Mal an diesem Tag vor dem Elektroladen von Sofias Cousin Gonzo stand und dreimal auf die Klingel drückte. »Termine nur nach Vereinbarung« stand auf Spanisch an der Ladentür, doch Toto wusste, dass Gonzo immer lange im Geschäft war und setzte auf sein Glück. Erst jetzt fiel ihm die kleine Kamera ins Auge, die den Eingangsbereich überwachte und er versuchte, möglichst sympathisch zu lächeln. Nach zwei Minuten hörte Toto vorsichtige Schritte und die Ladentür ging einen Spaltbreit auf.

»Da kommt mein Feierabendgeld.« Gonzo trug ein blutverschmiertes Shirt und hatte dunkelrote Spritzer auf der Brille.

»Um Himmels willen…«, entfuhr es Toto.

»Keine Sorge, ich hacke gerade Rippchen. Warst du auf der Bank, Amigo?«

»Ja… nein. Nicht direkt.«

»Dann wüsste ich nicht, warum ich meine Arbeit unterbrechen sollte. Rechner gegen Kohle. Ansonsten Adios Muchacho!« Die blutverschmierte Klinge eines Fleischermessers blitzte durch den Türspalt.

»Ich bräuchte Ihre Fertigkeiten, wenn Sie verstehen, was ich meine.« Toto wedelte im Gegenzug mit einem Fünfzigeuroschein.

»Dafür trenne ich nicht mal einen Fingernagel ab.«

Toto wollte sich nicht ausmalen, ob die Bemerkung ernst gemeint oder nur ein übler Scherz war. Jetzt war es jedenfalls zu spät, um einen Rückzieher zu machen.

»Ich bräuchte eine Information zum Vorbesitzer unserer Finca. Im Internet ist leider nichts zu finden. Jedenfalls nicht für uns.«

Gonzo streckte seine blutverschmierten Finger aus und schnappte sich den Fünfziger.

»Komm rein und fass nichts an.«

Toto schaute irritiert auf seine Hände, die im Gegensatz zu Gonzos völlig sauber waren. Er stellte sich geduldig an die Theke, während der Besitzer im Nebenraum verschwand. Der Laden war ein Sammelsurium aus ausrangierten Computern und Ersatzteilen, aus denen Gonzo augenscheinlich seine unschlagbaren Angebote bastelte. Überall lagen Schraubenzieher und Werkzeuge herum, die im Gegensatz zu Gonzos klobigen Fingern, filigran und winzig aussahen. Kaum zu glauben, dass der Klotz mit dem geölten Bart und den Siebziger-Jahre-Koteletten ein Computertüftler war.

Ohne Brille und mit gewaschenen Händen kam er schließlich zurück und setzte sich auf einen Hocker, um an einem Mini-Laptop die Adresse der Finca einzugeben.

»Hm, hm. Also hier ist ein Thomas Tormann eingetragen.«

»Das bin ich. Ich müsste wissen, wem das Haus davor gehört hat.«

»Hm, hm. Es sieht aus, als hätte das Grundstück einer Firma gehört. Goldstaub Immobilien aus Düsseldorf. Das ist in Deutschland.«

»Das weiß ich alles schon.«

»Schön, dann weißt du es jetzt noch mal. Das Geld bekommst du jedenfalls nicht zurück.« Gonzo zuckte mit den Schultern und klappte den grauen Laptopdeckel zu.

»Hören Sie, Herr Gonzo, diese Firma, Goldstaub Immobilien, hat uns übers Ohr gehauen, und jetzt fehlt uns das Geld, um das Haus zu renovieren oder den Computer auszulösen, der dort in Ihrem Schrank verstaubt. Es ist also in Ihrem Interesse, mir zu helfen. Außerdem meinte Sofia, dass Sie alles herausbekommen können.«

»Aber nicht für fünfzig Mäuse.«

Toto seufzte und kramte nach dem zweiten Fünfziger, den er für den absoluten Notfall eingesteckt hatte und legte ihn vor Gonzo auf den Tresen.

»Hm. Viel ist es ja nicht...« Gonzo wiegte den Kopf hin und her, als wäre es eine knifflige Entscheidung. »Ich muss dafür auf Seiten suchen, auf denen ich nichts zu suchen habe, verstehst du?«

»Es wird sich für Sie auszahlen, eines Tages...«

Gonzos Gesichtsausdruck blieb ausdruckslos. Er erwartete anscheinend mehr für seinen Einsatz.

»Das ist alles, was ich habe.« Wie zur Beweisführung holte Toto ein gebrauchtes Papiertaschentuch aus seiner Hosentasche.

»Schon gut, behalte deine Rotzfahne.« Schließlich klappte Gonzo den Laptopdeckel hoch und kritzelte, ohne etwas einzugeben, einen Namen samt Adresse auf einen Zettel.

»Das ging jetzt aber fix. Ich dachte, sie müssten auf eher dubiosen Seiten suchen?« Toto starrte auf den Namen: Adolfo Pincho.

»Normalerweise besuche ich nicht um sieben Uhr abends die Seite des Registro de la Propiedad. Und beim nächsten

Mal bringst du das Geld für den Computer mit. Dann kannst du selbst nach Namen suchen.«

Toto nickte unterwürfig und faltete den Zettel sorgfältig zusammen. Zumindest hatte er jetzt einen Anhaltspunkt. Mit einem Lächeln auf den Lippen verließ er den Elektroladen und schaute auf die Uhr. Es war noch nicht zu spät, um Adolfo Pincho zu besuchen.

Kapitel 33

Die Bürgersteige in Bunyola waren bereits hochgeklappt, als Toto den Mietwagen durch die engen Gassen des kleinen Bergdorfs steuerte. Ein paar Jugendliche saßen auf Parkbänken und tranken Dosenbier, während zwei Katzen über den Dorfplatz jagten und lauthals fauchten. Ansonsten war tote Hose angesagt, was die Wahrscheinlichkeit erhöhte, Adolfo in den eigenen vier Wänden anzutreffen. Wie würde er wohl reagieren, wenn der neue Eigentümer spät am Abend plötzlich vor der Tür stand, um unbequeme Fragen zu stellen?

Toto parkte den Wagen gegenüber dem Reihenhaus mit der Nummer 43, in dessen Erdgeschoss sich eine Bäckerei befand, die mit Veranstaltungsplakaten zugekleistert war. Neben dem Schaufenster war eine Tür mit zwei Klingelschildern, vergilbt und ohne Namen. Toto ging zwei Schritte zurück auf die Straße und blinzelte ins erste Stockwerk, wo noch gedämpftes Licht brannte. Der Schrei einer Katze ließ Toto zusammenzucken. Das ländliche Mallorca hatte eindeutig nichts vom Partylärm am Ballermann und konnte locker als Kulisse für einen Krimi dienen. Am liebsten wäre er ins Auto gestiegen und abgefahren, doch was hätte er erreicht und vorzuweisen? Noch einmal inspizierte er die Klingelschilder und entschied sich schließlich für die untere Klingel. Zweimal kurz, einmal lang. Im Haus gegenüber wurden Vorhänge zur Seite gezogen und ein finster dreinblickendes Frauengesicht erschien im Fensterrahmen. Wachsame Augen starrten ihn an, als sei er ein Einbrecher. Wie lange würde er hier warten können, ohne dass die Dame die

Policia rufen würde? Toto sah erneut hinauf ins erste Stockwerk, wo es mittlerweile dunkel war. Zumindest eine Reaktion, wenn auch die Falsche. Noch einmal drückte er die Klingel und stellte sich ans Schaufenster der Bäckerei, um die Plakate zu betrachten. Vielleicht würde das die Frau von Gegenüber ja beruhigen. Gerade als er zu dem Entschluss gekommen war, es bei Tageslicht am nächsten Morgen zu versuchen, hörte er, wie über ihm ein Fenster aufgerissen wurde. Ein Eimer Wasser ergoss sich über seinem Kopf und ließ ihn aufschreien. Vor Schreck und Kälte, denn als Bonus hatte man Eiswürfel hinzugegeben, die jetzt wie Diamanten auf der Erde lagen.

»Sind Sie verrückt?«, rief er verärgert und versuchte, die Person im Fenster zu erkennen.

»Piérdete canalla!« Eine junge Frauenstimme. Aufgeregt und panisch.

»No hablo Espanol. Ich komme aus Deutschland und suche Senor Adolfo Pincho.«

Krawumm. Die nächste Ladung Wasser regnete zu Boden. Diesmal hatte sich Toto darauf vorbereitet und ging rechtzeitig einen Schritt zur Seite, sodass nur seine Hose etwas abbekam.

»Verpissen Sie sich!« Die Antwort kam auf Deutsch und ließ keinen Spielraum für Interpretationen.

»Hören Sie auf, mich mit Wasser zu überschütten. Ich habe nur ein paar Fragen an Herrn Pincho, da ich glaube, dass er um sein Geld betrogen wurde.«

Toto sah im Geiste schon die nächste Ladung auf sich zukommen, als das Fenster mit einem Knall geschlossen wurde. Zumindest hatte er eine Feuerpause erzielt, was ihm die Gelegenheit bot, sich nach der Beobachterin umzudrehen, die ihn immer noch beäugte.

Anscheinend waren die Leute in Bunyola extrem misstrauisch. Toto fingerte bereits nach dem Autoschlüssel in seiner Hosentasche, als die Haustür aufging und eine junge

Frau erschien. Sie hatte ihre Haare unter einem Seidentuch verborgen und machte ein zorniges Gesicht.

»Wer sind Sie? Was wollen Sie?«

»Mein Name ist Thomas Tormann, aber alle nennen mich nur Toto. Meine Freunde und ich haben eine Finca bei Valldemossa gekauft, die vorher Senor Pincho gehört hat. Das Haus war … ist in einem … na ja, besorgniserregenden Zustand. Und ich frage mich, ob Herr Pincho etwas dazu sagen kann.«

»Adolfo Pincho ist tot.«

Bumm, die Antwort klang wie eine Ladung Dynamit in Totos Ohren.

»Das kommt jetzt etwas überraschend.«

»Nicht wirklich. Und wenn es stimmt, was sie vorhin erzählt haben, dann sollten Sie schnellstmöglich aus dem Haus verschwinden. Ansonsten droht Ihnen das gleiche Schicksal.« Die junge Frau schaute sich misstrauisch um, als befürchtete sie, dass jemand sie belauschte.

»Keine Sorge, ich bin allein. Bis auf die Frau im Fenster gegenüber …« Toto drehte sich langsam um die Achse, aber die Beobachterin war verschwunden.

»Hermosa ist neugierig, aber harmlos. Im Gegensatz zu der Bande, die meinen Vater auf dem Gewissen hat.«

»Sie sind die Tochter von Adolfo Pincho?«

»Ja, ich bin Alejandra, und froh, dass die Sache ausgestanden ist. Also steigen Sie in Ihr Auto und verschwinden Sie, bevor ich die Polizei rufe.«

Toto hob beschwichtigend die Hände. »Ich werde Ihnen nichts tun. Ganz im Gegenteil, denn ich habe den Eindruck, dass Ihr Vater, so wie wir, um sein Geld betrogen wurde.«

Alejandra fing humorlos an zu lachen. »Natürlich wurde er betrogen. Achtzigtausend Euro für ein Stückchen Land, auf dem jetzt ein Hotelkomplex entstehen soll.«

»Ein Hotel? Daraus ist wohl nichts geworden, da das Grundstück in einer gefährdeten Region liegt, in der man nicht neu bauen darf. Wahrscheinlich hat man es uns deshalb angeboten«, überlegte Toto.

»Dann ist mein Vater ganz umsonst gestorben.«

»Nein, ist er nicht, denn wir haben deutlich mehr für dieses Haus gezahlt. Was bedeutet, dass sich Gabi, also Goldstaub Immobilien, nicht nur eine fette Provision, sondern auch die Differenz des Kaufbetrags in die eigene Tasche gesteckt hat. Damit kriegen wir sie dran.«

»Dann viel Erfolg.« Alejandra hatte Tränen in den Augen und schien kurz davor, die Tür zu schließen.

»Warten Sie! Schließlich geht es auch um das Geld Ihres verstorbenen Vaters. Also um Ihr Erbe.«

»Ich will davon nichts haben. Nachdem Madre von uns gegangen ist, hat er sich zurückgezogen und mich aus seinem Herzen ausgeklammert. Er lebte allein in diesem… alten Haus und hat sich nicht geschert um seine Tochter und die Enkel. Mit Kindern konnte er nichts anfangen und das ist auch in Ordnung so.«

»Woran ist Ihr Vater denn gestorben?«

»Angeblich hatte er einen Herzinfarkt und ist die Treppe heruntergestürzt. Ich habe ihn gefunden. Aber nicht, weil ich zufällig in der Nähe war oder ihn besuchen wollte, sondern weil ich einen Anruf erhalten habe.«

»Von wem?«

»Anonym. Ein Mann, der meinte, ich soll nach meinem Vater sehen. Dann hat er aufgelegt und ich bin losgefahren. Das Haus sah aus, als wäre eine Bombe darin eingeschlagen. Überall lagen umgestoßene Möbel herum sowie jede Menge Müll. Wahrscheinlich hat jemand nach Geld oder Ähnlichem gesucht. Keine Ahnung, denn ich war schon lange nicht mehr bei ihm gewesen. Schließlich fand ich ihn am Treppenaufgang. Er war überall mit Blut beschmiert und ich dachte schon, man hätte ihn erstochen. Es waren jedoch nur die Scherben einer Flasche, die sich beim Sturz in seinen Brustkorb gebohrt hatten. So zumindest die offizielle Version der

Polizei. Auf dem Küchentisch lag der unterschriebene Vertrag, damit ich ihn auch ja nicht übersehe. Ich glaube nicht an die Geschichte mit dem Herzinfarkt. Niemals hätte er sein Haus verkauft, zumindest nicht für 80.000 Euro. Von einem seiner wenigen Bekannten habe ich später erfahren, dass man ihn bedroht hat und sogar das Haus anzünden wollte. Sie haben ihn auf dem Gewissen und in den Tod getrieben, und mir war klar, dass ich schleunigst aus dem Haus verschwinden musste, damit mir und meiner Familie nichts Ähnliches passiert. Sehen Sie es mir also nach, dass ich ein wenig abweisend reagiere, wenn spät am Abend Fremde an der Haustür klingeln.«

Toto war sprachlos. Würde Gabi tatsächlich zu derartigen Methoden greifen, um einen armen alten Mann aus seinem Haus zu treiben?

»Hören Sie, Alejandra. Ich glaube, ich kenne die Person, die hinter all dem steckt. Gemeinsam können wir ihr das Handwerk legen und für Gerechtigkeit sorgen. Was meinen Sie?«

»Ich will mit dieser Sache nichts zu tun haben. Die Botschaft war klar und deutlich. Nimm die Achtzigtausend und halte deine Klappe. Ich habe einen wunderbaren Mann und zwei gesunde Kinder. Das Geld steckt bereits in dieser Bäckerei, und die möchte ich nicht in Flammen aufgehen sehen. Von daher steigen Sie jetzt bitte in Ihr Auto und kommen niemals wieder.«

»Aber es geht nicht ohne Ihre Hilfe. Ich brauche eine Kopie vom Kaufvertrag, um die Maklerin zu überführen.«

»Ich werde Ihnen nichts dergleichen geben, und rate ihnen dringend, die Sache zu vergessen. Öffnen Sie nicht die Büchse der Pandora. Man weiß nie, was dabei herauskommt. Und jetzt entschuldigen Sie mich bitte.«

Alejandra ließ Toto einfach stehen und schloss die Haustür zweimal ab. Auch wenn sie ihm nicht weiterhelfen würde, empfand er so was wie Gewissheit. Gabi hatte nicht nur

Adolfo Pincho und sie drei betrogen, sondern schreckte auch vor Mord und Drohgebärden nicht zurück. Er war auf der richtigen Fährte, jetzt fehlten nur noch die Beweise.

Und dann bekam er den Gedankenblitz. Eine Idee, so tollkühn und verwegen, dass sie fast schon funktionieren könnte. Mit zitternden Fingern steckte er den Zündschlüssel ins Schloss und ließ den Seat aufheulen als Zeichen, dass er längst noch nicht geschlagen war.

Kapitel 34

Ein Geruch von frischer Farbe wehte Toto um die Nase und ließ ihn kraftvoll niesen. Er schaute auf sein Rolex-Imitat und war überrascht, dass er bis zehn Uhr durchgeschlafen hatte. Nachdem er ausgiebig geduscht hatte, stieg er voller Energie die Treppe ins Erdgeschoss hinunter, um in einer weißen Lache auszurutschen. Mit letzter Kraft umklammerte er das Geländer und entdeckte schließlich Django, der auf einem Hocker stand und Farbe auf der Wand verteilte, während Rüde kluge Ratschläge zum Besten gab.

»Schau mal. Alles erstrahlt in neuem Glanz.«

Toto konnte im schummrigen Licht des Flurs zwar keinen Unterschied erkennen, freute sich aber über Rüdes kindliche Begeisterung. Nachdem Rüde schon zurück nach Hause wollte, schien er nun eine Kehrtwende gemacht zu haben. Ganz im Gegensatz zu Martin, der frustriert auf der Veranda saß und freudlos in den Garten blickte.

»Einen wunderschönen guten Morgen. Schön, dass ihr mit dem Frühstück auf mich gewartet habt.« Toto konnte sich den kleinen Seitenhieb nicht verkneifen, nachdem seine Freunde gestern bereits geschlafen hatten, als er voller Tatendrang nach Hause gekommen war.

»Wenn du mit uns frühstücken willst, musst du eher aufstehen. Und zieh dir bitte etwas über«, ächzte Martin.

»Da hat wohl einer einen Clown gefrühstückt. Was hast du an Boxershorts und Feinripp auszusetzen? Das trägt man jetzt so.«

»Das trägt man mit achtzehn Jahren so, und auch nur,

wenn der Körperbau es zulässt. Nichts davon trifft auf dich zu.«

Toto wollte sich die gute Laune nicht verderben lassen, schließlich brauchte er Martin noch für seinen Plan. Also nahm er die Stilkritik zur Kenntnis und wartete, bis auch Rüde an den Tisch kam, um von seinem Besuch bei Alejandra Pincho zu berichten. Nach zwanzig Minuten Monolog sah er in zwei ratlose Gesichter, die seine Euphorie in keiner Weise teilen wollten.

»Wenn du mich fragst, klingt das gar nicht gut. Was hat das alles zu bedeuten?« Rüde blickte konzentriert zum Hauseingang, wo Django neue Farbe in den Eimer kippte.

»Das bedeutet, dass wir uns die Renovierung finanzieren lassen werden. Und zwar nicht in kleinen jämmerlichen Häppchen, sondern in einem Rutsch mit allem Drum und Dran. Jetzt können wir Gabi endlich Hops nehmen, und sie wird für uns die Zeche zahlen.«

»Wie soll uns das ohne den Vertrag gelingen? Wir haben nicht einen einzigen Beweis«, knurrte Martin und wirkte wenig überzeugt.

»Aber wir kennen ihre Masche, und ich habe einen Plan, wie wir sie an den Eier…stöcken packen können.«

»Deine Pläne bringen mich noch ins Grab«, schimpfte Martin und klopfte zur Untermalung auf den Tisch. Anschließend verzog er schmerzhaft das Gesicht und massierte seine Hand.

»Genau da wolltest du doch hin, also sei mir lieber dankbar.«

»Und wie genau stellst du dir das vor?«

»Wir präsentieren der Gabi einen Interessenten, der bereit ist, eine Million Euro für unsere Finca auf den Tisch zu legen. Dann wird sie es sich zweimal überlegen, das Haus noch einmal zu verkaufen.«

»Eine Million Euro? Wer ist so verrückt und zahlt für diese Bude so viel Geld?«

»Du, Martin. Du bist der Verrückte.« Genauso gut hätte Toto ihn zu einem Banküberfall überreden können. Die Reaktion war atemloses Staunen, das in eine Zornesfalte überging.

»Keinen Cent stecke ich mehr in die Hütte und schon gar nicht Geld, das ich nicht habe. Was hast du dir nur wieder ausgedacht?«

»Ich wäre nicht der gute alte Toto, wenn ich das nicht ins Kalkül gezogen hätte. Natürlich haben wir nicht wirklich die Million, aber das kann die Gabi ja nicht wissen. Wir müssen sie nur lange genug hinhalten und das Geld in Aussicht stellen, bis sie uns einen Vertragsentwurf vorlegt. Du gibst dich dabei als wohlhabender Interessent aus, der auf der Suche nach einer Finca in den Bergen ist. An einem abgeschiedenen Ort, weit weg vom Trubel an den Stränden.«

»Tolle Idee, Toto. Das machst du besser selbst, schließlich hast du uns die Suppe eingebrockt. Oder Rüde, der außer einem Eimer Mischbeton, nichts zur Rettung beigetragen hat.«

Rüde, der bisher wortlos auf seinem Platz gesessen hatte, zuckte plötzlich zusammen und rutschte auf den Boden, wo er sich lautstark übergab.

»Siehst du, was du angerichtet hast«, schimpfte Toto und klopfte seinem Schulfreund auf den Rücken, während der nach Luft japste.

»Was ist los mit dir? Kannst du uns sehen?« Toto benutzte seine rechte Hand als Scheibenwischer, um Rüdes Reaktion zu testen. Seine Augen flackerten wie eine leere Batterie, ein Speichelfaden tropfte ihm aus seinem Mund. Er muss ins Krankenhaus, schoss es Toto durch den Kopf, der spürte, wie die eigenen Hände zitterten. Über einen möglichen Notfall hatte er nie nachgedacht, obwohl sie alle im gesetzten Alter waren. Nur allzu gern verdrängte er Gedanken an den eigenen Tod, der sich nun in Rüdes müden Augen widerspiegelte. Selbst Martin, der mit seinem Ableben gern kokettierte, hatte den Sarkasmus abgelegt und wirkte blass und überfordert. Sie brauchten Hilfe, und Toto war froh, als Django plötzlich hinter ihnen stand und Rüde unter seine muskulösen Arme schaufelte.

Der junge Spanier übernahm auch im Auto das Kommando und raste über die schmale Nebenstraße, als wäre der Teufel hinter ihnen her. Sie hatten Rüde auf die Rückbank gesetzt, wo er seinen Kopf erschöpft an Totos Schulter lehnte. Seit dem Zusammenbruch auf der Terrasse hatte er keinen Ton von sich gegeben und Toto rechnete bereits mit dem Schlimmsten.

Nach einer guten halben Stunde erreichten sie endlich das Hospital General de Mallorca, wo sie Rüde in die Arme zweier Pflegekräfte übergaben, die ihn auf einer Bahre durch die Schiebetür der Ambulanz schoben. Schnell und hektisch, als ginge es um wenige Sekunden.

»Wir konnten uns nicht einmal verabschieden…« Toto fühlte sich atemlos, als sie gemessenen Schrittes hinterhertrabten.

»Jetzt übertreib mal nicht. Rüde kommt schon wieder auf die Beine.« Martin klopfte Toto auf den Rücken.

»Meine verrückten Ideen bringen uns tatsächlich ins Grab, befürchte ich.«

»Schon möglich, aber irgendwas muss uns ja den Stecker aus der Dose ziehen. Jetzt füllen wir den Papierkram für unseren Freund Rüde aus, und dann erzählst du mir von deinem Plan.«

Auch wenn die Lage alles andere als rosig war, tat es gut, ein aufmunterndes Wort aus Martins Mund zu hören. Seit einer Woche gab es nur Kritik und Nörgeleien, obwohl er sich alle Mühe gab, den Fehler wiedergutzumachen. Insgeheim war Toto sogar der Überzeugung, dass Martin etwas an dem Unterfangen lag, nur konnte oder wollte er es sich nicht eingestehen. In ihm tobte ein Kampf, und Toto war für alles, was nicht lief, der Blitzableiter oder Sündenbock. Bis zu einem gewissen Grad war das auch okay, denn schließlich hatte er sie alle zu dem Haus im Süden überredet. Aber irgendwann bricht auch die härteste Schale auseinander und das letzte Lächeln versiegt zu einem hoffnungslosen Seufzen.

Kapitel 35

Rüde schreckte wie aus einem Albtraum hoch und blickte auf die weißen Vorhänge, die ihn von allen Seiten abschirmten. Ein Plastikschlauch hing in seiner linken Vene und pumpte eine durchsichtige Flüssigkeit in seinen Körper. Neben dem Ständer mit dem Infusionsbehälter stand ein Überwachungsmonitor, der Puls und Herzschlag wiedergab. Zumindest hatte er noch einen, was in Anbetracht der Lage keine Selbstverständlichkeit war. Wenn es noch einen schlagenden Beweis für eine Diagnose gebraucht hatte, dann hatte er sie jetzt bekommen. Keine Frage, es war Krebs. Viel zu lange hatte er die Symptome ignoriert, das Herzstechen, die Übelkeit, das Blut in seiner Spucke. Ausgerechnet jetzt, wo er wieder neuen Lebensmut geschöpft hatte, wollte der Herr ihn zu sich holen. Rüde schielte nach dem Schwesternknopf, als ein junger Mann in weißer Jeans und kurzem Hemd zu ihm ans Bett kam. Das Namensschild wies ihn als Dr. Anselmo aus, ein Klemmbrett hakte wie ein Aktenordner unter seinem Arm.

»Wie lange war ich weg gewesen, Herr Doktor?« Rüde kämpfte gegen den Hustenreiz an, in Sorge, wieder Blut zu spucken.

»Sie wurden vor zwei Stunden eingeliefert und hängen seitdem an diesem Tropf. Ich bin Dr. Anselmo und in der Notaufnahme für die deutschen Patienten zuständig.«

»Hören Sie, Herr Doktor. Ich weiß, dass Sie mir helfen wollen, doch mir ist nicht mehr zu helfen. Von daher würde ich meine letzten Tage gern zu Hause verbringen.« Rüde quälte sich zu einem müden Lächeln.

»Wir werden sehen.« Dr. Anselmo schrieb ein paar Notizen auf das Klemmbrett.

»Sind meine Freunde vielleicht da?«

»Zwei ältere Herren sitzen draußen in der Notaufnahme.«

»Das sind Toto und Martin. Sie werden mich nach Hause fahren und sich anschließend um mich kümmern. Wenn sie mich also abstöpseln würden...« Rüde wollte weg von diesem Ort, der nach Tod und Krankheit roch. Bloß nicht zwischen den Vorhängen einer Intensivstation verrecken, nahm er sich vor, und fühlte sich tatsächlich besser. Zumindest kräftig genug, um aufzustehen und als aufrechter Mann das Krankenhaus verlassen zu können. Wenn nur dieser Schlauch in seinem Arm nicht wäre.

»Sie können noch nicht gehen. Die zwei Herren sagten, dass Sie zuletzt Probleme mit dem Magen hatten. Sobald Ihr Zustand stabil ist, machen wir eine Magenspiegelung und dann sehen wir weiter.«

Panik stieg in Rüde hoch, denn eine Magenspiegelung würde sein fatales Schicksal nur besiegeln und er käme niemals mehr hier raus. Er musste sich etwas einfallen lassen.

»Es war nur eine simple Magenverstimmung. Das kommt von den Pimientos oder wie die grünen Dinger heißen. Mir geht es hervorragend, wirklich Herr Doktor.«

Alles Flehen brachte nichts, denn Dr. Anselmo hatte bereits den Vorhang zur Seite geschoben, um sich um seinen Nebenmann zu kümmern.

Als Rüde wieder wach wurde, war es bereits dunkel draußen. Ein alter Röhrenfernseher flimmerte in der Ecke und zeigte ein Fußballspiel. Der Ton war viel zu laut für die kaputten Boxen und schepperte in seinen Ohren. Man hatte ihn offensichtlich von der Intensivstation auf ein Dreibettzimmer verlegt, wo er mit zwei Männern dicht an dicht gedrängt zusammenlag. Sie hatten ihn hierbehalten und Martin und Toto würden wahrscheinlich längst zu Hause sein und ohne ihn beim Abendessen sitzen. Vielleicht waren sie sogar froh darüber, dass er nicht in ihrer Runde saß, denn schließlich hatte er bisher nichts eingebracht in ihre Partnerschaft. Er besaß weder finanzielle Mittel noch Scharfsinn für Ideen. Im Grunde war er überflüssig wie ein Sack Zement. Weder seine alten Freunde noch Arno und Karola wollten ihn mehr sehen, und sollte er die Nacht nicht überstehen, würde niemand ihn vermissen, was es fast schon wieder tröstlich für ihn machte.

Kapitel 36

Toto schnitt eine dicke Scheibe Brot ab und belegte sie mit Käse. Eigentlich hatte er keinen Appetit, denn er ahnte, dass Krankenhausaufenthalte zur unliebsamen Gewohnheit werden könnten. Schließlich waren sie alle drei in einem Alter, wo es mit den Wehwehchen losgeht, die irgendwann zum Tod führen. Die Frage war nur, wer den Anfang macht und wann. Während er mit Martin beim Abendessen saß, lag Rüde allein in einem fremden Hospital, wo er auch die Nacht verbringen würde. Außer Warten konnten sie aktuell nichts für ihn tun, was vielleicht das Schwierigste für Toto war. Geduld war noch nie seine Stärke gewesen und er wäre am liebsten wieder losgefahren. Zumindest hatte Martin seine miese Laune abgelegt und wirkte seit dem Vorfall zuvorkommend und umgänglich.

»Irgendwie einsam ohne Rüde.« Toto biss vorsichtig in das Brot, um es gleich wieder auf den Teller zu legen.

»Morgen ist er wieder da.«

»Hoffentlich. Aber auch das löst die Misere mit der klammen Kasse nicht.«

»Hattest du nicht einen neuen unschlagbaren Plan?«

»Vergiss es, Martin. Viel zu kompliziert, und außerdem hast du bereits dein Nein dazu gegeben.«

»Wenn es darum geht, eine weitere Million in das Haus zu investieren, dann bleibt es bei dem Nein. Ich habe keine Ersparnisse mehr!« Im Gegensatz zu sonst sprach Martin ruhig und gefasst.

»Wir brauchen kein echtes Geld. Nur die Aussicht darauf.«

»Dann sag endlich, was ich tun soll. Denn ich soll doch etwas tun, oder etwa nicht?«

»Ich würde es ja selbst machen, aber Gabi kennt nun mal mein Gesicht, und außerdem spiele ich ebenfalls eine Rolle in dem Spiel.«

»Erzählst du mir jetzt, worum es geht, oder muss ich es aus dir herauspressen?« Toto hielt inne. Denn er wusste, dass er seine Chance gut nutzen musste, um Martins Wohlwollen nicht gleich wieder zu verspielen.

»Wir müssen Gabi auf frischer Tat ertappen, und das geht nur, wenn wir einen Interessenten präsentieren, der bereit ist, eine Million Euro für die Finca auf den Tisch zu legen. Das ist die magische Grenze, bei der sie selbst die Hufen schwingen wird. Dafür wirst du in die Rolle eines reichen Geschäftsmanns springen, der eine Finca in den Bergen sucht. Du beschreibst ihr quasi unser Haus, mit dem Unterschied, dass es renoviert ist. Ich sorge derweil dafür, dass sie dabei an mich denkt, und biete ihr die einmalige Gelegenheit, uns noch mal übers Ohr zu hauen. Für ein zigfaches vom Preis, den sie uns dafür bezahlen wird. Dem wird sie garantiert nicht widerstehen können.«

Martin schien darüber nachzudenken, was bereits ein Fortschritt war.

»Wenn wir sie am Ende überführen wollen, brauchen wir Beweise. Wie willst du an einen Vertrag kommen, ohne dass wir Geld bezahlen müssen? Außerdem wird sie meine Bonität und Herkunft überprüfen lassen. Und niemals wird sie diese Bruchbude für einen Käufer in Betracht ziehen. Dein Plan hat mehr Löcher als ein Schweizer Käse, Toto.«

»Es gibt auch Schweizer Käse ohne Löcher. Wir reden schließlich nicht vom Status quo, sondern von einer perfekt getunten Finca.« Toto wusste, dass der Plan auf wackeligen

Beinen stand und mehr Fallstricke bereithielt, als er Martin gegenüber zugab.

»Und woher sollen wir das Geld für die Blitzrenovierung nehmen? Wir bekommen nicht einmal die erste Rate fristgerecht zusammen, zudem brauchen wir für deinen Plan einen ganzen Bautrupp voller Djangos. Darauf wird sich dieser Jordi niemals einlassen.«

»Wenn Gabi die Aussicht auf eine fette Provision bekommt, wird sie der nicht widerstehen können. Dagegen sind die Renovierungskosten ein absoluter Witz. Und wenn sie die Verträge aufgesetzt und selbst unterschrieben hat, lassen wir sie auffliegen.«

»Mein Gott, Toto. Das klingt wie in einem Hollywoodstreifen und da gibt es wenigstens noch gute Schauspieler. Das kauft sie uns niemals ab. Sie wird mich auseinandernehmen wie eine Weihnachtsgans und den Behörden übergeben. Was ist denn das für ein bekloppter Plan?« Martin trank das Glas Wein in einem Zug aus und schenkte gleich noch einmal nach.

»Es ist der Einzige, den ich habe. Hast du einen besseren?«

»Nein.« Martin seufzte und blickte resigniert auf die Flasche, die immer noch in seinen Händen lag. »Aber deiner bringt uns in den Knast.«

»Vielleicht, vielleicht auch nicht, denn schließlich steht Gabi ebenfalls mit einem Bein im Zuchthaus. Aber wenn du Bedenken hast, überlegen wir uns was anderes.«

Martin schüttelte frustriert den Kopf und seufzte. Mit dem Satz: »Ich gehe schlafen«, stand er auf und ging ins Haus.

Toto fingerte nach der Stulle und ärgerte sich über sich selbst. Anstatt Martins gemäßigte Stimmung für einen gemeinschaftlichen Moment zu nutzen, hatte er ihn mit der Idee mal wieder auf die Palme gebracht. So ziemlich das Gegenteil von dem, was er hatte erreichen wollen. Er schloss die Augen und hörte den Zikaden zu, die ihre Endlosschleife zirpten, während es noch immer fünfundzwanzig Grad warm waren. Er durfte nicht aufgeben, denn eine weitere Chance würde es für ihn nicht geben. Die Zeit arbeitete schon eine ganze Weile gegen ihn.

Teil 3

Der Coup

Kapitel 37

Martin kontrollierte sein Äußeres im Badezimmerspiegel. Sah er in dem Alter wirklich noch wie ein Geschäftsmann aus? Würde ihm das irgendjemand abnehmen, zumal er alles andere als ein guter Lügner war. Liliane hatte behauptet, dass er nicht mal ein heimlich genaschtes Stück Schokolade für sich behalten konnte und hatte damit immer recht behalten. Er war eine ehrliche Haut und stolz darauf.

Die ganze Nacht hatte er wach gelegen und über Totos infantilen Plan gebrütet, ohne etwas Besseres hervorzubringen. Am Ende hatte er der Sache zugestimmt, da es für ihn nichts mehr zu verlieren gab. Zudem wollte er diese windige Maklerin nicht mit seinen hart ersparten Euros ziehen lassen, während sie nicht mal Kohle für die Renovierung hatten. Kampfeslust und Wut stiegen in ihm hoch, als er das Sakko überzog und die Manschettenknöpfte festmachte. Zuletzt hatte er den Zweireiher auf der Beerdigung von Stefan Pelzer getragen und es war ihm schleierhaft, warum er das steife Utensil nach Mallorca mitgenommen hatte. Als gäbe es für alles einen Grund oder als hätte Liliane ihm den Anzug in den Koffer hineingemogelt. Sein Anblick machte ihn sogar ein wenig stolz. Fesch sah er aus und er fühlte sich topfit. Wie wichtig das im Alter war, zeigte sich am Kollaps ihres Freundes Rüde, dem es zumindest inzwischen etwas besser ging. Vielleicht käme er am Nachmittag nach Hause, so die Nachricht aus dem Krankenhaus. Bis dahin wollte er seinen Auftritt mit Bravour gemeistert haben, befürchtete jedoch, sich bis auf die Knochen zu blamieren.

Während der Autofahrt nach Palma knabberte er unentwegt an den Fingernägeln, eine Angewohnheit, die er seit seiner Schulzeit nicht mehr praktiziert hatte. Alles kommt zurück und Schuld ist der Paradiesvogel neben mir, dachte Martin und blickte unwillkürlich zu Toto, der am Steuer saß und einen Song im Radio mitsang. Irgendwas mit einem Club aus Tropicana. Zur visuellen Untermalung seiner dürftigen Gesangseinlage trug er ein lilafarbenes Batikhemd mit violetten Streifen, das ihm einen halben Meter über der Hose hing. Zweimal hatte Toto bereits versucht, ihn mit einer Anekdote aus der Jugend abzulenken, doch Martin war viel zu nervös, um sich alte Kriegsgeschichten anzuhören. Er wollte es einfach nur hinter sich bringen, in der Erwartung, dass Gabi ihn sofort enttarnen würde. Nicht auszudenken, wenn sie tatsächlich in den Köder biss und er die Rolle weiterspielen musste.

»Ab jetzt bist du auf dich allein gestellt mein Freund.« Toto zupfte Martin am Revers und fegte mit der Hand über seine Schulter. Sie hatten den Mietwagen in sicherer Entfernung zum Immobilienbüro abgestellt und waren ein paar Meter bis zur Ecke vorgelaufen. Im Gegensatz zum sonstigen Gewusel war an diesem Samstagmorgen nicht viel los. Als hielt die Welt den Atem an, um seinen Auftritt zu verfolgen.

»Ich habe keine Schuppen, also lass das. Außerdem sind wir keine …«

»Psst. Kein schlechtes Karma vor dem großen Auftritt. Lass einfach deinen Charme spielen, denn sie steht auf ältere Herren, die nach echtem Geld riechen.«

»Ich rieche höchstens nach dem Muff dieser Ruine.« Toto hatte gut reden. Schließlich musste er sich nicht für jemand anderen ausgeben.

»Du wickelst sie schon um den Finger, da mache ich mir keine Sorgen. Und lass dir einen Namen einfallen, der möglichst weit entfernt von Martin Wendlinger ist. Irgendein

Hubertus oder Fridolin vielleicht. Ein Adelstitel wäre auch nicht schlecht und denk an die Million. Das bringt ihr Blut in Wallung. Ach ja…«

»Was denn noch alles, Toto?«

»Viel Glück, Martin.«

Martin hatte nicht mal richtig zugehört, sondern ging, wie das berühmte Lamm zur Schlachtbank, auf die weiß und gelb gestreifte Markise von Goldstaub Immobilien zu. Am liebsten wäre er am Geschäft vorbeigelaufen und hätte sich irgendwo verkrochen, doch die Eingangstür stand offen und sein Blick fiel auf eine blonde Frau, die exakt auf Totos Beschreibung passte.

Sie saß wie eine Spinne hinter ihrem Schreibtisch und war mit einem jungen Paar aus Deutschland beschäftigt, das augenscheinlich nicht nach ihrer Pfeife tanzen wollte.

»Haben Sie denn keine Drei-Zimmer-Wohnungen, die irgendwie bezahlbar sind? Es muss ja nicht direkt am Meer sein. Vielleicht zeigen Sie uns etwas aus der zweiten Reihe.« Der junge Mann warf Martin einen verärgerten Blick zu, als wäre der absichtlich in das Verkaufsgespräch geplatzt.

»Nein, wir beenden diese Sitzung hier und jetzt. Zählt eure jämmerlichen Ersparnisse zusammen, und wenn es weniger als sieben Stellen sind, dann sucht euch jemand anderen, dem ihr die Ohren volljammern könnt.« Gabi klappte demonstrativ den Laptopdeckel zu und gab Martin mit einem Nicken zu verstehen, dass er jetzt an der Reihe wäre.

»Gerade sagten Sie noch, dass sie ein paar attraktive Schnäppchen hätten, die weitaus günstiger zu haben seien.« Der junge Mann wollte sich noch nicht geschlagen geben.

»Mit Schnäppchen ist es wie mit einem Quicky. Dafür braucht man Eier und einen flotten Reißverschluss und beides habt ihr augenscheinlich nicht. Meine Geduld und Zeit sind abgelaufen, denn dieser Gentleman wartet schon auf mich.«

Das junge Paar stand verdattert auf und verließ streitend das Geschäft.

»Bitte entschuldigen Sie das Tohuwabohu.« Gabi zeigte ihre frisch gebleichten Zähne und deutete auf einen freien Stuhl.

»Ich kann gern zu einem späteren Zeitpunkt wiederkommen, wenn es gerade ungelegen ist.« Martin hoffte, dass Gabi nicken und ihn ziehen lassen würde, doch die Maklerin tat genau das Gegenteil.

»Ich bitte Sie. Das Gespräch hätte eh zu nichts geführt, jedenfalls zu nichts in meiner Preisklasse.« Sie holte eine Karaffe mit Wasser aus dem Nebenzimmer und bot Martin einen Cappuccino an.

»Nein, danke. Ich habe nicht viel Zeit und würde Sie bitten, das Gespräch vertraulich zu behandeln.«

»Hui. Sie machen es aber spannend. Was kann ich für Sie tun?«

»Ich suche ein Anwesen hier auf Mallorca. Etwas Gehobenes, falls das Ihrem Angebot entspricht.« Martin ließ ungelenk das erste Keyword fallen und erzielte gleich ein aufgespritztes Lächeln.

»Gehoben klingt wie Musik in meinen Ohren.«

»Nun, ich vermute, dass Sie in den unteren Preisklassen nichts Adäquates anzubieten haben.«

»Endlich mal jemand, der was vom Immobilienmarkt versteht. An was haben Sie gedacht? Eine Villa am Meer oder vielleicht ein schönes Penthouse in der Altstadt?« Die Maklerin war voll in ihrem Element und hing an seinen Lippen.

»Nein, ich suche eher etwas Abgeschiedenes. In den Bergen.«

»Das kann ich gut verstehen, bei all dem Trubel, der hier an den Stränden los ist. Erst gestern ist eine schnuckelige Villa mit elegantem Pool hereingekommen. Wenn Sie wollen, können wir sofort hinfahren.« Gabi öffnete die oberste Schreibtischschublade und winkte mit dem Schlüsselbund.

»Ich weiß nicht…« Martin begann zu schwitzen. »Ich dachte eher an etwas Traditionelles…«

»Auch damit kann ich dienen, denn ich habe aktuell vier Fincas in allerbester Lage. Valldemossa und die Serra de Tramuntana sind nur einen Katzensprung entfernt.«

»Das klingt äußerst attraktiv, doch ich suche etwas Abgeschiedenes. Eine Finca im Nichts, sozusagen.« Martin biss sich auf die Zähne und hoffte, dass die Beschreibung nicht zu offensichtlich gewesen war.

»Hm. Ein Haus im Nichts?« Gabi wirkte sprachlos.

»Na ja. Etwas mit Olivenbäumen und Sträuchern vielleicht. Und einer traditionellen Finca, die natürlich exzellent in Schuss sein muss. Aber wenn Sie so etwas nicht haben…«

»Lassen Sie mich nachdenken.« Gabi massierte ihre Stirn. »Vielleicht habe ich tatsächlich ein Objekt für Sie. Ich muss nur klären, ob der aktuelle Eigentümer es verkaufen will. Geben Sie mir Ihre Visitenkarte, und ich melde mich, sobald ich mehr weiß.«

»Ich habe leider keine Karten bei mir. Es war mehr ein Spontanbesuch.«

»Kein Problem, ich brauche nur den Namen und eine Rufnummer, unter der ich sie erreichen kann. Außerdem macht es die Zusammenarbeit gleich etwas persönlicher. Ich bin übrigens Gabi.«

Einen Namen und eine Rufnummer? Martin war perplex und wusste, dass er jetzt nicht zögern durfte. Also vergaß er Totos gute Ratschläge und stotterte sich zu einem »Martin… o.«

»Martino?«

»Ja, Martino. Wendl…er.«

»Wendler? So wie der Schlagersänger? Sind Sie vielleicht mit dem verwandt?« Gabi lachte amüsiert, während sich Martin am liebsten geohrfeigt hätte. Nimm etwas, das möglichst weit vom Original entfernt ist, hatte Toto ihm eingeflüstert, doch Kreativität war noch nie sein Steckenpferd gewesen.

»Nein, gütiger Gott nein. Ich komme eher aus einer Adelsfamilie«, stolperte Martin in die nächste Falle.

»Das habe ich mir fast gedacht.« Gabi strahlte und zeichnete ein Sternchen hinter Martino Wendlers Namen.

»Na ja, keine große Sache. Mir wäre es trotzdem wichtig, wenn es unter uns bleibt. Diskretion ist mir sehr wichtig.«

»Da sind sie bei mir goldrichtig, Martino. Ich darf doch Martino sagen, oder?«

»Ja, natürlich.« Martin war klatschnass geschwitzt und das zugeknöpfte Hemd strangulierte langsam seinen Hals. Er sollte schleunigst das Gespräch beenden, bevor ihm ein weiterer Lapsus unterlief.

»Ich muss jetzt leider gehen. Wenn Sie mich also entschuldigen würden …«

»Jetzt machen wir aber eine Rolle rückwärts, lieber Martino. Wir waren doch gerade schon beim du und ich warte immer noch auf deine Nummer.«

Martin fiel kein weiteres Ablenkungsmanöver ein, also kritzelte er seine Handynummer unter seinen neuen Namen.

»Danke dir, Martino. Ich melde mich, sobald ich Neuigkeiten für dich habe.«

»Je schneller, desto besser«, entgegnete Martin.

»Da kann es wohl einer kaum erwarten.«

»Na ja, wenn man sich einmal mit dem Gedanken befasst hat …« Martin stand auf und spürte, wie ihm schwindelig wurde. Reflexartig griff er zur Stuhllehne und hielt sich daran fest, um nicht wieder auf dem Sitz zu landen.

»Hoppla. Soll ich dir ein Taxi rufen?«

»Nein, kein Taxi. Mein Fahrer ist in der Nähe und wartet auf mich.«

»Oh, ein eigener Fahrer. So gehört es sich für einen Adligen. Was für einen Titel darf ich denn vor deinen Namen schreiben? Bist du ein Graf oder Baron oder gar ein schüchterner Prinz?«

»Das würde ich gern zunächst für mich behalten. Diskretion, du verstehst...«

«Also gut, Martino.« Gabi hatte feuchten Glanz in ihren Augen und grinste über beide Wangen. »Bei unserem nächsten Treffen lüftest du das Geheimnis und im Gegenzug präsentiere ich dir deine Finca.«

»Solange sie abgelegen und im tadellosen Zustand ist.«

»Alles, was du willst, Martino. Und zur Belohnung führe ich dich anschließend zu einem schicken Abendessen aus.«

Martin glaubte, sich zunächst verhört zu haben, aber Gabis exzessives Lächeln ließ wenig Raum für Interpretationen zu. Mit einem »Ja, vielleicht«, verließ er schließlich das Geschäft und musste sich zusammenreißen, um nicht in einem Dauerlauf davonzusprinten.

Kapitel 38

Rüde hatte innerlich mit allem abgeschlossen. Die Untersuchungen hatten einen ganzen Vor- und Nachmittag gedauert, aber immerhin hatten sie ihn, auf seinen Wunsch hin, gehen lassen. Auch wenn die Ergebnisse noch auf sich warten lassen würden, stand die Diagnose für ihn bereits fest. Ein Mann weiß eben, wenn es zu Ende mit ihm geht, und er hatte sich vorgenommen, seinen Freunden nichts davon zu sagen. Wozu sollte er sie unnötig mit Ballast befrachten? Sie hatten genug um die Ohren und er wollte die letzten Tage, Wochen oder Monate so normal wie möglich verbringen.

Der Wind tat gut, der um seine Nase wehte, als sie am Tisch auf der Terrasse saßen und ein Glas Prosecco tranken. Toto und Django hatten ihn vor einer Stunde abgeholt und er inhalierte die frische Luft, als wäre er neugeboren. Alles war besser als der Mief im Krankenhaus.

»Also, was habe ich verpasst? Wie hast du dich geschlagen, Martin?«

Martin schnaufte ungeduldig und blickte auf sein Handy. Seit seiner Rückkehr wirkte er ruhelos und schien mit sich zu hadern.

»Ich habe es vergeigt und sie wird mich garantiert enttarnen. Außerdem wird bald die erste Rate für diesen Jordi fällig und wir haben nicht mal einen Bruchteil von dem Geld zusammen.«

»Entspann dich mein Freund, die Gabi wird sich melden und versuchen, uns die Finca wieder abzuschwatzen. Wenn ich ihr dann von der Baufirma erzähle, wird sie garantiert in die Presche springen.« Toto wirkte im Gegensatz zu Martin überaus entspannt.

»Was macht dich nur so sicher, dass sie anruft?«

»Du suchst nach einem Haus am Arsch der Welt? Was passt besser als diese Finca hier, mit der sie uns beschissen hat? Sie wird nicht widerstehen können und weiß, dass wir verkaufen wollen. Außerdem bist du genau ihr Typ und hast dich sicher gut geschlagen.«

»Wie oft soll ich es dir noch sagen, Toto? Ich habe es vermasselt, und zwar auf ganzer Linie. Weißt du, wie ich für sie heiße?«

»Ich hoffe mal nicht Martin Wendlinger.«

»Martino Wendler.«

Stille entstand und Toto und Rüde fingen lauthals an zu lachen.

»Oha. Da warst du nicht besonders kreativ.«

»Und ich bin adelig.«

»Ein gewagter, aber kluger Schachzug. Sie steht auf altes Geld.« Toto klopfte Martin auf die Schulter als Zeichen, dass er seine Sache ordentlich gemacht hatte.

»Deine Gabi mag schamlos im Geschäftsgebaren sein, doch die Gute ist nicht blöd. Heutzutage ist es ein Kinderspiel, nach Namen und Adelstiteln im Internet zu recherchieren. Und da wird sie weit und breit nichts zu einem Martino Wendler finden.« Martin schüttelte verzweifelt den Kopf und griff nach dem Glas, das schon wieder leer war. Bei dem Alkoholkonsum würden sie noch vor der ersten Rate pleite oder tot sein, und vielleicht war das die beste Nachricht.

»Dann bist du halt ein Honorarkonsul. Von denen gibt es Hunderttausende, die nirgendwo im Internet zu finden sind.«

»Ich weiß nicht.« Martin schüttelte resigniert den Kopf. »Eigentlich wollte ich meiner Liliane nur ihren letzten Wunsch erfüllen und habe mich zu diesem Haus belatschern lassen. Jetzt trete ich in deinem Bühnenstück als Hauptdarsteller auf, der nicht mal seinen Text beherrscht. Vielleicht sollte Rüde besser übernehmen, jetzt wo er wieder bei uns ist.«

Rüde fummelte demonstrativ zwei Tabletten aus der Hemdtasche und steckte sie sich in den Mund, damit Toto nicht auf dumme Gedanken kommen würde.

»Wie oft nimmst du diese Teile eigentlich?«

»Dreimal täglich. Aber nur noch für ein paar Tage, dann ist die Schachtel leer. Machst du dir etwa Sorgen, Martin?« Rüde kniff die Augen zusammen und quälte sich zu einem Lächeln. Es war schön, Martin mal nicht dominant und aggressiv zu sehen. In der Verfassung könnte man sich glatt an ihn gewöhnen.

»Ich mache mir mehr Sorgen um Totos großartige Idee.«

»Glaub mir, sie wird anrufen«, grinste der und imitierte mit der Hand ein Telefon.

Rüde fühlte sich erleichtert. Toto und Martin hatten durch seinen Zusammenbruch zueinandergefunden und arbeiteten an ihrem Plan, während er sich mit Django um die Renovierung kümmern würde. Ein besseres Ende konnte er sich gar nicht vorstellen, zumal ihm die Tabletten etwas Linderung verhalfen.

Kapitel 39

Martin drückte sie fest an sich, während ein letzter Sonnenstrahl die Wellen küsste und am Horizont verschwand. Sie standen auf einer Klippe direkt am Meer und es fühlte sich warm und geborgen an, ein Gefühl, das er lange nicht verspürt hatte. Das Verlangen nach einem Kuss war unermesslich und er beugte sich hinunter und streichelte ihr Haar, während sie die schmalen Lippen einen Spaltbreit öffnete. Er nahm ihren Kopf vorsichtig in seine Hände und blickte in die Augen seiner Friedhofsbekanntschaft Anneliese, die den Kuss erwidern wollte.

»Du?!«, rief er entsetzt und wurde wach. Es war weniger der Schock als vielmehr das Vibrieren seines Mobiltelefons, das ihn aufgeweckt hatte. Am liebsten hätte er es einfach ignoriert und wäre wieder eingeschlafen, doch das Handy kannte kein Erbarmen und brummte einfach weiter.

»Ja, hallo«, knurrte er in den Hörer.

»Rate mal, wer hier ist?«

»Keine Ahnung«. Martin legte genervt auf. Er hatte weder Lust noch Zeit auf Rätselraten. Wie spät mochte es wohl sein? Er wollte die Uhrzeit gerade auf dem Smartphone kontrollieren, als es wieder klingelte.

»Herrgott, es ist mitten in der Nacht. Und außerdem ist Sonntag. Was ist bitte schön so dringend?« Allmählich wurde er sauer, da er lieber zurück in seinen Traum getaucht wäre.

»Hier ist Gabi, deine Immobilienmaklerin. Und die Gabi hat dir gestern nicht zu viel versprochen. Wir zwei Hübschen machen eine Spritztour in die Einsamkeit des Nordens und schauen uns eine traumhaft schöne Finca an. Beim nächsten Ton ist es übrigens 9 Uhr 37.«

Martin starrte mit Entsetzen auf die Armbanduhr und rieb sich irritiert die Augen. Toto hatte recht gehabt. Gabi war auf seinen jämmerlichen Auftritt hereingefallen und er war immer noch im Spiel.

»Bitte entschuldigen Sie mein unmögliches Verhalten. Ich war nur etwas abgelenkt, die Geschäfte, Sie verstehen... also du verstehst.« Martin kniff sich in den Oberschenkel. Er durfte jetzt bloß keine Fehler machen.

»Unser viel beschäftigter Prinz. Ich habe das ganze Internet abgesucht, aber niemanden gefunden, der zu deinen markanten Wangenknochen gepasst hätte. Sehr geheimnisvoll.«

»Ich bin eher so was wie ein Konsul, der im Hintergrund agiert. Ein Honorarkonsul, um exakt zu sein.«

»Du arbeitest für die Regierung? Ich habe einige Politiker in der Datei...« Es klang für Martin fast wie eine Drohung.

»Ich arbeite für ein kleines Land des Balkans.«

»Viele meiner Kunden kommen aus Kroatien und Montenegro...« Auch das noch! Anscheinend hatte Gabi überall ihre Finger im Spiel.

»Tadschikistan.« Martin fiel spontan nichts Besseres ein, hoffte aber, dass Gabi nicht auch dort gewichtige Kontakte hatte.

»Hast du geniest oder sagtest du Tadschikistan?«

»Kennst du da auch jemanden?«

»Nein, aber ist das nicht schon Russland? Bei Russen bin ich eher vorsichtig.«

»Keine Sorge. Tadschikistan ist so was wie der verlängerte Arm des Balkans. Ein sehr verschwiegenes Volk...«

»Na jedenfalls, habe ich, wonach du suchst, und könnte dich in einer halben Stunde direkt vor dem Hotel abholen. Wo wohnst du? Sicherlich im Son Vida oder im Cap Rocat.«

Martin spürte, wie ihm die Spucke wegblieb. Mal wieder musste er improvisieren, was überhaupt nicht seine Stärke war.

»Nein, ich komme zu ihnen, ähm ... zu dir ... vielleicht so gegen zwölf?«

»Umso besser! Ich bin noch nie von einem Chauffeur herumgefahren worden. Und dann gleich mit dem Konsul von Tadschikistan. Du machst mich ganz verlegen.«

»Mein Fahrer hat heute leider ...« stammelte Martin noch ins Telefon, doch das Display war bereits erloschen. Was hatte er nur angestellt? Langsam kam er sich genauso trottelig, wie Toto vor, mit dem Unterschied, dass Toto dieses Spiel beherrschte und er wie ein unerfahrener Teenager von einem Fettnapf in den nächsten trat. Ihm blieben gerade mal zwei Stunden Zeit, um mit einem Chauffeur in Palma aufzukreuzen. Am liebsten hätte er Gabi zurückgerufen und eine spontane Grippe vorgetäuscht, um es auf morgen zu verschieben. Übermorgen wäre besser. Gar nicht am allerbesten.

Entgegen der Gewohnheit, die erste Stunde eines Tages ganz für sich allein zu haben, alarmierte Martin zunächst Toto, um ihn auf den neuesten Stand zu bringen. Die Worte sprudelten aus ihm heraus und er hatte Mühe, sich zu kontrollieren, im Gegensatz zu seinem Freund, der lässig amüsiert zum Handy griff, um ein paar Anrufe zu tätigen.

Martin ließ ihn einfach machen, denn schließlich lief ihm schon die Zeit davon. Zähneputzen, Duschen, Föhnen und sich in einen eleganten Fummel werfen in der Rekordzeit von zwölfeinhalb Minuten, bevor er sich eine Tasse Kaffee und ein Ensaimada gönnte.

»Ich habe einen Wagen!« Toto sang die Worte förmlich und zeigte stolz auf einen nicht vorhandenen Bizeps. Er saß auf dem roten Sessel in Martins Zimmer und freute sich über den Erfolg.

»Wir brauchen keinen Wagen, sondern einen Chauffeur,

der etwas hermacht und nicht Toto heißt.« Martin versuchte zum x-ten Mal, den Manschettenknopf ins Loch zu stecken, bis es schließlich klappte.

»Na ja, du kannst als Honorarkonsul wohl kaum im Seat bei der Gabi aufkreuzen. Schließlich hast du einen mühevoll erschwindelten Ruf zu verlieren, und so habe ich dir, über Sofias Neffen Marco, eine Staatskarosse ersten Grades organisiert. Gegen einen kleinen Aufpreis versteht sich.«

»Was denn für einen Aufpreis?«

»Na ja, 250 Euro. Pro Tag. Das packen wir der Gabi auf die Rechnung.«

»Bisher zahlt deine Gabi überhaupt nichts. Im Gegensatz zu uns. Ich hoffe, dass sich das in deinem fulminanten Plan noch ändern wird. Ansonsten sind wir in ein paar Tagen pleite. Was macht dich überhaupt so sicher, dass sie mich exakt zu unserer Finca führen wird? Schließlich hat sie dich noch nicht mal kontaktiert.«

»Nicht so schnell, Martin. Wichtig ist, dass sie den Köder mit dem reichen Konsul tief im Rachen stecken hat. Spiel einfach deine Rolle weiter, und wenn sie dir ein schönes Häuschen zeigt, sagst du, dass es nicht auf die Beschreibung passt. Zu laut, zu modern, blöde Nachbarn, Fahrgeräusche. Was weiß ich. Und wenn sie nicht mehr weiterweiß, wird sie meine Nummer wählen. Garantiert.«

Toto hatte mal wieder gut reden, schließlich musste er ja nicht unter Vortäuschung falscher Tatsachen den Tag mit dieser Frau verbringen.

»Also gut, ich werde es versuchen. Was ist jetzt mit dem Fahrer? Schließlich kann ich die Staatskarosse schlecht allein fahren.«

»Voilà, dein Chauffeur.« Toto tippte auf die Fensterscheibe, wo Martins Blick auf den oberkörperfreien Django fiel, der gerade eine Schubkarre mit Farbeimern vor dem Haus entleerte.

»Ihm passt dein weißes Hemd wie angegossen. Außerdem

fährt er wie ein Formel-1-Pilot. Je schneller dahin, desto schneller davon, umso schneller beginnen die Renovierungsarbeiten.«

»Du machst mich fertig«, seufzte Martin und sprühte etwas Aftershave an seinen Hals.

Kapitel 40

Das Innere der Limousine roch nach altem Zigarettenqualm, der mit dem Duft eines ausgeblichenen Vanillebaums ein toxisches Gemisch ergab. Die speckigen Ledersitze waren aufgeplatzt, die Armaturen sahen aus, als hätte man darauf gefrühstückt. Martin konnte nur hoffen, dass Gabi nicht auf die Details achten würde, und von den Aussichten auf einen lukrativen Deal geblendet war. Zumindest sah Django halbwegs wie ein echter Fahrer aus, und solange er im Wagen blieb und seine Klappe hielt, würde niemand merken, dass ihm die Klamotten eigentlich zu klein waren.

Martins Herz pochte mit doppelter Geschwindigkeit, als sie um die letzte Ecke bogen, und er Gabi vor dem Laden stehen sah. Sie trug ein rosa Kleid mit Blumenmuster, dazu High Heels und einen dieser übergroßen Sommerhüte. Sie winkte aufgeregt, als sie ihn erkannte. Martin stieg aus und machte ihr die Tür auf.

»Was hast du nur für einen unaufmerksamen Chauffeur?«, spottete Gabi.

»Er hat die Order, niemandem zu öffnen.«

»Wow. Du lebst anscheinend sehr gefährlich.«

»Es sind die Zeiten, die gefährlich sind.« Martin wusste nicht, woher er diese Phrase kannte, doch immerhin verschaffte sie ihm ein respektables Nicken der Begleiterin.

Gabi roch wie eine Parfümerie-Filiale und überspielte damit locker den Geruch des alten Zigarettenqualmes. Um nicht im Fahrzeug zu erbrechen, öffnete Martin kurzerhand das Seitenfenster und hielt bei jedem Atemzug die Nase raus.

»Ich habe ein wahres Schloss für meinen Diplomaten«, prahlte Gabi und fummelte in ihrer Handtasche herum.

»Ich bin gespannt.« Martin unterdrückte ein Niesen und tippte Django auf die Schulter als Zeichen, dass es losgehen kann.

»Nicht so schnell Herr Konsul, dein Fahrer braucht noch die Adresse.«

»Wo liegt denn das besagte Traumhaus?«

»Bei Valldemossa, einem wunderschönen Künstlerdorf. Aber keine Sorge, es ist abgelegen und umgeben von Olivenbäumen, ganz wie du es gewünscht hast. Die Straße ist vielleicht ein wenig schmal für deine Staatskarosse, doch der Verkehr ist überschaubar.«

Jackpot, dachte Martin und konnte sich das Grinsen nicht verkneifen. Entgegen Totos Voraussage, würde sie ihn direkt zur Finca führen, und er konnte nur hoffen, dass Toto und Rüde ihre Rollen ebenfalls beherrschten.

»Das klingt gut«, sagte er trocken.

»Nur gut? Das klingt sensationell, wenn du mich fragst, und ich habe sogar noch eine Überraschung für dich.« Gabi strahlte und versiegelte symbolhaft ihre Lippen.

Die Überraschung war hoffentlich der Direktvertrag, und Martin konnte es kaum erwarten, endlich auf die Nebenstraße abzubiegen.

»Du gibst meinem Fahrer Bescheid, wie er fahren soll, ja?«

»Wie ungeduldig! Und ich dachte schon, du wärst einer von der ruhigen Sorte…« Gabi verzog das Gesicht, machte aber keinerlei Anstalten, die Richtung zu ändern.

»Ist es denn noch weit?«

»Wer gern abgeschieden residiert, muss halt ein paar Schleichwege in Kauf nehmen.« Gabi lächelte zufrieden.

»Vielleicht wäre es langsam Zeit für einen dieser Schleichwege.« Martin schaute aus dem Seitenfenster. Er konnte bereits die verwitterte Bushaltestelle und die Glascontainer erkennen, hinter denen der Abzweiger begann.

»Na dann will ich dich erlösen…«

»Puh.«

»In zehn Minuten erreichen wir Valldemossa, und dann biegen wir nach Osten ab, direkt in Richtung Meer.«

»Meer?!?«.

»Vertrau mir, die Finca wird dich umhauen.« Martin hoffte auf das Gegenteil und bastelte im Kopf bereits an Gegenargumenten.

Kapitel 41

Toto lief auf der Terrasse unruhig auf und ab und schaute pausenlos aufs Handy. Es war bereits sechzehn Uhr und Martin hatte sich noch nicht gemeldet. Normalerweise dauerte so eine Hausbesichtigung kaum länger als eine Stunde, es sei denn, Gabi hatte noch etwas anderes mit ihm vor.

»Er müsste längst zurück sein.« Rüde saß auf einem Gartenstuhl und wirkte sichtlich abgekämpft. Die Strapazen der Renovierungsarbeiten und sein Krankenhausaufenthalt hatten Spuren bei ihm hinterlassen und Toto wusste, dass sie nicht so weitermachen konnten.

»Vielleicht stecken sie im Verkehr fest.«

»Ist das eine von deinen schlüpfrigen Bemerkungen? Denn Verkehr auf dieser Strecke habe ich noch nie erlebt.«

»Nur Geduld, Rüde. Nur Geduld.«

Um fünf Uhr verlegte Toto seine Warteposition zur Straße und schickte Martin eine SMS. Sein Freund war eigentlich nicht der Typ für Small Talk oder einen langen Ausflug. Irgendetwas musste schiefgelaufen sein. Vielleicht war der Schwindel aufgeflogen und er saß in irgendeiner Zelle, um ausgelöst zu werden. Doch von welchem Geld sollten sie das bezahlen? Gerade als Toto eine zweite Nachricht schreiben wollte, erschien ein schwarzer Punkt am Horizont. Der Mercedes, Gott sei Dank!

Der Wagen hielt mit durchdrehenden Reifen und erzeugte eine Staubwolke. Django stieg aus und wirkte sichtlich aufgewühlt. Das weiße Hemd war aufgeknöpft, anstatt der Hose trug er eine Boxershorts.

»Was ist passiert? Wo ist Martin?« Toto spürte seine Eingeweide revoltieren. Nicht schon wieder ein Besuch im Krankenhaus.

»Borracho.« Django sagte nur das eine Wort, doch in seiner Sprache klang es wie ein glatter Durchschuss. Der Spanier öffnete die hintere Beifahrertür und kratzte einen regungslosen Martin von der Rückbank.

»Toto, mein Freund«, nuschelte der beim Anblick von Totos sorgenvoller Miene.

Im Gegensatz zur Befürchtung, dass Martin was passiert sein könnte, schien es ihm erstaunlich gut zu gehen.

»Hast du getrunken? Und seit wann bin ich dein Freund?«

»Nur ein Glas Wein. Oder zwei…« Bei zwei war er bereits eingeschlafen und lehnte schlaff an Djangos Schulter. Heute würden sie garantiert nichts mehr aus ihm herausbekommen.

Martin hatte die 14 Stunden Schlaf dazu genutzt, um sich zu erholen. Zumindest sah er wieder wie der Alte aus und Toto war gespannt, was beim Besichtigungstermin passiert war. Zur Abwechslung regnete es in Strömen und sie mussten notgedrungen in der Küche sitzen.

»Sie hat mich durchschaut und wollte mich verführen. Und das ist allein deine Schuld. Du und dein beschissener Plan, der hinten und vorn nicht funktioniert hat. Vorbeigefahren sind wir und haben stattdessen eine Finca mit Blick aufs Meer besichtigt. Richtig gehört, Meerblick! Und das Haus war von Olivenbäumen umgeben und hatte einen Swimmingpool. So was habe ich eigentlich erwartet, als du von einem Haus im Süden gesprochen hast!«

Toto blickte in Martins zornesrote Miene und legte den geschmierten Toast zurück auf seinen Teller. Von Freund war keine Rede mehr. Martin war der Alte und das war eine schlechte und gleichermaßen gute Nachricht, wie er fand.

»Ich habe dich gewarnt, dass sie dir erst eine andere Finca zeigen wird. Was hast du gesagt, warum sie nicht infrage kommt?«

»Ich sagte, dass Meer mache mich nervös.«

»Das Meer macht dich nervös?«

»Mir fiel nichts Besseres ein, denn das Haus war tadellos in Schuss. Sogar der Preis lag im gewünschten Rahmen.«

»Und wann kommt die Stelle mit dem Alkohol?«

»Der Alkohol hat mich gerettet!« Martin kratzte sich am Hinterkopf, als versuche er, sich zu erinnern.

»Das sage ich auch immer«, grinste Rüde, der sichtlich Spaß an der Erzählung hatte.

»Nach der Besichtigung sind wir zu einem Fischlokal gefahren, das auf einer Klippe liegt. Irgendein Film oder eine Serie wurde da gedreht, die mir nichts sagte. Na, jedenfalls meinte Gabi, dass der Ort ideal sei, um meine Meeresphobie zu besiegen. Nach dem Essen mit Blick auf die Brandung würde ich das Haus garantiert mit anderen Augen sehen. Und dann tätschelte sie an meinem Oberschenkel herum, als wäre sie ein gottverdammter Hund.«

»Beleidige nicht Franz Ferdinand«, grinste Toto. Wie auf Kommando bellte die Promenadenmischung, um sich wenig später wieder zu verkriechen.

»Sei du nur still, Toto. Wegen dir habe ich mir das gefallen lassen, in der Hoffnung, dass sich das Blatt noch wenden wird. Also schwärmte ich von Einsamkeit und Wildnis, während deine Gabi mir das Haus am Meer zum wiederholten Male aufschwatzte. Irgendwann gingen mir die Argumente aus und sie meinte, dass ich sie an ihren Ex erinnern würde, dem auch die Argumente ausgegangen waren. Er hätte sie getäuscht und betrogen, und sie ihm sprichwörtlich dafür die Eier abgeschnitten. Und dann …«

»Und dann?«

»Hat sie sich an meine rangemacht.« Martin verstummte.

»Sie hat versucht, dir deine Eier abzuschneiden?« Rüdes Gesicht war ein amüsiertes Fragezeichen, während Martin konsterniert auf seine leere Tasse stierte. Er schien nach einer Antwort zu suchen.

»Nein. Sie hat... hat versucht... sie zu... kneten.«

»Sie hat dir die Eier geknetet?«

»Es war schrecklich. So was möchte ich nie mehr erleben.«

»Was ist an Kneten so verkehrt?« Toto hatte Mühe, sich zurückzuhalten. Am liebsten hätte er laut losgelacht und seinem Freund zu diesem Abenteuer gratuliert.

»Ich bin verheiratet!«

»Du warst verheiratet, Martin. Jetzt bist du wieder auf dem Markt und solltest dich austoben.«

»Du mit deinen Flüchtigkeitsbekanntschaften kannst da überhaupt nicht mitreden, Toto. Für immer, das habe ich meiner Liliane geschworen und daran werde ich mich halten. Und prostituieren lasse ich mich schon mal gar nicht. Am allerwenigsten von dir.« Martin knallte wutentbrannt die Faust auf den gedeckten Tisch. Eine Tasse fiel zu Boden und zerbarst.

»Es heißt, bis das der Tod oder ein Gericht euch scheidet und bei dir war es der Tod und bei mir der Scheidungsrichter. Das Ergebnis ist das Gleiche. Zumindest bist du heil nach Hause gekommen und hast erreicht, was ich geplant habe.«

»Erreicht, was du geplant hast? Du hast mir dieses Weibsstück auf den Hals gehetzt. Nur mit großer List habe ich mich aus der Situation befreien können, sonst hätte ich jetzt eine zweite Finca an der Backe. Mal ganz abgesehen davon, was sie mit mir vorhatte.«

»Ein bisschen Leibesübung hätte dir ganz gutgetan. Glaub mir, das entspannt.« Toto war erleichtert, dass Martins Tarnung offensichtlich noch intakt und Gabis erster Vorstoß abgeschmettert war. Es lief bisher nach Plan und Martins schlechte Laune würde sich schon wieder legen.

»Es wird Zeit für Phase zwei des fulminanten Coups.« Toto machte eine Kunstpause und breitete die Arme aus, als wolle er ein Orchester dirigieren. »Mein Job ist es nun, die Finca zurück in Gabis Kopf zu implantieren.«

»Schön, dass du auch mal etwas selbst machst«, ächzte Martin und verschränkte seine Arme vor dem Oberkörper.

»Und dein Job ist es, die Sache mit Gabi wieder in den Griff zu kriegen.«

»Keine Minute werde ich mehr mit dieser Frau verbringen. Ich bin durch. Lieber verzichte ich aufs Geld und fliege erhobenen Hauptes zurück nach München, als weiterhin auf deine dämlichen Ideen anzuspringen.«

»Das heißt, du gibst nicht nur den Traum deiner Eleonore vom Haus im Süden auf, sondern kuschst vor einer windigen Betrügerin, die dich an den Eiern hatte. Soll das am Ende auf deinem Grabstein stehen? Dabei läuft es wie geschmiert. Gabi vertraut dir und hängt an deinen … Lippen. Du diktierst die nächsten Schritte und ziehst an Strippen wie an einer Marionette. Sie braucht nur noch den finalen Schlag. Also Champ, wie sieht es aus?«

Martin starrte Toto an, als wäre er ein Geist. Kein Wort kam aus seinem Mund, doch die Lippen zeigten eine erste Regung und versuchten sich an einem Lächeln. Grimmig, böse und ein bisschen niederträchtig. So also musste man Martin anpacken, damit er in den Kampfmodus hochschaltet, freute sich Toto und verabschiedete sich aufs Zimmer. Schließlich musste er sich etwas einfallen lassen, um sein Versprechen zu erfüllen.

Martin hatte sich mit einem Klappstuhl unter den alten Olivenbaum verzogen, der etwas abseits stand und zuvor von wilden Sträuchern eingekesselt war. Er hatte ihn vorgestern bei Gartenarbeiten entdeckt und mit der Heckenschere freigelegt, damit man ihn von der Terrasse aus gut sehen konnte. Von so einem Baum hatte er zu Hause immer geträumt, doch die kalten Münchner Wintertage hatten jeden seiner Versuche, einen Olivenbaum zu züchten, im Keim bereits ersticken lassen. Ihm fehlte der berühmte grüne Daumen, und Liliane machte sich nicht viel aus Pflanzen. Dennoch hätte ihr der bullige, weitverzweigte Stamm gefallen, an dem Millionen kleiner Blätter hingen. So einen Baum hatte sie bestimmt im Sinn gehabt, als sie ihm die Abschiedsbotschaft in den *Nachtzug nach Lissabon* gelegt hatte. Er würde seinen Wein trinken, während sie sich an ihn kuschelt, um sich in einem dicken Schmöker zu verlieren. Tja, einen Teil des Wunsches habe ich damit nun wohl erfüllt, musste Martin unwillkürlich schmunzeln, und war ein bisschen stolz auf sich. Zumindest hatte er nicht aufgegeben und sich auf etwas Unbekanntes eingelassen.

Er fingerte sein Handy aus der Hosentasche und kontrollierte den Empfang. Immerhin zwei Balken, was für einen WhatsApp-Anruf reichen sollte. Er schaute sich verstohlen um, ob Toto oder Rüde irgendwo zu sehen waren, dann drückte er auf Annelieses Namen.

»Was für eine Freude, der Herr Großgrundbesitzer meldet sich aus seinem Domizil. Wie geht es Ihnen heute?«

Martin glaubte zunächst, sich verhört zu haben. Nahm ihn Anneliese etwa auf den Arm? Und das schon nach dem vierten Telefonat? Na gut, dem fünften, wenn er die erste SMS hinzuaddierte.

»Den Umständen entsprechend. Ich fühle mich ein wenig ausgelaugt. Es war ein harter Tag. Also gestern.«

»Sie sollten es ein wenig entspannter angehen lassen, schließlich sind Sie auf Mallorca. Da macht man normalerweise Urlaub, geht gut Essen und blickt aufs Meer. Also, was haben Sie gestern so Aufregendes getrieben, dass Sie wie eine alte Dampflok stöhnen.«

Schon wieder so eine saloppe und gleichzeitig intime Bemerkung, als würden sie sich Jahre kennen.

»Nun ja, ich war am Meer und auch gut Essen. Aber anders, als sie sich das denken.«

»So? Wie denke ich es mir denn?« Anneliese ließ nicht locker.

»Wie eines dieser Kerzenschein-Dinner aus dem Fernsehen vielleicht. Aber so war es nicht. Es war schrecklich.« Martin fasste sich an den Kopf. Er hatte sich auf den Anruf so gefreut und jetzt jammerte er Anneliese die Ohren voll.

»Sie sind wirklich nicht zu beneiden. Leben mit zwei guten Freunden auf einer Insel, die komplett vom Meer umgeben ist. Da gibt es ja nur frischen Fisch und rosa Sonnenuntergänge. Wie kann ich Sie nur retten?« Ein lautes Lachen folgte und Martin konnte nicht anders, als einzustimmen. Die Anrufe mit Anneliese waren mittlerweile sein tägliches Highlight, auch wenn er nur einen Bruchteil von dem preisgab, was ihn innerlich bewegte.

»Nicht dass Sie mich eines Tages wirklich retten müssen.« Martin hatte den Satz einfach so dahergesagt und merkte plötzlich, wie vertraut er klingen musste. Er war doch nicht etwa mit Anneliese am Flirten? Mit 69 Jahren? Es wurde langsam Zeit, zurückzurudern, denn schließlich war die Zeit auf Mallorca bisher alles andere als märchenhaft gewesen.

»Ich glaube, Sie wollen nicht gerettet werden, sondern gefallen sich insgeheim in der Rolle eines Grantlers. Entschuldigung, aber so nennt man bei uns in Bayern die Menschen, die gern meckern und das Glas immer halb voll sehen.«

Bumm. Jetzt war er also ein Grantler. Wenn Anneliese wüsste, welche Rolle er hier angenommen hatte, um die Maklerin zu täuschen, würde sie sicher nicht so über ihn denken.

»Ich gebe mir wirklich Mühe…«

»Das ist schön zu hören. Wie wirkt sich das auf die Beziehung zu Ihren beiden Freunden aus? Bei unserem letzten

Telefonat haben Sie in einer Tour nur über Toto hergezogen. Dabei hat der arme Kerl sie aus dem Schneckenhaus geholt.«

Langsam kam Martin das Gespräch wie eine Sitzung beim Psychiater vor und er musste überlegen, wie er es am besten formulierte.

»Toto ist so ziemlich das genaue Gegenteil von mir. Er übernimmt keinerlei Verantwortung für seinen Fehler, sondern dirigiert nur alle Leute und kommt mit absurden Ideen um die Ecke. Dabei hat er uns das Fiasko mit der Finca eingebrockt, da er den Vertrag viel zu spät gelesen hat.«

»Gut, dass *Sie* ihn vorab gelesen haben. Ach nein, das ist ja gar nicht Ihre Aufgabe. Sie sind ja nur fürs Korrigieren und Beschweren zuständig.« Anneliese ließ ein Lachen folgen, wahrscheinlich damit er es als Scherz verstand. »Sie sollten Toto dankbar sein. Es gibt nur wenige Menschen, die sich im Alter um dich sorgen und sich für dich und deine Geschichten interessieren. Die nach dir fragen, mit dir Kaffee trinken oder sogar mit dir zusammenleben wollen. So jemanden kann man sich nur wünschen, vor allem wenn man die letzten Jahre nur mit einem einzigen Menschen zusammen gewesen war. Glauben Sie mir, ich weiß, wovon ich rede.«

Martin dachte darüber nach, und auch wenn es ihm schwerfiel, musste er zugeben, dass Anneliese recht hatte. Ohne Toto würde er zu einem grummeligen Eremiten werden, einem Grantler, wie Anneliese gesagt hatte.

»Vielleicht ist da ja was dran«, seufzte Martin. »Trotzdem macht sich Toto das Leben viel zu einfach.«

»Warum sollte er es sich mit siebzig Jahren schwer machen? Jetzt geben Sie ihm halt eine Chance und nörgeln nicht herum. Versuchen Sie es einfach. Reduzieren Sie Ihr Granteln um die Hälfte und verdoppeln Sie Ihr Lachen. Wobei ich nicht mal weiß, wie Ihr Lachen eigentlich klingt und aussieht. Vielleicht holen wir das eines Tages nach. Oder besser, Sie holen es nach.«

Martin lächelte, auch wenn Anneliese es nicht sehen konnte, und bedankte sich für die aufmunternden Worte. Er versprach, etwas nachsichtiger mit Toto zu sein und der Sache weiterhin eine Chance zu geben, auch wenn er nicht wirklich davon überzeugt war. Denn in einem hatte Anneliese recht. Er war ein Grantler und suhlte sich in dieser Rolle, die perfekt zu seinem Pessimismus passte.

Kapitel 42

Hätte Toto die Atmosphäre Palmas mit einem Bild beschreiben müssen, dann wäre es das Flair der Altstadtgassen mit ihren Modeläden und Cafés gewesen. Überall saßen gut gelaunte Menschen, tranken Wein, aßen dazu frische Meeresfrüchte und genossen eine unbeschwerte Zeit. So in etwa hatte sich Toto das Leben auf Mallorca vorgestellt und er sehnte sich danach, dass es endlich losging. Er saß mit Martin unter einem Sonnenschirm in dem mondänen Café an der Placa de Weyler und wartete auf Sofia, während Franz Ferdinand gelangweilt vor einer Schüssel mit Wasser hockte, als würde ihm der Stadtbesuch nicht in den Kram passen.

Nach dem späten Frühstück hatte sich Toto das Hirn darüber zermartert, wie er die Finca zurück in Gabis Kopf bekommen könnte, bis ihn eine Nachricht von Sofia auf die zündende Idee brachte. Anstatt selbst vor der resoluten Maklerin zu jammern, sollte Sofia als Überbringerin der Botschaft diesen Job für ihn erledigen, als wäre ihm die Sache peinlich. Eigentlich hatte er danach die Zeit mit ihr allein verbringen wollen, und war wenig amüsiert, als Martin anbot mitzukommen. Ausgerechnet jetzt, und dann auch noch mit einem Lächeln im Gesicht, als würde er sich freuen. Von dieser Freude war allerdings nicht mehr viel übrig als sie ihre Wartezeit mit einer kalten Tasse Kaffee überbrückten und Martin die Geldscheine in seinem Portemonnaie zählte.

»Jetzt hör endlich auf damit, deine Finanzen vor der ganzen Welt zu offenbaren.«

»Zumindest habe ich, im Gegensatz zu euch, noch was zum Zählen.«

»Meine Rente wird in ein paar Tagen überwiesen und der BMW ist auch schon auf dem Schiff. Dann sparen wir uns den Mietwagen.« Toto konnte es kaum erwarten, endlich wieder in seinem Cabrio zu fahren.

»Den BMW kannst du gleich verkaufen«, echote Martin.

»Der Puppenfänger ist tabu.« Toto sah einer jungen Frau hinterher, die ein ärmelloses Top über einer zerfransten Jeans trug und einen Chihuahua in ihrer Handtasche spazieren führte. Ein bisschen wie auf der Kö in Düsseldorf, musste er feststellen und er erinnerte sich mit Schaudern an die Zeit zurück. Alles sollte anders werden, eine Zäsur zu seinem alten Leben. Und obwohl er dreizehnhundert Kilometer weiter südlich im Café saß, war die Stimmung immer noch die gleiche. Wie ein Schatten lag der drohende Bankrott auf seiner Seele und drückte aufs Gemüt.

Eine junge Bedienung mit seitlich ausrasierter Mähne kam an ihren Tisch, um eine weitere Bestellung aufzunehmen, doch Martin winkte ab. Sie würden mit dem kalten Rest in ihren Tassen bis zum Ende sitzen bleiben, genau wie einst im Café Hansemann. Nur mit dem Unterschied, dass er jetzt nicht mehr allein war und seine Freunde mit in dem Schlamassel steckten. Endlich schälte sich die Silhouette von Sofia durch die kunterbunte Menschenmenge ab. Sie trug ein weißes Sommerkleid und hatte die langen Haare zu einem eleganten Zopf gebunden. Was für ein Anblick, freute sich Toto, und spürte, wie die Handflächen schwitzig wurden und sein Herz ein wenig schneller schlug.

»Ihr solltet in den nächsten Tagen besser nicht gemeinsam auftreten.« Sofia zog einen freien Stuhl vom Nachbartisch heran und setzte sich.

»Was soll das heißen?«

»Dank meiner unschlagbaren Überzeugungskraft, seid ihr

im Spiel«, grinste sie stolz und bestellte einen Prosecco. »Der geht auf euch«, fügte sie keck hinzu.

»Was hast du Gabi erzählt?« Toto konnte es gar nicht abwarten, die Geschichte vom Anfang bis zum Ende zu hören.

»Das du verzweifelt und pleite bist und das Haus verkaufen musst, da sich deine Freunde von dir abgewendet haben.«

»Welche Freunde?«, warf Martin grimmig ein.

»Und was hat sie dazu gesagt?« Toto ignorierte Martins Kommentar.

»Dass du es zwar nicht verdient hättest, dass man dir den Allerwertesten rettet, aber sie vielleicht einen Interessenten hätte.«

»Klingt überragend«, grinste Toto.

»Das heißt überhaupt nichts.« Martin wirkte nicht beeindruckt. Wahrscheinlich befürchtete er eine weitere Odyssee an Besichtigungsterminen.

»Das ist noch nicht alles.« Sofia machte eine kurze Pause. »Ich habe ihr auch erzählt, dass du Onkel Jordi mit der Renovierung beauftragt hast, nicht bezahlen kannst und dadurch alles liegen bleiben wird.«

»Und wie war die Reaktion darauf?« Toto hing jetzt förmlich an Sofias Lippen.

»Sie hat genickt.«

»Genickt? Das war alles?«

»Genickt und ekelhaft gelacht. Ganz, als würde ihr das in den Kram passen.«

»Glaubt mir, seit gestern kenne ich das Lachen zur Genüge und würde überhaupt nichts darauf geben. Dieses Weibsstück ist mit allen Wassern gewaschen und wird sicher nicht auf unsere dilettantische Schauspieleinlage hereinfallen.«

»Ich glaube, wir sind besser, als du denkst, Martin. Sie wird sich melden, um mir die Finca wieder abzuluchsen, um sie dir für ein Zigfaches davon zu verkaufen.«

»Dieses Trampelpferd wird sich weder bei dir noch bei

mir melden. Wir haben nur weitere Zeit und unnötiges Geld für Kaffee und… Prosecco verschwendet.« Martin blickte Sofia gallig an.

»Warten wir es ab.« Toto zückte das Handy aus der Hosentasche und legte es auf den Tisch, während die Bedienung den Spumante brachte.

»Niemals, die ist cleverer als wir alle drei zusammen.«

»Glaub mir, Martin, die Gelegenheit ist einfach zu verlockend.«

»So verlockend, dass niemand die Gelegenheit versteht.«

»Reicht, wenn ich den Plan im Kopf habe.«

»Dein dementer Schädel hat uns dieses Chaos eingebrockt.«

»Ihr seid wie kleine Kinder«, unterbrach Sofia und hielt das Glas hoch. »Lasst uns lieber den wunderschönen Tag genießen. Immerhin seid ihr in Palma und nicht im trüben Deutschland!«

»Ich wäre lieber bei meiner Liliane im trüben München.«

»Deine Frau ist tot, akzeptiere das endlich.«

»Und ich bin mit ihr gestorben, Toto. Zeit, dass endlich auch zu akzeptieren.« Martin stand wütend auf, als ein gedämpfter Klingelton ertönte. Alle starrten gebannt auf Totos Handy, dessen Display schwarz blieb.

»Es ist deins«, flüsterte Sofia Martin zu.

»Das kann nicht sein.« Martin tastete die Hosentaschen ab. »Unbekannte Nummer.«

»Jetzt geh endlich ran.« Toto spürte eine innere Erregung.

»Hallo? Ja. Mir geht es gut. Ja. Sehr schön. Aha. Ja. Hm. Ich weiß nicht. Wo? Sagt mir nichts. Ja, nein. Es sollte in einem tadellosen Zustand sein. Übergabe schon in ein paar Tagen? Nun, das wundert mich keineswegs, denn ich bin so was wie ein Geist und schwer zu finden. Morgen? Ich werde sehen, was sich machen lässt.« Martin legte auf und blickte konsterniert in die Runde.

»Du bist so was wie ein Geist?« Toto versuchte, aus Martins Worten schlau zu werden.

»Es war Gabi. Sie hat nach einem Honorarkonsul mit Namen Martino Wendler im Internet recherchiert und nichts gefunden.«

»Na und? Nicht jeder Depp ist im Internet verewigt. Was hat sie sonst gesagt? Nun mach es nicht so spannend.«

»Das sie vielleicht eine passende Finca für mich hätte, und es mir bei einem Abendessen schmackhaft machen will. Ich wäre diesmal dran mit zahlen.«

»Das ist großartig. Sofia, du bist die Beste!« Toto legte seine Hand auf Sofias zierlichen Arm und drückte ihn ein wenig länger, als es nötig gewesen wäre.

»Wieso ist Sofia die Beste? Ich muss mit deiner Gabi einen weiteren schlimmen Abend verbringen.«

»Aber ohne Sofia hättest du nicht die Gelegenheit dazu, mein Freund.« Toto bestellte die Bedienung an den Tisch und bestellte drei Gläser Prosecco.

»Gabi wird mich ausfragen und dahinterkommen, dass alles nur ein abgekartetes Spiel ist. Was soll ich ihr zu meiner Vergangenheit erzählen?«

»Da wird uns schon was einfallen. Wir sind so nah dran.« Toto demonstrierte mit den Fingern einen Millimeterabstand.

»Wir sind meilenweit entfernt. Diese Furie wird mich zerquetschen, wenn ich keine Referenzen habe.« In Martins Augen spiegelte sich pure Panik wider.

»Da habe ich vielleicht eine Idee«, sagte Sofia und blickte in zwei überraschte Mienen.

Kapitel 43

»Was willst du, Papa?«

»Hallo, Karola. Wie geht es dir? Wie geht es euch?«

»Du hast vielleicht Mut, hier anzurufen, nach der Aktion mit deinem angeblichen Manager. Was hast du dir nur dabei gedacht?«

Rüde zuckte zusammen und verfluchte sich und Toto gleichermaßen. Er hatte nie ein besonderes Verhältnis zu seiner Tochter gehabt, auch wenn er stets versucht hatte, die geringe Aufmerksamkeit der Kinderjahre im Alter wiedergutzumachen. Zu viel Arbeit, zu viele Kneipenbesuche, zu viel Desinteresse für eine Heranwachsende, die gänzlich andere Interessen hatte als er selbst. Zu viel von allem anderen hatte dazu geführt, dass er Karola niemals richtig kennengelernt und verstanden hatte. Selbst als er bei ihr und Arno eingezogen war, fühlte er sich nur als unliebsamer Außenseiter, der bei Fremden und nicht bei der Familie untergekommen war. Kein Wunder also, dass sie ihn am Telefon anschnarchte und ihm Totos Finte übel nahm.

»Schön, dass ihr wieder zusammen seid«, lenkte Rüde das Telefonat in eine andere Richtung.

»Zusammen ist wohl kaum das richtige Wort, aber wir kommen klar. Er hat sich geändert.« Karola klang wie immer sachlich, ein Wesenszug, den sie von ihrer Mutter geerbt hatte.

»Das ist gut. Ich wünsche euch das Beste.« Rüde fiel es schwer, die richtigen Worte zu finden. Wie gern hätte er Karola gesagt, dass es ihm leidtut, er sie lieb hat und gern wiedersehen würde. Bevor es zu spät ist.

»Was ist los mit dir? Du klingst so sentimental. Ist irgendwas passiert? Bist du krank?« Karola hatte schon immer ein gutes Gespür dafür, wenn sich jemand um die Wahrheit drückte. Auch so eine Angewohnheit ihrer Mutter, die sie übernommen hatte.

»Mir geht es gut«, seufzte Rüde, der es nicht übers Herz brachte, von seiner Krankheit zu berichten. »Ich wollte nur deine Stimme hören und fragen, wie es Arno geht. Bestell ihm bitte schöne Grüße von mir.«

»Besser nicht. Er ist immer noch sauer auf dich und diesen Typen, der hier angerufen hat.«

»Ich verstehe.« Und das tat er wirklich. »Was hältst du davon, wenn ihr ein paar Tage Urlaub auf Mallorca macht und mich besuchen kommt. Es ist schön hier. Wir haben eine Veranda und sogar Olivenbäume.«

»Du hast Nerven. Wir müssen arbeiten und dank dir bin ich jetzt voll eingespannt und sitze vor dem Laptop, während Arno bei der Post aushilft.«

»Das kannst du auch von hier aus machen. Wir haben einen Internetanschluss und ich könnte für dich einspringen.«

»Na mal sehen. Vielleicht kommen wir im nächsten Jahr vorbei. Sonst noch was?« Karola wirkte ungeduldig und schien wenig Lust auf das Gespräch zu haben.

»Ich würde mich sehr freuen.«

»Und ich muss Schluss machen, der nächste Videocall beginnt in anderthalb Minuten. Du weißt ja, was das heißt.« Karola legte auf.

Er steckte das Handy in die Hemdtasche und drehte sich zum Haus um, wo Django mit der Reparatur der Fensterläden beschäftigt war. Ein guter Junge, dachte Rüde und hoffte, dass es noch ein bisschen weitergehen würde. Er genoss die Zeit allein mit seinem Schützling, während sich Toto und Martin mit Sofia in Palma trafen.

Kapitel 44

Trostlose Baracken zogen sich bis zum Horizont, wo sie unter einer Staubschicht zu ersticken drohten. Kein Meer in Sicht, der Boden übersät mit Glas und Plastikmüll. Ein Leben wie ein Labyrinth, aus dem es keinen Ausweg gibt, geprägt von Drogen und Gewalt. Alltag in Son Banya, das so gar nicht in die Bilderbuchkulisse eines Urlaubs auf Mallorca passte.

Martin sah sich um und fühlte sich wie im falschen Film. Was sollte er hier an diesem düsteren Ort nur tun? Sofia schien es ernst zu meinen mit der Idee und kannte sich erstaunlich gut in diesen Straßen aus. Ghetto-Kids mit hungrigen Augen starrten ihn an, als wäre er ein Alien, und stünde seine Begleiterin nicht eng an seiner Seite, wäre er bestimmt schon überfallen worden. Den Leuten hier ging es eindeutig schlechter als ihm, und ein renovierungsbedürftiges Haus wirkte beim Anblick der heruntergekommenen Wohnblocks wie ein schlechter Witz. Die Szenerie war ein Denkzettel für sein ewiges Gemecker und er wollte nur noch weg.

»Muss das wirklich sein?« Martin blieb stehen und drehte sich zu Sofia um.

»Alles halb so wild, Martin. Wir tun den Kindern damit etwas Gutes.« Im Gegensatz zu ihm schien für die junge Spanierin der Anblick vollkommen normal zu sein.

»Und was soll ich tun? Mich vor eine dieser Hütten stellen und blöd grinsen?«

»Du drückst den Kindern einfach ein paar Bücher in die Hand.« Sofia tippte auf den Rucksack über ihrer Schulter.

Sie hatte den Termin in Son Banya vorgeschlagen, um Fotos für die Website abzulichten. Eine Website, die Martin als Honorarkonsul akkreditieren würde. Gebaut von ihrem Cousin Gonzo, der in der Zwischenzeit mit Toto an den Texten schraubte. Martin wollte es nicht offen zugeben, aber die Geschwindigkeit, in der Sofia all das organisiert hatte, beeindruckte ihn sehr. Im Gegensatz zu Totos großer Klappe und den eigenen wirkungslosen Kommentaren war sie eine echte Macherin.

»Ich soll ihnen Bücher in die Hand drücken?« Martin kaute auf dem Begriff Bücher herum, als wäre er absurd in diesem Viertel.

»Bücher als Symbol für Bildung. Ich habe ein paar alte Schulatlanten eingepackt, die du fotogen verteilst. Ein, zwei Bilder, und schwups sind wir verschwunden.«

»Ich weiß nicht…«

»Deine Maklerin wird den Braten riechen, wenn er nur halbgar gekocht ist.« Sofia lächelte und öffnete den Reißverschluss am Rucksack. Sie schien keinerlei Gewissensbisse zu haben, sodass Martin schließlich nachgab.

Ein dunkelhäutiger Teenager in einem roten Jogginganzug organisierte in Sekundenschnelle eine Traube Kids, die wie Mäuse aus den Ritzen zwischen den Baracken krochen. Es wirkte wie die Inszenierung eines Theaterstücks. Martin nahm den Stoß zerfledderter Atlanten in die Hand und schaute in erstaunlich glückliche Gesichter. Entgegen der Befürchtung, dass die Kinder in Son Banya dem Untergang geweiht sind, wirkten sie aufgekratzt und schienen sich über die Abwechslung zu freuen.

»Was soll ich jetzt tun?«

»Jetzt reichst du Terence die Atlanten und lächelst in die Kamera.« Sofia zückte ihr Handy.

»Terence?«

»Das ist der Junge in der Jogginghose. Er ist der Anführer der kleinen Gang und unser Mittelsmann. Gib ihm einfach das Buch, er weiß, was zu tun ist.« Martin hielt einen der Atlanten am lang gestreckten Arm hoch.

»Nicht wie eine Aktentasche, Martin. Du musst das Buch wie einen Oscar überreichen.«

Martin zögerte und musterte Terence, dessen dunkelbraune Augen ihn erwartungshungrig ansahen. Ganz, als würde er sich nichts Sehnlicheres wünschen, als diesen Atlas endlich in die Hände zu bekommen.

»Es tut mir leid«, stammelte Martin als Entschuldigung und stemmte das Buch in einen babyblauen Himmel, während Terence die rechte Hand ums Cover legte und stolz in die Kamera des Handys blickte. Die Meute fing augenblicklich an zu jubeln, einige der Kids klopften Martin freudestrahlend auf den Rücken.

»Sehr gut, Martin. Die Bilder sehen super aus. Jetzt gehen wir noch zur Familie von Terence und machen ein paar Fotos vor dem Haus«, schlug Sofia vor.

Martin fühlte sich unwohl mit der Situation. Noch nie hatte sich ein Kind über seine Anwesenheit gefreut, so als würden sie spüren, dass er sich nichts aus ihnen machte. Was für ein schlechter Witz, zumal er alles andere als ein Gutmensch war. Nicht mal an die Kirche hatte er gespendet und jetzt sollte er hier wie ein Samariter abgelichtet werden. Was konnten diese Kids dafür, dass man ihn und seine Freunde übers Ohr gehauen hatte? Er löste sich aus der euphorisierten Menschentraube, die schlagartig verstummte. Während Sofia die Bücher wieder in den Rucksack packte, klopfte ihm Terence auf die Schulter. Es fühlte sich wie das Bohren mit einem Dolch an und Martin bemerkte, wie kräftig dieser Bursche eigentlich gebaut war. Er sah wie ein Türsteher oder Bodyguard aus.

»Was will er noch von mir?« Martin schaute nervös zu Sofia.

»Sein Geld. Ich habe ihm 100 Mäuse für den Job versprochen. Hoffentlich hast du so viel mit, ansonsten kann es ziemlich ungemütlich werden in Son Banya.«

»100 Euro?« Martin wollte protestieren, erinnerte sich dann aber an Annelieses Worte und zog die letzten beiden Fünfziger aus seinem Portemonnaie. Mit einer fließenden Bewegung landeten sie in der roten Jogginghose des Jungen und Terence dankte ihm mit einer Ghettofaust. Die Show war vorbei und jeder hatte bekommen, was er wollte.

Kapitel 45

Martin fühlte sich wie ein Getriebener. Selbst in jungen Jahren hatte er sich schwer damit getan, neue Wendungen zu akzeptieren. Spontanität war ihm ein Graus und alles, was den Rhythmus störte, brachte ihn aus dem Konzept. Nicht genug, dass er sich in seinem Alter so blamieren musste, jetzt galt es auch noch, andere Menschen mit in den Sumpf aus Schwindel und Lügen hinabzuziehen. Mit Händen und Füßen hatte er sich gegen Totos Argumente gewehrt und am Ende resigniert dem Ganzen zugestimmt. Mal wieder. Also drückte er auf die grüne Anruftaste und hielt gespannt die Luft an.

»Hallo?« Eine kräftige Männerstimme, im Hintergrund das Meeresrauschen.

»Hallo, Manni. Hier ist Martin Wendlinger. Wir hatten vor kurzem Kontakt auf deinem Boot und du hast mir ein paar Ratschläge bezüglich eines Grundstücks gegeben.« Martin stotterte verlegen und hätte am liebsten wieder aufgelegt. Was sollte Manni nur von ihm denken?

»Martin, mi amigo. Wie geht es dir? Möchtest du auf ein *Cerveza* vorbeikommen? Die Kühltruhe ist prall gefüllt, die Bild-Zeitung ausgelesen und ich könnte ein bisschen Gesellschaft gebrauchen.« Zumindest hatte seine neue Bekanntschaft gute Laune.

»Ich würde liebend gern mit dir ein Bier trinken, doch ich habe eher ein kleines Attentat … also es wäre nett … wie soll ich es sagen?«

»Wo drückt der Schuh, mein Freund?«

»Also, der drückt an allen Stellen. Ich habe dir ja von dem Immobilienbetrug erzählt, auf den ich oder besser mein Freund, nein Schulkollege, Toto, hereingefallen ist, und dass wir jetzt versuchen, die Finca renovieren zu lassen, um sie zu verkaufen. Und jetzt haben wir vielleicht einen Weg gefunden, wie wir es finanzieren können. Dafür bräuchte ich allerdings ... dein Boot.« Martin fasste sich an die Stirn. Wer sollte daraus schlau werden? Jeder Mensch mit ein bisschen Grips im Kopf würde ihn verwünschen und sofort auflegen.

»Mi barco es tu barco!«, plärrte es stattdessen aus dem Hörer.

»Ja, das habe ich mir gedacht. Entschuldige, dass ich überhaupt gefragt habe.«

»Halt, stopp. Das war der Brocken spanisch, den ich außer Cerveza, noch beherrsche. Soll heißen: Mein Boot ist dein Boot. Weißt du denn, wie man mit dem Teil umgeht?«

Martin hatte weder einen Bootsführerschein noch jemals ein Motorboot oder eine Jacht gelenkt.

»Ich kenne mich mit kleineren Elektrobooten aus«, erinnerte er sich an die Bootsfahrt mit Liliane auf dem Starnberger See. Damals waren sie mit 10 Stundenkilometern nach Possenhofen getuckert und er hätte beinahe den Anlegesteg verpasst.

»Das offene Meer ist ein anderes Kaliber. Ich kenne jedoch einen guten Skipper.« Es folgte ein schallendes Gelächter.

»Ja, einen Skipper könnte ich gebrauchen. Was würde der denn kosten?«

»Der Mann ist leider unbezahlbar. Jedenfalls für dich, denn es wäre mir eine Ehre, wenn ich dir die Inselwelt der Balearen höchstpersönlich zeigen kann. Wo soll die Reise hingehen?« Manni schien sich ernsthaft über diese Möglichkeit zu freuen.

»Also, eigentlich muss das Boot lediglich im Kreis herumfahren.«

»Im Kreis? Du willst eine Hafenrundfahrt machen?«

»Nicht direkt. Es geht eher darum, dass meine Begleitung, also diese Immobilienmaklerin, den Eindruck gewinnen soll, dass mir das Boot ... also, dass es zu mir ... also, dass ich das Boot in meinem Besitz hätte. Ach, Manni, vergiss es wieder. Ich möchte dich da wirklich nicht mit hineinziehen.« Martin musste ein Aufstoßen unterdrücken. Er hörte sich an wie Toto, und davon musste einem unwillkürlich schlechtwerden.

»Du willst deiner Freundin imponieren und auf dicke Hose machen? Nichts leichter als das«, polterte Manni, dem selbst Martins Gestotter nicht aus der Fassung zu bringen schien.

»Ja, nur mit dem Unterschied, dass sie nicht meine Freundin ist. Eher so etwas wie das Gegenteil davon. Sie heißt Gabi und hat uns mit der Finca reingelegt. Und jetzt wollen wir uns an ihr rächen. Also nicht rächen im Sinne von Krawumm, sondern im Sinne einer finanziellen Entschädigung.«

»Was ist Krawumm?«

»Na ja, wir wollen sie nicht strangulieren oder erschießen, auch wenn sie es verdient hätte, sondern es ihr heimzahlen oder besser sie soll unser Heim zahlen«, erklärte Martin.

»Ein Rachefeldzug auf offenem Meer. Das ist genau nach meinem Geschmack«, freute sich Manni. »Wann stechen wir in See?«

»Morgen?« Martin zuckte ob seiner unverschämten Forderung innerlich zusammen. Nur weil sie in der Patsche steckten, würden die Leute nicht alles stehen und liegen lassen können.

»Ich sage den Arztbesuch in Palma ab und schicke meine Frau mit ihren Freundinnen zum Schnattern in die Stadt. Wann darf ich dich abholen, wie lautet mein Codewort, wie darf ich dich nennen?«

»Nenn mich Martino. Konsul Martino.«

Was für ein Tag, dachte Martin und pustete die Luft aus seinen Lungen, als wären sie mit Blei gefüllt. Heute Morgen hatte er noch vorgehabt, die Sache einfach abzublasen, jetzt steckte er schon wieder mittendrin. Schlimmer noch, denn plötzlich hatte sein neues Alter Ego Martino Wendler eine Website und besaß ein Boot samt eigenem Skipper. Der Rollentausch verlief intensiver, als er angenommen hatte und er drohte, die Kontrolle über alles zu verlieren. Ach, wäre doch Liliane jetzt bei ihm und könnte ihm den Weg aufzeigen oder einen klugen Ratschlag geben, seufzte er und musste dabei unwillkürlich an ihren ersten Ausflug zum Oktoberfest denken. Damals hatte ihn Liliane mit diebischer Freude auf alle Karussells geschleift und zu guter Letzt aufs Teufelsrad gesetzt, wo er unter dem Gejohle der aufgepeitschten Menge, bis zum Ende durchgehalten hatte. Anschließend war er wutentbrannt aus dem Zelt gestürmt, obwohl ihm Liliane lediglich zeigen wollte, wie schön es ist, auch mal die Kontrolle zu verlieren. Ist es aber nicht, und so hatte er sich mit Händen und Füßen an der Drehscheibe festgehalten und die Konkurrenz mit leichten Schubsern ausradiert. Genauso fühlte es sich jetzt an. Während sich alles um ihn herumdrehte, wehrte er sich mit Händen und Füßen gegen den Kontrollverlust. Nur, dass es mit jeder Runde schneller wurde.

Kapitel 46

Martin beneidete die Leute, die an diesem wunderschönen Tag, einfach ihre Zeit vertrödeln und die Szenerie genießen konnten. Es war Punkt fünf Uhr nachmittags und das leichte Leben hatte in Palma seinen Lauf genommen. Die Bars und eleganten Restaurants waren mittlerweile gut gefüllt, während Jogger ihre Runden um das Hafenbecken drehten. Ein Tag wie jeder andere, nur nicht für Martin, der bereits seit einer halben Stunde mit Manni auf dem Boot saß und nach Gabi Ausschau hielt. Sie hatte am Telefon gequiekt, als er sie zu einer Bootsfahrt auf der eigenen Jacht geladen hatte, und Martin befürchtete, dass ihre Erwartungen an seinen Status jetzt noch etwas höher waren.

»Wie sieht sie aus?« Manni justierte die Schärfe am Fernglas und suchte das gesamte Hafenbecken ab. Im Gegensatz zu Martin hatte sein fingierter Skipper allerbeste Laune und schien sich über die Abwechslung zu freuen.

»Mir wäre es lieber, du würdest den Feldstecher zur Seite legen. Das erregt nur Aufmerksamkeit.«

Martin hielt sich krampfhaft an der Reling fest und spürte, wie die Eingeweide Karussell fuhren. Die letzten 24 Stunden waren eine einzige Achterbahnfahrt gewesen und er besaß jetzt nicht nur das besagte Boot samt Skipper, sondern einen ganzen Blog, der ihn als Wohltäter der ehemaligen Sowjetrepublik Tadschikistan in Szene setzte. Sofias Cousin Gonzo hatte ganze Arbeit geleistet. Für weitere fünfhundert Euro, die sie ihm ebenfalls noch schuldeten.

»Jetzt entspann dich, Don Martino. Wir werden das Boot

und deine kleine Freundin schon ordentlich durchschaukeln. Meine Kabine ist deine Kabine.« Manni grinste zweideutig und zeigte auf die Tür zur Kajüte.

»Dazu wird es garantiert nicht kommen.«

»Das weiß man nie. Ich halte jedenfalls dicht. Was auf meinem Boot passiert, bleibt auf meinem Boot.«

»Eine halbe Stunde. Wir fahren maximal eine halbe Stunde durch das Hafenbecken. Wenn sie mir bis dahin nichts zu dem Objekt gesagt hat, brechen wir das Ganze ab. Ich habe keine Lust, mit dieser Frau, dieser Betrügerin, dieser ...«

»Ich glaube, der Adler ist gelandet«, unterbrach Manni Martins Fluchtirade. »Zumindest passt sie auf deine Beschreibung. Blond, teure Klamotten und zwei ordentliche Airbags vor der Hütte.«

»Davon habe ich nichts erwähnt.« Martin schnappte sich das Fernglas und nahm Gabi ins Visier, die mit einer Strandtasche im Arm, im Flanierschritt auf ihn zukam.

Manche Männer würden sicherlich auf derlei vordergründige Reize hereinfallen, musste Martin zugeben, als Gabi wenig später vor ihm stand und strahlte. Sie trug ein enges, weißes Sommerröckchen und darüber ein schulterfreies Top, unter dem Bikiniträger blitzten. Und natürlich verströmte sie Parfum, das man bis zum Boot hoch riechen konnte. Er winkte zögerlich zu ihr herunter, während sie die Jacht mit ihren Augen inspizierte.

»Ich bin beeindruckt.«

»Nun ja, es ist nur ein bescheidenes, kleines Ausflugsboot.« Martin ließ ein dröges Lachen folgen und entschuldigte sich innerlich bei Manni, der in einer Blitzaktion sein Boot auf Vordermann gebracht hatte. Das weiße Segel war gesetzt und glänzte in der Sonne, während die Polster und Armaturen frisch gewienert aussahen. Selbst der Zeitungsstapel war entsorgt und die Kühlbox irgendwo versteckt.

»Wie ich sehe, hast du auch auf dem Meer dein Personal an Bord.«

»Ja, das ist mein Skipper ... Manfredo. Er spricht leider nur gebrochen Deutsch«, reduzierte er Mannis Rolle auf das Nötigste.

»Wie schade.« Gabi streckte hilfesuchend ihre Hand aus, bis Manni sie mit Schwung an Bord zog. Gekonnt steckte sie die Sonnenbrille ins Haar und stakste in pinken Flip-Flops auf den angespannten Martin zu.

»Schön, dich wiederzusehen, Herr Honorarkonsul. Ich habe eine Riesenüberraschung für dich, da wirst du Augen machen. Doch zuvor darfst du mich entführen, und vielleicht sogar verführen.« Sie verzog die Lippen zu einem angedeuteten Kuss und legte ihre Strandtasche aufs Polster.

»Oh, ich kann nicht gut mit Überraschungen umgehen und würde nur zu gern erfahren, was für ein Objekt du für mich aufgetan hast.« Martin spürte eine Hitzewelle in sich aufsteigen und grübelte darüber nach, wie sich das Schlimmste noch verhindern ließ.

»Kommt nicht infrage. Schließlich wollen wir den kleinen Ausflug nicht mit etwas Geschäftlichem beginnen. Lass uns lieber losfahren und Schampus in der Sonne schlürfen.« Gabi setzte sich und schaute erwartungsvoll zu Manni, der in der Kajüte verschwand, um wenig später mit zwei Sektgläsern zurückzukommen.

»Sieht gar nicht wie ein Spanier aus, dein Skipper«, bemerkte Gabi und stieß mit Martin an.

»Er ist Halb-Tadschike.«

»Und woraus besteht die andere Hälfte?«

Gute Frage, dachte Martin und ärgerte sich bereits über die Idee mit Mannis halber Herkunft.

»Ein wenig von allem, befürchte ich. Er hatte eine schwere Jugend und redet nicht gern darüber.« Sollte Manni ihm die Flunkerei verübeln, ließ er sich zumindest nichts anmerken, sondern setzte sich ans Steuer, um den Motor anzulassen.

Mit gedrosselter Geschwindigkeit tuckerte das Boot

durchs Hafenbecken und wich einer Gruppe Kajakfahrern aus, die johlend mit den Paddeln grüßten, als würden sie Martin um den Platz an Bord beneiden. Wenn die wüssten, dachte er und ermahnte sich, nicht zu viel vom Sekt zu trinken. Noch so einen Blackout wie zuletzt durfte er sich nicht erlauben. Zumal er noch nie mit einem Segelboot gefahren war und keinen Schimmer hatte, wie sein Magen auf den Seegang reagieren würde.

»Was ist jetzt mit meiner Überraschung? Du sagtest am Telefon, dass du etwas Adäquates für mich aufgetan hast…«

»Ach, Martino. Du bist immer so förmlich und geschäftstüchtig. Hat denn mein Konsul niemals Feierabend?«

»Na ja, also…«

»Und was du alles Gutes für die Menschen tust. Ich bin völlig von den Socken.« Gabi schmachtete Martin an, der verlegen zur Seite schaute.

»Na ja, man tut, was man kann«, sagte er deswegen unverbindlich.

»Trotzdem war ich überrascht, dass du so gut mit Jugendlichen umgehen kannst. Sagtest du nicht, du wärst kinderlos?«

»Ja, schon. Es ist für mich wie eine Kompensation…«

»Und was für Auszeichnungen du erhalten hast. Die Menschen in Schickimickistan müssen stolz auf dich sein! Woher kommt die Liebe zu dem Land?« Vielleicht hätte er sich die Website vorher einmal ansehen sollen, überlegte Martin und hoffte, dass nicht noch mehr unbekannte Details auf den Tisch kommen würden.

»Es ist ein Geben und ein Nehmen. Mir bedeuten Auszeichnungen nicht viel«, spielte er die Sache trocken runter.

»Und ich hatte schon die Befürchtung, dass du gar kein echter Adeliger bist und dich nur wichtigmachen willst.« Gabi nahm erneut die Sonnenbrille ab, um ihn ausgiebig zu mustern. Der Schweiß schoss Martin auf die Stirn und er quälte sich zu einem Lachen.

»Stille Wasser sind tief, sagt man.«

»Darauf lasse ich es gern ankommen.« Gabi setzte die Brille wieder auf und ließ den Ärmel ihres Tops gekonnt herunterrutschen.

»So tief nun auch wieder nicht. Von daher würde ich nur allzu gern erfahren, was für eine Immobilie du in Aussicht für mich hast.«

»Martino, Martino. Ich glaube, dass ich dich noch etwas zappeln lassen werde, denn mir ist nach einer Abkühlung zumute.« Gabi stellte das Glas zur Seite und rutschte näher an Martin heran, während Manni die Geschwindigkeit erhöhte und aufs offene Meer hinausschoss. Die Wellen klatschten gegen das Boot und eine Gischt aus Salzwasser schoss Martin ins Gesicht. Seine Haare waren sofort klatschnass und klebten ihm wie ein ausgedrückter Pinsel auf der Kopfhaut. Gabi lachte spitz auf und zeigte mit dem Finger auf die eingestürzte Tolle.

»Jetzt bist du eh nass. Da können wir auch hineinspringen.«

»Ich würde ungern noch weiter hinausfahren.« Martin kämmte mit der Hand die Haare aus der Stirn. »Außerdem ist heute eigentlich Manfredos freier Tag, und wir sollten ihn nicht zu lange in Anspruch nehmen.«

»Dein Skipper scheint Spaß an seinem Job zu haben. Er grinst die ganze Zeit zu mir herüber. Da sollten wir ihm etwas anbieten.« Gabi entledigte sich des Tops und zog den Sommerrock herunter, um sich in einem türkisfarbenen Bikini zu präsentieren.

»Jetzt du«, kam es frohlockend.

Martin wusste nicht, wohin er schauen sollte, zudem brannten seine Augen von dem Salzwasser.

»Ich habe keine Badehose eingepackt. Von daher würde ich gern an Bord die Zeit verbringen.«

»Sei doch nicht immer so verklemmt, Martino. Wer braucht schon eine Badehose?« Gabi öffnete den Verschluss am Bikini-Oberteil und ließ den schmalen Fetzen Stoff in ihrer Badetasche verschwinden.

»Ich weiß nicht…« Der Anblick der entblößten Brüste machte Martin sprachlos. Im Gegensatz zu seinem Skipper, der ungeniert auf Gabis Busen starrte. Mit einem breiten Grinsen ließ er den Anker ins Wasser fallen und stoppte das Boot. Danach setzte er sich auf die Reling, zündete eine Zigarette an und blinzelte Martin zu, als wolle er sagen: »Leg endlich los, Kumpel!«

Gabi reckte den Daumen hoch und fingerte bereits an ihrem Höschen, während Martin konzentriert aufs Meer hinaussah.

»Es ist nur ein kleines, unverhülltes Sonnenbad. Ich schaue auch weg.« Gabi stellte sich in verführerischer Pose vor ihm auf und Martin spürte, wie die Verzweiflung Überhand gewann. Das ging eindeutig zu weit. Wie hatte er sich nur zu diesem Rollenspiel überreden lassen können? Tausend Gedanken schossen ihm gleichzeitig durch den Kopf und nichts davon würde ihm aus der Klemme helfen. Also entschied er sich für einen Funken Ehrlichkeit.

»Ich kann nicht…«, platzte es aus ihm heraus.

»Du kannst dich nicht von deiner Kleidung trennen oder du kannst nicht schwimmen? Bei beidem kann ich dir behilflich sein.«

»Nein, das ist es nicht. Es gibt da jemanden…«, stotterte Martin. Was, wenn seine Liliane ihn von oben sehen könnte? Diese Betrügerin für ihre Taten büßen zu lassen war eine Sache, mit ihr splitternackt ins Meer zu springen eine andere. Und das in seinem Alter.

»Es tut mir leid, Martino. Ich hatte bisher nicht den Eindruck, dass es jemandem in deinem Leben gibt, der dir eine kleine Schwimmeinheit verübeln würde. Wie schade.« Gabi wirkte verärgert und fingerte nach den Anziehsachen.

»Es ist kompliziert und ich brauche Zeit, um die Dinge zu verarbeiten.«

»Ein Gentleman der alten Schule. Das gefällt mir.« Gabis Laune hellte sich schon wieder auf. Im Gegensatz zur Stimmung seines Skippers, der enttäuscht den Anker lichtete. Anscheinend hätte er gern mehr von Gabis Kurven präsentiert bekommen.

»Wie wäre es jetzt mit einem netten Essen? Ich bin schon ganz gespannt auf meine Überraschung.« Martin versuchte, seine Sache wiedergutzumachen und den Fokus auf das Wesentliche auszurichten.

»Du willst, dass ich die Hosen runterlasse? Also gut, dann gehen wir ins El Columpio und lassen uns verwöhnen. Kulinarisch versteht sich.« Es folgte ein laszives Grinsen und der Wunsch nach einem Gläschen Sekt. Sollte Gabi je verschnupft gewesen sein, war ihr davon nichts mehr anzumerken.

Kapitel 47

Rüde blickte in den Spiegel und sah den Tod vor Augen. Die Haut am Kinn hing wie bei einem Truthahn schlaff herunter und sein Gesicht war käseweiß, obwohl sie schon seit fast zwei Wochen auf Mallorca lebten. Der Schlaf am späten Nachmittag war mittlerweile zu einem festen Ritual geworden und brachte ihm ein wenig Energie zurück, auch wenn er gerade nicht so aussah. Seinem Magen ging es wieder schlechter und die Wirkung der Tabletten ließ mit jedem Tag ein bisschen nach. Bald würde er eine neue Schachtel benötigen, und er hatte keine Ahnung, wie er Toto oder Martin darum bitten konnte, ohne dass sie ihn mit Fragen bombardieren würden.

Mit Panik dachte er an die Ergebnisse der Untersuchung, die für heute angekündigt waren. Dr. Anselmo wollte sich melden, um mit ihm die nächsten Schritte zu besprechen, nur dass es keine nächsten Schritte gab. Wie verhält man sich, wenn man sein Todesurteil ausgesprochen bekommt? Man ignoriert es, hatte sich Rüde vorgenommen und das Handy in die Schublade des Nachttischschranks gelegt, wo es eingepackt in einer Socke lautlos vor sich hin vibrieren konnte. Er würde den Tag genauso beenden wie all die anderen zuvor.

Das Motto »Jeden Tag ein bisschen mehr« hatte mittlerweile dazu geführt, dass der Brandgeruch verschwunden und Küche und Flur nahezu entrümpelt und gestrichen waren. Der junge Django arbeitete für drei und Rüde war stolz darauf, wie er seine Tipps und Ratschläge inhalierte und mit

Enthusiasmus in die Tat umsetzte. Bald würden sie Nachschub an Gips und Farbe brauchen, dazu Holz und Fliesen sowie Ziegel, um das Dach zu schließen. Und sie würden Verstärkung benötigen, da der Job für einen Mann nicht mehr zu schaffen war.

Doch dazu würde es nicht kommen. Ganz im Gegenteil. Es würde ungemütlich werden, denn Onkel Jordi wirkte nicht wie jemand, der sich um sein Geld betrügen lässt. Die erste Rate war bald fällig, von der sie nicht einmal ein Fünftel würden stemmen können. Das Schlimmste war jedoch, dass Django über Nacht verschwinden würde, um woanders eingesetzt zu werden. Sein Musterschüler, der ihn mit seinem Einsatz und Elan irgendwie am Leben hielt. Mittlerweile war der Spanier so was wie ein Sohn für ihn geworden, und obwohl sie die Sprache des jeweils anderen nicht beherrschten, verstanden sie sich ausgezeichnet. Rüde wollte um ihn kämpfen, und wenn er schon bei Totos Coup nicht helfen konnte und finanziell nichts auf der hohen Kante hatte, musste er zumindest durchhalten. Den Krebs für ein paar Tage ignorieren. Schließlich sprangen sie alle gerade über ihren Schatten, ganz besonders Martin. Rüde konnte kaum glauben, dass ausgerechnet Martin in diesem Augenblick auf einer Jacht saß und einen reichen Konsul mimte. Er selbst hätte das nie hinbekommen, denn Flunkern konnte er mindestens genauso schlecht, wie sich gegen andere Leute durchsetzen. Rüde schaute seufzend auf die Uhr, denn er wusste, dass Toto schon mit dem Abendessen auf ihn warten würde.

Kapitel 48

Die ersten Sterne funkelten am purpurfarbenen Himmel, während ein Orchester aus Zikaden für ein stimmungsvolles Klanggewitter sorgte. Toto war mittlerweile beim letzten Drittel der zweiten Rotweinflasche angelangt, die er fast allein getrunken hatte. Rüde hatte sich bereits schon wieder verabschiedet, während Django mit dem Auto in die Stadt gefahren war. Einzig Franz Ferdinand lag eingerollt zu seinen Füßen und zuckte hin und wieder, wenn ihm eine Motte auf den Pelz rückte.

Toto machte sich allmählich Sorgen, da Martin wieder überfällig war. Nicht mal eine Nachricht hatte er geschrieben. Lange würde sein Freund diese Scharade nicht mehr aufrechterhalten können, denn die Nerven flatterten bereits und es war nur eine Frage der Zeit, wann Gabi ihren Bluff durchschauen würde. Er kippte den letzten Schluck Wein ins Glas und schwenkte es kennerhaft hin und her. Immer noch das beste Mittel, um die angespannten Nerven zu beruhigen. Nachdem er es in einem großen Zug geleert hatte, schlief er unvermittelt ein und träumte von Sofia. Sie spazierten an einem blütenweißen Sandstrand und hielten verliebt Händchen. Die langen schwarzen Haare fielen wie ein Mikadospiel auf ihre braungebrannten Schultern, und sie trug den Bikini, den sie gemeinsam in der Stadt gesehen hatten. Sie sah wunderschön aus und er fühlte sich ihr ebenbürtig. Alterslos, begehrt und bereit dazu, ein Techtelmechtel zu beginnen. Als er ihr gerade durch die langen Haare streichen wollte, ertönte eine Schlagermusik, die die Blase unvermittelt platzen ließ.

Toto riss die Augen auf und spürte den Dampfhammer des Alkohols in seinem Schädel pochen. Das war eindeutig zu viel gewesen, und er sollte sich umgehend ins Bett legen, bevor ihm übel werden würde. Wenn nur diese Musik nicht wäre. Er lauschte angestrengt, denn er kannte diesen Song, den er selbst als Klingelton hinterlegt hatte. *Frauen über 40* von den Flippers.

»Hallo«, nuschelte er in den Hörer.

»Hier ist Gabi von Goldstaub Immobilien. Sie können sich sicher denken, warum ich mich bei Ihnen melde.«

»Was, wie spät ist es?«

»Habe ich Sie aus dem Bett geholt oder sind Sie nur betrunken?«

»Weder noch. Ich bin gezwungen, draußen zu übernachten, da die Finca, um die sie mich beschissen haben, wie ein Aschenbecher stinkt. Vielen Dank dafür!« Toto kniff sich mit den Fingern in den Oberschenkel. Er musste dringend wach werden.

»Vielleicht habe ich da was für Sie.«

»Von Ihnen würde ich nicht mal eine Tafel Schokolade annehmen, die bestimmt vergiftet wäre.«

»Sagt der Schmarotzer, der mich eingeladen und mit der Rechnung sitzen lassen hat.« Gabi war in ihrem Element. »Wollen Sie jetzt hören, wie ich Ihnen aus der Patsche helfen kann oder nicht?«

»Also gut.« Toto massierte seinen Nacken. Mittlerweile hatte sich der Nebel in seinem Gehirn gelichtet und er fand zurück zu alter Form. Einfach mitspielen, alles andere würde sich schon ergeben.

»Ich habe vielleicht einen Käufer für das Haus.«

Ein Genießer-Lächeln huschte über Totos Rotwein gefärbte Lippen, in der Hoffnung, dass sie Konsul Martino aka Martin damit meinte.

»Was ist? Sind Sie sprachlos?«

»Ich weiß nicht, was ich dazu sagen soll. Mittlerweile gefällt es mir hier draußen …«

»Das klang vor ein paar Tagen noch ganz anders. Da haben Sie mit Ihrem Köter um die Wette gewinselt und wollten den Kauf zurückabwickeln. Und exakt das biete ich Ihnen an.«

Toto ballte die Hand zur Siegerfaust. Jetzt bloß keine Fehler machen. »Ich befürchte, dafür ist es zu spät. Wir haben eine Baufirma engagiert, um die Finca auf Vordermann zu bringen. Aus dem Vertrag kommt man nicht so einfach heraus …«

»In welcher Phase befindet sich denn diese Renovierung?«

»Stufe 1 von 100 würde ich sagen. Dank Ihnen fehlt uns leider das Geld für eine schnellere Lösung.« Toto zelebrierte den Moment und genoss es, Gabi hinzuhalten.

»Was würde die schnellere Lösung kosten und wie schnell ist schnell?«

»Achtzig- vielleicht hunderttausend. Mit entsprechender Mannschaftsstärke und dem richtigen Gerät kann man in ein paar Tagen sicher einiges bewirken. Meinte zumindest der Chef der Baufirma.« Am anderen Ende herrschte Totenstille und Toto befürchtete bereits, den Bogen überspannt zu haben. »Was ist? Sind Sie jetzt sprachlos?

»Quatschen Sie nicht dazwischen, während ich gerade Ihren Faltenarsch rette.« Gabi schien im Kopf zu kalkulieren. »Also schön. Sobald der Interessent sein Okay zum Haus gegeben hat, bekommen Sie das Geld zurück.«

»Inklusive Gebühren und der Provision?«

»Gebühren und Provision stehen nicht zur Diskussion. Von irgendetwas muss ich schließlich leben. Ab sofort kümmere ich mich selbst um die Renovierung, damit etwas vorangeht«, konterte Gabi.

»Ich dachte, Sie bewegen Ihren Hintern erst ab einer Million Euro? Muss ja ein höllisch interessierter Interessent sein.«

»Jetzt werden Sie mal nicht unverschämt. Schließlich helfe ich Ihnen gerade aus der Klemme.«

»Wann würde dieser ominöse Herr denn zur Besichtigung erscheinen wollen? Ich bin sehr gespannt, wie ihm dieses wunderschöne Haus gefallen wird.«

»Woher wissen Sie, dass es ein Mann ist?«

Gute Frage, dachte Toto und biss sich auf die Lippe. Bloß nicht übermütig werden. »Alles andere als ein Männeropfer kommt für Sie doch gar nicht infrage.«

»Es handelt sich um einen Würdenträger, den ich keinesfalls mit Ihnen in Verbindung bringen werde. Also was ist jetzt? Wollen Sie das Haus nun verkaufen oder nicht?«

»Ich denke, dass sich da was machen lässt. Wann bekomme ich den Vertrag und wann mein Geld zurück, schließlich habe ich Verpflichtungen ...«

»Immer mit der Ruhe. Und jetzt geben Sie mir endlich die Rufnummer dieser Baufirma. Ab morgen steht ein Renovierungskommando vor der Tür, das sich gewaschen hat. Und tun Sie sich selbst einen Gefallen, stehen Sie nicht im Weg herum, und ... sperren Sie den Köter weg.«

Toto legte auf und machte einen Freudensprung, der selbst Franz Ferdinand aus seinem Schlaf riss. Egal, was Martin angestellt hatte, es war das Richtige gewesen. Bei dem Gedanken sah er unwillkürlich aufs Handy, wo noch immer keine Nachricht war. Als er ihn anrief, ging sofort die Mailbox dran, und auch Django, der im Hafen nach ihm Ausschau hielt, hatte ihn bisher noch nicht gesehen. Martin war verschwunden.

Kapitel 49

Das Andocken einer Jacht am Nebensteg weckte Martin auf. Er fühlte sich erschöpft, unfähig, auch nur einen Knochen zu bewegen, bereit, für immer einzudösen. Vielleicht war es ja das berühmte Ende und er konnte sich endlich auf die Suche nach Liliane machen. Sie war wahrscheinlich stinkbeleidigt und würde kein Wort mehr mit ihm reden. Er versuchte, sich ihr Lachen und ihre verschmitzten Augen ins Gedächtnis zu rufen, was gar nicht mal so einfach war. Die letzten Jahre waren von Schmerzen geprägt gewesen und ihr vollmundiges Lachen war zu einem freudlosen und gequälten Lächeln geschrumpft. Die Zeit war hart für ihn gewesen, denn niemand bereitet dich auf solch ein Schicksal vor und sagt dir, wie du damit umzugehen hast. Währenddessen und danach. Endlich gelang es ihm, sich an ein altes Urlaubsfoto aus Italien zu erinnern. Liliane hatte damals lange, haselnussbraune Haare, die sie meist zu einem Pferdeschwanz gebunden trug. Doch nicht an diesem Abend in Amalfi, an dem sie, aus Mangel an Alternativen, in einer unscheinbaren Osteria essen waren. Es war das einzige Lokal gewesen, das noch einen freien Tisch besaß, und aus der anfänglichen Zerknirschtheit, wurde der schönste Abend dieses Urlaubs. Liliane hatte pausenlos gekichert und über ihn gelacht, da er mal wieder völlig überfordert war. Jetzt sah er sie endlich vor seinem geistigen Auge und konnte sich beruhigt zurückfallen lassen. Zurück in den Traum, zurück in den Schlaf. Für immer. Bis jemand beherzt an seiner Schulter zerrte, um ihn wachzurütteln.

»So, wie du aussiehst, hat sie dich ordentlich rangenommen, mein Freund.«

»Ich bin nicht dein… Ach, du bist es, Manni.« Martin schreckte hoch und stieß mit dem Kopf gegen die Decke der Kajüte. Er musste wieder eingenickt sein, wobei es sich eher wie ein Koma anfühlte.

»Sachte, sachte. Komm erst mal zu dir, bevor du wieder auf die Pirsch gehst.«

»Du klingst schon wie mein Mitbewohner Toto. Dabei hasse ich mich selbst für dieses Laientheater. Wie bin ich…?«

»Wie du hier gelandet bist? Ich war noch auf dem Boot mit einer Flasche Bier beschäftigt, als ich gesehen habe, wie du angeheitert aus einem Restaurant getorkelt bist. Arm in Arm mit dieser reizenden Blondine, deren Anblick mich kaum schlafen ließ.«

»Du musst mich mit jemandem verwechselt haben.« Martin japste vor Erschöpfung und schloss die Augen. Zum Glück war es in der Kajüte abgedunkelt. Die Sonne hätte ihn jetzt garantiert wie einen Vampir zu Asche werden lassen.

»Glaube mir, dich kann man einfach nicht verwechseln, Martin. Es gibt nicht allzu viele Männer, die nach einem Date mit einer attraktiven Frau die Flucht ergreifen und wie ein wilder Stier aufs Hafenbecken zustürmen.« Manni reichte ihm eine Tasse Kaffee.

»Oh mein Gott.« Er musste unwillkürlich an Liliane denken, die zu Recht totbeleidigt auf ihn hinuntersehen würde. »Ich habe doch nicht etwa diese Frau…?«

»Geküsst? Und wenn schon. So, wie du davongestürmt bist, kommt sie garantiert nicht wieder.«

Martin sah sich bedröppelt in der Kajüte um, die trotz der Enge erstaunlich komfortabel ausgestattet war. Es gab sogar einen kleinen Fernseher sowie einen Gaskocher an Bord. »Ich habe sie vergrault…«

»Falls das der Plan war, dann ist er vollends aufgegangen.

Und ich dachte schon, du wolltest einen auf dicke Hose machen, mit ihr anbandeln, um dich körperlich und finanziell an ihr zu rächen.«

»Eigentlich war das der Plan.«

»Dann ist er nur zur Hälfte aufgegangen. Dicke Hose und Anbandeln sind dir gelungen. Bei den körperlichen Schäden müsstest du ein wenig nachlegen.«

»Ich kann das nicht. Ich bin weder Schauspieler, Gangster noch ein Ehebrecher. Alles hat seine Grenzen.« Martin schnaufte und versuchte, seine Gedanken zu sortieren. Was war gestern Abend nur passiert? Er konnte sich noch an das spanische Restaurant mit den bunten Samtsesseln und den Vitrinen voller Fleisch erinnern. Zuvor hatte ihm Gabi von dem Haus erzählt und geschwärmt, wie perfekt es zu ihm passen würde. Dann kam das Essen, der Wein, jede Menge Schnaps und abschließend der Filmriss.

»Du hast dich gut gehalten«, unterbrach Manni seinen Versuch, den Faden wieder aufzunehmen. »Zumindest hat mir die Nummer auf dem Boot jede Menge Spaß bereitet.«

»Das ist mir unendlich peinlich und ich kann mich nur bei dir entschuldigen. Solltest du mal nach München kommen, werde ich mich revanchieren.«

»Du willst zurück nach München?«

»Ja... nein... ja.«

»Also, nein?«

»Es ist kompliziert, denn wir haben kein Geld, um das Haus renovieren zu lassen. In einer Woche wird die erste Rate fällig, und mir bleibt nichts anderes übrig, als die Ruine wieder zu verkaufen, falls ich überhaupt noch etwas dafür kriege. Wer kommt in unserem Alter auch auf die hirnrissige Idee, in eine Wohngemeinschaft einzuziehen? Und das auch noch im Ausland. Ich habe es vermurkst.«

»Nichts hast du vermurkst! Eine WG mit alten Freunden klingt für mich nach dem Paradies, zumindest, wenn man mit meiner Karin unter einem Dach lebt. Deine Frau ist da oben sicher stolz auf dich, weil du den Arsch dieser Blondine nicht mal touchiert hast. Von den Airbags ganz zu schweigen. Ich habe übrigens ein paar Fotos mit dem Handy gemacht. Falls du also doch mal einen Blick riskieren möchtest…«

»Kein Bedarf. Allein der Gedanke daran verursacht mir Übelkeit.«

»Glaub mir, Martin. Einen besseren Flecken Erde kannst du dir nicht wünschen. Außerdem würde ich mich über deine Gesellschaft freuen. Wir könnten mit dem Boot rausfahren, Fischen gehen und die jungen Hüpfer mit dem Fernglas observieren.« Manni grinste.

»Klingt verlockend, doch dazu wird es leider nicht kommen, denn wie du bereits sagtest, wird sich Gabi nicht mehr bei mir melden. Und daran bin ich selbst am meisten schuld.«

Martin war erledigt und wollte keine aufmunternden Worte hören. Weder von Manni noch von seinen Freunden, die sich sicherlich schon Sorgen machten.

Mit platt gedrückter Nase saß Martin an der Fensterscheibe und ließ die Felder mit Olivenbäumen wie im Zeitraffer an sich vorbeiziehen. Erste Regentropfen sammelten sich und er war froh, dass Django ihn im Hafenbecken aufgegabelt hatte. Es war bereits früher Nachmittag und er hatte sich noch nicht zurückgemeldet. Fünf Anrufe von Toto und eine vollgequatschte Mailbox. Was sollte er schon sagen? Das alles vorbei war? Er eine Panikattacke bekommen und davongelaufen war? Martin fühlte sich schuldig und ärgerte sich darüber. Zumindest hatte sich die Erschöpfung etwas gelegt und war der altbekannten Wut gewichen, die ihn wachsam werden ließ.

Irgendetwas stimmte nicht, als sie die Finca erreichten. Ein roter Laster stand vor der eingestürzten Mauer, daneben ein Betonfahrmischer. Überall wuselten Männer herum, die damit beschäftigt waren, Kartons und Säcke von der Ladefläche abzuräumen, um sie Richtung Haus zu tragen. Onkel Jordi stand inmitten des Zyklons aus hektischer Betriebsamkeit und dirigierte eine Horde Kraftpakete, die einen ganzen Katalog an Tätowierungen auf ihren Oberkörpern trugen. Was hatte Toto nun schon wieder angestellt? Fassungslos stieg Martin aus dem Auto und baute sich vor Jordi auf.

»Was ist hier los? Wer hat das beauftragt? Wer soll das bezahlen?«

»Allà vamos. Zeit ist Geld«, grinste Jordi und drückte Django einen Hefthammer in die Hand. »Ich kann jetzt jeden guten Mann gebrauchen.«

Beim Anblick der vielen muskulösen Männer wurde Martin mulmig. Gegen dieses Bizepsgeschwader hätten sie im Zweifel keine Chance.

»Ich dachte, Sie hätten keinen freien Mann zur Verfügung?«

»Bei dem Angebot muss man creativo sein. Also habe ich mein Inkasso-Team aus der Zona de confort geholt und direkt zu euch geschickt. «

Martin verstand nur Bahnhof und fühlte sich kein bisschen besser. Er würde sich Toto vorknöpfen, denn die Aktion konnte nur auf seinem Mist gewachsen sein.

Entgegen der allgemeinen Betriebsamkeit saß Toto entspannt auf der Veranda und schien das Schauspiel zu genießen. Er hatte sich einen zweiten Stuhl hinzugeholt und die Beine draufgelegt.

»Kannst du mir erklären, was der Aufstand zu bedeuten hat?« Martins Atem stockte und es fiel ihm schwer, neutral zu klingen.

»Pst. Nicht so laut, einige der Geldeintreiber können dich verstehen.«

»Was ist hier eigentlich los? Haben wir im Lotto gewonnen?«

»Unsere Finca wird zu einer Villa umgebaut. Das ist los!«

»Und wer … wer kommt für die Kosten auf?«

»Gabi natürlich. Ich möchte nicht wissen, was du dafür tun musstest.«

Martin zog den Klappstuhl unter Totos Beinen weg und setzte sich. Langsam machte ihm sein Gedächtnis Sorgen. Aus Ermangelung an eigener Erinnerung füllte er die Lücke mit Mannis Beobachtung.

»Ich habe nichts getan, sondern bin vor ihr geflohen …«

»Kann ich mir gut vorstellen. Dennoch hat sie spät am Abend bei mir angerufen und gesagt, dass sie einen Interessenten für die Finca hätte. Einen echten Würdenträger.« Toto verneigte sich in einer spielerischen Geste.

»Und woher kommen all diese … Männer?«

»Diese durchtrainierten Kraftathleten renovieren unser kleines Schloss. Sie standen um sechs Uhr morgens plötzlich vor der Tür und arbeiten seitdem im Akkordtempo. Hat alles Gabi organisiert.«

Martin sah sich um. Aus dem naturbelassenen Gelände war über Nacht eine Großbaustelle mit modernsten Baumaschinen geworden. Ein kleiner Bagger hob Erde aus dem Boden aus und verteilte sie auf einen Haufen.

»Die heben Gräber für uns aus.«

»Ganz im Gegenteil, das wird unser Swimmingpool.«

»Und warum sitzt du so entspannt hier auf dem Stuhl? Gibt es nichts zu tun? Wo ist Rüde überhaupt?«

»Ich halte mich nur an die Vorgaben. Außerdem bin ich eher der Manager-Typ und überlasse Rüde die Erfolgskontrolle. Leider geht's ihm wieder schlechter und er hat sich etwas hingelegt.«

Martins Gedanken schlugen Purzelbäume und er hätte am liebsten eine unsichtbare Stopptase gedrückt. Was hatte er Gabi nur versprochen, um solch ein teures Unterfangen auszulösen? Niemals würden sie die Rechnung zahlen können, und die Männer sahen nicht so aus, als würden sie ein *Sorry* akzeptieren. Es gab jetzt kein Zurück mehr und Martin brauchte dringend Zeit zum Nachdenken. Ein paar Stunden wenigstens, ein ganzer Tag wäre besser. Doch daraus wurde erst einmal nichts, denn das Handy brummte in der Hosentasche.

»Jetzt geh schon ran. Das ist sicher unser Sponsor.« Toto grinste.

Vorsichtig blickte Martin aufs Display. Tatsächlich. Ein Videoanruf von Gabi. Auch das noch!

»Was soll ich tun?«

»Rangehen und den Konsul spielen. Wir haben sie am Arsch und müssen nur noch kräftig draufklatschen.«

»Du mit deinen unpassenden Metaphern«, grollte Martin, der keine Ahnung hatte, wie ein Videoanruf funktionierte. »Wie sehe ich überhaupt aus?«

»Wie ein Staatsmann.« Toto spuckte in die Hände und kämmte Martin durch die Haare.

»Was machst du da?«

»Ein bisschen Pomade tut der Silberlocke gut.«

»Was ist, wenn sie dich sieht, Toto? Was ist, wenn sie überhaupt etwas von alldem sieht, was gerade hier passiert?«

»Stell dich dort drüben in die Büsche und sag, du bist auf einer Wanderung.«

Entgegen seiner Hoffnung, dass Gabi die Geduld verlieren würde, brummte das Handy einfach weiter, bis Martin schließlich ranging.

»Ich dachte schon, du wolltest mich versetzen, Martino.« Gabi hatte die Haare hochgesteckt und ferrari-roten Lippenstift aufgetragen.

»Entschuldige, ich musste erst das Handy suchen.«

»Und dass nach dem pikanten Abendessen. So kannte ich dich noch gar nicht.«

»Ich mich auch nicht«, erwiderte Martin trocken. Wenn er sich doch nur erinnern könnte.

»Dann lass uns später weitermachen, wo wir gestern aufgehört haben.«

»Vielleicht sollten wir das Geschäftliche vom Privaten trennen. Und die Finca geht nun einmal vor.«

»Das weiß ich doch, Martino. Deshalb bin ich gerade unterwegs dorthin.« Gabi schwenkte das Display des Handys und filmte eine Reihe von Büschen, die Martin irgendwie bekannt vorkamen.

»Wenn du unterwegs bist, sollte ich nicht stören…«

»Du störst doch nicht, Martino. Außerdem habe ich dich angerufen, und zwar aus einem guten Grund. Deine neue Residenz wird gerade zu einem Staatspalast gepimpt, damit sie einem Konsul würdig ist. Ich kümmere mich höchstpersönlich um den letzten Schliff, ganz, wie ich es versprochen habe.«

Gabi hatte die Kamera wieder auf die wulstigen Lippen geschwenkt und hauchte ihm einen Kuss entgegen. Mein Gott, sie ist auf unserem Grundstück, schoss es Martin durch den Kopf als im Hintergrund die Ladefläche eines Lasters auftauchte.

»Bleib sofort stehen«, tönte Martin alarmiert ins Handy.

»Warum soll ich stehen bleiben?«

»Weil mir sonst schwindlig wird. Von deinem… Anblick.«

»Du alter Charmeur. Leider muss ich dich vertrösten, da ich den Arbeitern ein wenig auf die Finger schauen sollte. Schließlich muss die Finca nächste Woche fertig sein. Außerdem will ich dich nicht länger von den Bankgeschäften abhalten, da ich noch heute deine Anzahlung erwarte.«

Gabi winkte in die Kamera und verteilte einen Handkuss, bevor das Display schwarz wurde.

»Sie ist hier!« Martins Gesicht war kreidebleich. Gleich würde sie um die Ecke kommen und ihn mit Toto auf der Veranda sitzen sehen. Der Todesstoß, und das ausgerechnet nach der letzten Nacht, die sie so nah ans Ziel gebracht hatte.

»Du musst verschwinden, Martin. Und zwar pronto!«

»Du bist ja lustig, Toto. Wo soll ich hin? In den Kleiderschrank?«

Aus der Ferne hörte er bereits Gabis Stimme, die mit Onkel Jordi über den Zeitplan diskutierte. Sie war verdammt nah und er saß immer noch wie ein Kaninchen auf dem Klappstuhl, unfähig, sich auch nur einen Millimeter zu bewegen.

»Besser nicht im Haus, falls sie die Räumlichkeiten inspizieren will. Versteck dich im Pool, Martin. Ich versuche, sie in der Zwischenzeit mit dummen Sprüchen abzulenken.«

»Welcher Pool? Ich sehe lediglich ein großes Loch.«

»Aber bald ist es ein Pool. Und jetzt beeil dich, denn sie dürfte jeden Augenblick um die Ecke schießen.«

Martin rannte am verdutzten Baggerfahrer vorbei und starrte auf das Loch im Boden, das immerhin vier Meter lang und knapp zwei Meter tief war. Unschlüssig setzte er sich auf den Rand der Grube und ließ die Beine baumeln, bis er sich abstieß und auf dem Hosenboden landete. Danach kroch er bis zum Rand und legte sich flach wie eine Flunder in den feuchten Schlamm. Das Herz hämmerte gegen seinen Brustkorb und Martin hoffte, dass es das gewesen war. Mit ihm, der Finca und dem Leben überhaupt.

Aus dem Augenwinkel sah Toto noch, wie Martin behände in die Grube plumpste, als Gabi auch schon wie ein Überfallkommando auf ihn zustürmte. Hoffentlich hat sie nichts gesehen, dachte er und lief ihr ein paar Schritte entgegen, um die Aufmerksamkeit auf sich zu lenken.

»Ich hoffe, Sie sind nüchtern und stehen nicht im Weg rum«, tönte Gabi und ignorierte Totos ausgestreckte Hand.

»Ist ein Hausbesuch unterhalb der Millionengrenze nicht jenseits Ihrer Würde?«

»Statt mich anzukacken, sollten Sie mir die Füße küssen

und jetzt gehen Sie mir aus dem Weg.« Gabi drückte sich an ihm vorbei, um das Haus zu inspizieren.

»Ums Füßeküssen kümmert sich mein Hund. Der steht auf hohe Hacken und läuft hier frei herum.« Toto rief nach Franz Ferdinand und hoffte, dass der ausnahmsweise auf ihn hören würde.

»Halten Sie bloß diesen Höllenhund von mir fern. Ich mache drei Kreuze, wenn ich Sie beide endlich nicht mehr sehen muss.«

»Das klingt nach Zahltag. Haben Sie das Geld dabei?«

»Das Geld kommt eher, als Sie Ihren Sperrmüll aus dem Haus bewegen können. Im Gegensatz zu Ihnen bin ich eine Macherin. Dösen Sie ruhig weiter in der Sonne, ich sehe mich derweil auf dem Gelände etwas um.« Gabi war bereits an ihm vorbei.

»Moment, Madame. Kein Geld, keine Visite. Immerhin stehen Sie auf meinem Grund und Boden.«

»Den ich für Sie verkaufen werde, da Sie sich keine Renovierung leisten können. Wo sind eigentlich Ihre ominösen Freunde, mit denen sie angeblich unter einem Dach hausen?« Gabi blickte sich skeptisch um.

»Mein Freund Rüde hat sich hingelegt und möchte nicht gestört werden. Er hat eine schwere Magen-Darm-Grippe und muss alle Nase lang aufs Klo. Kein schöner Anblick.«

»Und was ist mit dem dritten Typen?«

»Von dem haben wir nichts mehr gehört«, ließ Toto Martin kurzerhand verschwinden.

»Das wundert mich nicht. Was ist das für ein Riesenloch im Garten?« Gabi zeigte auf die Grube und nahm den Baggerfahrer ins Visier, der im Fahrerhäuschen eine Pause machte. »Na warte Bürschchen. Dir werde ich Beine machen, denn fürs Rumsitzen wirst du nicht bezahlt.«

Toto blieb nichts anderes übrig, als Gabi mit der Hand zurückzuhalten. Sie sah ihn giftig an und befreite sich aus der Umklammerung.

»Was erlauben Sie sich?«

»Da würde ich besser nicht hingehen, denn dort drüben gibt es eine fiese Erosionsrinne, die Sie ratzfatz in den Boden ziehen könnte. Der Baggerfahrer wartet auf den Statiker, und alle anderen sollen bis dahin dringend Abstand halten.«

»Davon hat dieser Jordi nichts erwähnt…« Gabi blickte misstrauisch zum Baggerfahrer, der genussvoll in ein Bocadillo biss.

»Er wollte Sie sicher nicht beunruhigen. Vor so einer resoluten Macherin ziehen alle Männer ihren Schwanz ein.«

Gabi lachte trocken und tippte Toto mit dem Autoschlüssel an die Brust. »Wenn hier irgendwas nicht so läuft, wie ich es mir vorstelle, dann erwarte ich Ihren Anruf. Und zwar sofort. Ansonsten lasse ich Sie in der Scheiße sitzen. Haben wir uns verstanden?«

»Wenn es in dem Tempo weitergeht, könnte mir die Scheiße glatt gefallen.«

»Es ist aber nicht Ihr Tempo, sondern meins. Also packen Sie besser schon mal Ihre sieben Sachen zusammen, denn ab Mitte nächster Woche sind Sie hier Geschichte. Und vergessen Sie nicht, die Töle mitzunehmen.« Ohne eine Antwort abzuwarten, drehte sich Gabi um die Achse und verschwand zwischen zwei Büschen. Toto atmete erleichtert auf. Das war noch mal gut gegangen. Er zählte volle zwei Minuten runter, bevor er Richtung Grube ging, um Martin zu erlösen.

Der Anblick katte durchaus etwas Komisches. Sein Freund lag wie ein Embryo gekrümmt am Boden und hatte beide Hände vors Gesicht geschlagen, als mache ihn das unsichtbar. Die Schuhe waren mit braunem Schlamm beschmutzt, das Hemd hing achtlos aus der Hose. Er schien in der Bewegung zu verharren. Kein Muskel zuckte, nicht ein Wort kam über seine Lippen. Wie eine Leiche. Plötzlich flammte eine Paniklampe in Totos Schädel auf und er sprang ohne weiter darüber nachzudenken zu Martin in die Grube.

Kapitel 50

Jubelschreie und Anfeuerungsrufe ließen Rüde aufschrecken. Er hatte sich ins Bett gelegt, um die Magenschmerzen zu verdrängen, die mal wieder unerträglich waren. Nachdem Django ihnen eine Nachricht geschrieben hatte, dass es Martin gut ging und sie auf dem Weg zur Finca seien, wollte er sich noch ein wenig ausruhen. Um fit zu sein für all die Storys, die Martin zu erzählen hatte. Dabei musste er wohl eingenickt sein, auch wenn das bei dem Krach ein Wunder war. Mit schmerzverzerrter Miene robbte er ans Fenster und sah nach unten. Ein Dutzend Arbeiter hatte sich am Grubenrand versammelt und feuerte zwei Männer an, die aufeinander einschlugen. Seltsam, dass niemand dazwischenging und den Kampf beendete, wunderte sich Rüde und zog ein T-Shirt über.

Vorsichtig tippelte er die Treppenstufen nach unten und hielt sich am Geländer fest. Jeder Schritt schmerzte im Bauch und Rüde spürte, dass ihm nicht viel Zeit blieb, bevor er wieder auf der Intensivstation des Krankenhauses landen würde. Zehn Anrufe in Abwesenheit plus zwei neue Nachrichten auf seiner Mailbox sprachen eine deutliche Sprache, auch wenn er sie bisher nicht abgerufen hatte. Wozu auch? Anhand der Nummer konnte er zweifelsfrei erkennen, dass es Dr. Anselmo gewesen war, der ihn garantiert zurück ins Hospital beordern wollte. Dann vielleicht für immer. Das Gejohle ging unvermindert weiter und Rüde fragte sich erneut, was im Garten los war und wo Toto eigentlich steckte. Auch Martin müsste mittlerweile längst zurück sein. Er ging die letzten Meter bis zur Grube und drückte sich mit letzter Kraft in eine Lücke zwischen zwei Männern, um anschließend in der Bewegung zu verharren. Entgegen der Erwartung, dass sich zwei Arbeiter einen kleinen Showkampf lieferten, blickte er auf seine schlammverschmierten Freunde, die in Slowmotion aufeinander einschlugen. Beide hatten bereits ordentlich was abbekommen, Toto blutete gar oberhalb des rechten Auges.

»Hört auf, euch zu prügeln!«, rief Rüde, doch seine Stimme brach und niemand schien von ihm Notiz zu nehmen. Selbst das Publikum jubelte weiter, als hätte es für diesen Kampf bezahlt. Es half nichts, er musste zu den Kontrahenten in die Grube und sie auseinanderbringen. Also setzte er sich auf den bröseligen Grubenrand und stieß sich mit den Händen ab. Das Loch war deutlich tiefer als gedacht und so gaben seine Knie beim Aufprall nach und er landete auf allen vieren. Das tat weh, und Rüde hoffte, dass er sich nichts beim Sturz gebrochen hatte. Zumindest aber hatte er die Arbeiter aus ihrer Feierlaune herausgebracht und zum Helfen motiviert. Vier von ihnen sprangen zu ihm herunter und brachten den keifenden Martin und den blutenden Toto auseinander, die sich wie zwei Boxer gegenüberstanden.

Rüde versuchte, sich derweil wieder aufzurichten und merkte, wie ihm augenblicklich schwindelig wurde.

»Was machst du denn, Rüde?« Toto löste sich aus der Umklammerung und kam auf ihn zugelaufen.

»Ich wurde vom Geschrei geweckt und dachte, es wäre ein Kampf zwischen zwei Knackis.«

»War ja auch ein Kampf zwischen zwei Knackis. Alten Knackis.« Toto betupfte seine Wunde mit dem Handrücken und betrachtete das Blut. Er japste, als wäre er einen Marathon gelaufen.

Rüde wollte noch etwas Treffendes erwidern, doch er kam nicht mehr dazu. Alles wurde plötzlich gleißend hell um ihn herum und er sank wie ein nasser Sack zu Boden.

Kapitel 51

Martin starrte auf die tanzende Kurve der Beatmungsmaschine und kaute dabei auf dem Rand des Pappbechers herum. Der Kaffee war längst ausgetrunken und noch immer zeigte Rüde keine Reaktion. Man hatte ihn notoperiert und anschließend auf ein Zimmer mit zwei älteren Patienten gebracht. Er sah friedlich und mit sich im Reinen aus, wie er so da lag, und doch betrübte Martin dieser Anblick. So würde er nicht enden wollen, angeschlossen an eine Maschine, die Richter über Leben und Tod war, abgestellt in einem seelenlosen Krankenhaus.

Er beugte sich vor und berührte Rüdes Augenlider, die hin und wieder zuckten, als würde er träumen. In dem Moment hätte er alles dafür gegeben, um das Gerangel mit Toto rückgängig zu machen. Dann würde Rüde nicht hier liegen, Toto nicht genäht werden, und er hätte kein Veilchen unter seinem rechten Auge. Er schämte sich für das Verhalten und konnte selbst kaum glauben, dass er dazu fähig gewesen war. Die Sache mit Gabi war ihm über den Kopf gestiegen und die Mischung aus Betrügen, Vergessen und Verstecken hatte das Fass zum Überlaufen gebracht. Der Druck musste irgendwie entweichen, und da war ihm Toto gerade recht gekommen, schließlich hatte der ihn in die Lage erst gebracht. Sein erster Faustkampf seit der Schulzeit und selbst damals war es eher Spielerei gewesen. Was war nur in ihn gefahren? Dabei hatte er Anneliese am Telefon versprochen, nachsichtiger zu sein.

Ein großes Pflaster zierte Totos Stirn, als er sich kurze

Zeit später dazugesellte. Man hatte ihn mit sieben Stichen an der Stirn genäht und er zog das Bein ein wenig nach. »Narben machen interessant.«

»Tut mir leid, Toto. Ich kann es nicht erklären…«

»Nein, Martin, mir tut's leid. Ich habe euch in dieses Abenteuer hineingedrängt und schau dir an, was daraus geworden ist. Du hast ein ziemlich übles Veilchen und Rüde wurde operiert. Dagegen sind die sieben Stiche kaum der Rede wert.«

»Ich hoffe, Rüde kommt bald wieder auf die Beine. Er fehlt mir jetzt schon.«

»Dass ausgerechnet du das sagst, würde ihn sehr freuen.« Toto setzte sich neben Martin auf die Bettkante. »Der wird schon wieder. Sein Arzt sagte mir, dass er ein übles Magengeschwür hatte und die OP längst überfällig war. Angeblich hatten sie versucht, Rüde zu erreichen, doch er ist nie rangegangen. Sturer alter Hund.«

»Wie lange wird er hierbleiben müssen?«

»Bei guter Führung etwa eine Woche.«

»Also wird er das Finale verpassen?«

Toto sah Martin erstaunt an und legte den Kopf schief.

»Du willst wirklich weitermachen?«

»Was bleibt mir anderes übrig? Wenn wir deine Immobilienmaklerin nicht dranbekommen, sitzen wir vor einem Schuldenberg, den keiner von uns jemals wird abbauen können. Und dieser Baufritze von deiner Freundin Sofia sieht nicht wie ein Samariter aus, der auf sein Geld verzichtet. Von seinen Mitarbeitern ganz zu schweigen. Außerdem hat sie uns betrogen und jetzt schlagen wir zurück. Für Rüde.«

»Das klingt ja wie bei den Musketieren.«

»Du immer mit deinen Filmvergleichen, Toto.«

»Hoffentlich hast du nicht vergessen, dass Gabi eine Anzahlung erwähnt hat, die heute fällig ist?«

Martin fasste sich an den Kopf und seufzte. Natürlich hatte er es vergessen und befürchtete, dass ihn langsam Alzheimer beschlich. Erst der Filmriss nach dem Restaurantbesuch und jetzt der nächste Lapsus, der ihn in Bedrängnis brachte.

»Ich kann mich wirklich nicht daran erinnern«, japste Martin konsterniert.

»Das wird bei Gabi wohl kaum ziehen. Und ich befürchte, dass du ihr noch mehr versprochen hast.«

»Sicher nicht.«

»Sicher?«

Nein, sicher war Martin nicht, denn den angeblichen Kuss im Hafen hatte er ebenfalls verdrängt und insgeheim darauf gesetzt, dass er niemals stattgefunden hatte.

»Also, was soll ich deiner Meinung nach jetzt tun, Toto? Ich habe jedenfalls kein Geld für eine Anzahlung, ganz zu schweigen davon, dass ich nicht mal weiß, wie viel ich ihr versprochen habe.«

»Genau das müssen wir herausfinden.«

Sie verabschiedeten sich von Rüde, der einfach selig weiterschlief, und fuhren zurück zur Finca, wo die Renovierung im Eiltempo voranschritt. Das Dach war mittlerweile ausgebessert und von einem Brand an der Fassade nichts mehr zu erkennen. Selbst die Wildnis ihres Gartens machte Fortschritte, und wo vorher Sträucher wucherten, standen jetzt junge Oleander- und Olivenbäume. Genauso hatte sich Martin das vorgestellt und jetzt machte ihm das Tempo plötzlich Angst. Mit jeder Ausbesserung und jedem weiteren Mann auf ihrer Baustelle stiegen die Kosten, und damit der Druck, der auf ihm lastete. Am liebsten hätte er den Fortschritt einfach angehalten und die Zeit zurückgedreht, doch dafür war es jetzt zu spät. Während ihn die Panik zu verzehren drohte, schien Onkel Jordi überaus entspannt zu sein, als sie ihn auf der Terrasse nach den Kosten interviewten.

»No te preocupes. Keinen Stress, Amigos. Zahlt alles die Frau.« Jordi kratzte ein paar Tabakkrümel aus dem Beutel und drehte sich in Seelenruhe eine Zigarette.

»Sie sprechen schon von Gabi, der Immobilienmaklerin?«

»Sie ist Maklerin? Ich dachte, sie ist eine Embajadora, eine Botschafterin. No importa, Hauptsache die Kohle ist morgen auf dem Konto.«

»Morgen?«, riefen Toto und Martin ungläubig im Chor.

»Bei einem Blitzauftrag arbeiten wir auch wie der Blitz. Warum habt ihr nicht gesagt, dass ihr einen Sponsor habt. Hätten wir uns den lahmen Start sparen können.«

»Sie ist recht kurzfristig eingesprungen«, stammelte Toto. »Was passiert eigentlich, wenn das Geld nicht auf dem Konto ist?«

»Glaubt mir, es wird da sein. Ich habe ein äußerst überzeugendes Inkasso-Team.«

Martin musste unwillkürlich schlucken. Er würde sich nicht um die Anzahlung bei Goldstaub Immobilien herumdrücken können, denn schließlich wollte Gabi von dem Geld die Renovierungskosten bezahlen, um nicht ins Risiko zu gehen. Er konnte nur hoffen, dass ihnen bis zur Vertragsunterzeichnung etwas einfallen würde, denn ansonsten hätten sie Onkel Jordi und seine Sträflinge am Hals.

Kapitel 52

Martin hatte kaum geschlafen. Dauernd klopfte, polterte oder quietschte irgendwas, zudem waren die ganze Nacht Scheinwerfer aufs Haus gerichtet. Diese Männer kannten keine Pausen, sondern arbeiteten in einem durch. Im Gegensatz zu seinem Kopf, der leer war und keine Idee mehr produzieren wollte. Schließlich gab er auf und gesellte sich zu Toto, der bereits beim Frühstück saß.

»Du siehst etwas zerknittert aus, Martin. Dabei läuft es wie geschmiert.«

Martin ließ sich leblos auf den Stuhl plumpsen und goss sich etwas von dem Filterkaffee in die Tasse. »Nichts läuft wie geschmiert. Gabi wird uns keineswegs für lau die Finca renovieren, sondern rechnet fest mit meiner Anzahlung. Und dann gibt sie sich auch noch als Botschafterin aus.«

Toto verzog das Gesicht und grinste schelmisch. »Ich glaube eher, da ist bei der Übersetzung etwas schiefgelaufen. Sie meinte sicher Konsul. Ehefrau des Honorarkonsuls.«

»Ich glaube, bei deiner Übersetzung ist was schiefgelaufen«, polterte Martin und bekam gleichzeitig eine Hitzewelle. Was, wenn Toto recht und er Gabi im Lokal deutlich mehr versprochen hatte? Es war eine Endlosschleife aus Katastrophen und er hinkte immer hinterher. Jedes Mal, wenn er glaubte, aufgeholt zu haben, geschah ein neues Missgeschick und er saß wieder in der Patsche. Wie auf Kommando klingelte das Handy und Gabis Konterfei erschien auf dem Display. Was war jetzt schon wieder passiert?

»Guten Morgen, Martino. Mach mal die Kamera an.« Gabi schien in allerbester Laune zu sein.

»Ich bin gerade etwas indisponiert...«, druckste Martin herum.

»Sei nicht so ein Spielverderber, ich habe eine Überraschung für dich.«

»Mir ist gerade nicht nach einer... Überraschung.«

»Dir wird gleich danach sein. Klick einfach auf das Kamerasymbol.«

»Einen Augenblick, ich suche mir ein ruhiges Plätzchen...«

»Ach, Martino. Du bist so herrlich kompliziert.«

Martin stellte sich vor einen Baum und achtete darauf, dass niemand durch die Kamera spazieren konnte. Danach presste er das Gesicht großformatig vor die Linse.

»Oh, mein Gott«, schallte es am anderen Ende und Gabi nahm die schwarze Sonnenbrille ab. »Was ist mit deinem Auge?«

»Nur ein kleiner Wanderunfall.«

»Sieht eher nach einer Schlägerei aus«, mutmaßte Gabi.

»Es war ein umherhängender Ast, der im Weg war.«

»Warum treibst du dich im Wald herum, wo doch ganz in der Nähe eine Überraschung auf dich wartet.« Gabi ließ die Kamera des Smartphones über das Bikini-Oberteil fahren und endete auf ihrem Schmollmund, der einen Luftkuss zu ihm rüberschickte. »Na, wo bin ich?«

»Keine Ahnung, Gabi. Ich bin, wie gesagt, gerade unterwegs.«

»Na gut, du brauchst anscheinend einen kleinen Tipp von mir.« Gabi hob den Zeigefinger und ließ die Kamera über den Rumpf einer Jacht gleiten, in der sich ein paar Wellen spiegelten.

»Sieht wie ein Boot aus.«

»Ein Punkt für dich, Martino. Und schau mal, wer hier bei mir ist.« Gabi schwenkte die Kamera in Mannis braungebranntes Gesicht, das ihn mit einem breiten Grinsen begrüßte. Ihm wurde unwillkürlich heiß am Körper. Nahm dieses Chaos denn nie ein Ende? Hatte er schon wieder eine Verabredung verdrängt oder verschwitzt?

»Also eigentlich hat Manfredo heute seinen freien Tag und wir sollten ihn nicht…«

»Entspann dich Martino, denn dein Skipper ist es auch. Ich habe ihn beim Zeitunglesen auf dem Boot erwischt, und er hat mich zum Prosecco eingeladen. Du hast mir ganz verschwiegen, wie gut Manfredo deutsch spricht.« Gabi strahlte und stieß mit Manni an.

»Er redet nicht gern darüber. Und mir wäre es lieber, du würdest ihm jetzt ein wenig Ruhe gönnen.«

»Keine Sorge, Martino. Während sich dein Skipper um mich kümmert, kannst du in aller Ruhe deine Bankgeschäfte tätigen. Zweihunderttausend Euro Anzahlung, wie besprochen. Wir treffen uns um vier Uhr in der Stadt und feiern das mit einem Glas Champagner. Bis dahin zeigt mir Manfredo, wie man so ein Boot steuert.«

Gabi warf ihm einen letzten Handkuss zu und legte auf. Zumindest hatte er jetzt eine Zahl. Vielleicht gelang es ihm ja, lediglich das Geld »in Aussicht« zu stellen, ohne tatsächlich zu bezahlen. Doch wie zur Hölle sollte das nur gehen?

Kapitel 53

Martin war nassgeschwitzt, als er die Altstadt von Palma erreichte. Die Gangschaltung des Mietwagens hatte ihn verzweifeln lassen, und der Feierabendverkehr tat sein Übriges dazu. Natürlich gab es um diese Zeit keine Parkplätze in der Innenstadt und er musste notgedrungen in eines dieser engen Parkhäuser einfahren, dessen Betonwände mit Kollisionsspuren übersäht waren. Er stellte das Fahrzeug auf einem extra breiten Frauenparkplatz ab und verließ das Parkhaus, um durch die vollgestopften Altstadtgassen, bis zum Treffpunkt am *Placa de la Pescateria* zu kommen.

Im Gegensatz zu seinen üblichen Geistesblitzen hatte Toto diesmal keine Idee gehabt, wie Martin sich aus der Affäre würde ziehen können. Gabi wollte Geld sehen und Martin hatte keins. So einfach war das, und er würde es ihr beichten müssen. Schon von Weitem glänzten ihre blonden Haare durch die Menschenmenge, die sich wie ein Meer vor ihr zu teilen schien. Sie trug eines dieser ausgeblichenen Strandkleider, die es hier in den Boutiquen gefühlt an jeder Ecke gab und winkte, als sie ihn erkannte.

»Da ist ja mein Konsul. Und wie gut er wieder aussieht!« Martin fragte sich in Anbetracht der vielen Komplimente, ob sie tatsächlich etwas von ihm wollte oder es nur eine Masche war, um Männer um ihr Geld zu bringen.

»Entschuldige die Verspätung, ich musste mich verarzten.« Martin zeigte auf das Veilchen, in der Hoffnung auf Verständnis.

»Auweia. Hoffentlich nichts Schlimmes.«

»Es wird schon wieder.«

»Das will ich schwer hoffen. Dein Skipper ist übrigens ein wahrer Goldschatz.«

»Ach ja?«

»Er hat mir den Rücken mit Sonnenmilch eingecremt. Und nicht nur den …« Gabi formte die aufgespritzten Lippen zu einem Schmollmund.

»Sehr aufmerksam von ihm.«

»Bist du etwa eifersüchtig, Martino?«

»Sicher nicht. Vielleicht gehen wir erst einmal einen Kaffee trinken? Ich könnte etwas Koffein gebrauchen.« Martin setzte auf den Faktor Zeit, schließlich würden spätestens um 18 Uhr die Banken schließen, mit etwas Glück schon früher.

»Warum so kleinkariert? Ich lade dich auf ein Glas Champagner ein. Schließlich bekomme ich jetzt meine Anzahlung.« Gabi lächelte unsicher, wahrscheinlich ahnte sie bereits, dass er noch eine Leiche tief im Keller hatte.

»Ich befürchte, heute ist kein guter Tag.«

»Wieso sollte heute kein guter Tag für Bankgeschäfte sein? Ist es der Vollmond oder schlechtes Karma? Du glaubst doch etwa nicht an Hokuspokus, oder?«

»Nein, das ist es nicht. Es ist vielmehr gerade etwas kompliziert. Für mein Land.« Martin machte ein bedeutungsschwangeres Gesicht.

»Was ist in Deutschland denn so kompliziert?«

»Ich meine die zweite Heimat, Tadschikistan. Das Geld sitzt gerade nicht so locker. Du weißt schon, der Krieg, die Wirtschaft …«

»Was für ein Krieg? Und was hat das mit deiner Finca und meiner Anzahlung zu tun?«

»Alles hängt miteinander zusammen, wenn du verstehst, was ich meine?«

»Nein, ganz und gar nicht.« Die gute Stimmung drohte umzuschlagen. Aus Gabis Lächeln war in Sekundenschnelle ein skeptisches Stirnrunzeln geworden. Martin musste sich vorsehen, um nicht alles zu verspielen.

»Wie soll ich es sagen? Es bedarf gewisser Abstimmungsprozesse mit meinen Partnern in Tadschikistan, um eine Summe dieser Größenordnung von einem Konto auf ein anderes zu transferieren. Dafür brauche ich mehr Zeit.«

»Das klang beim Abendessen noch ganz anders«, verschärfte Gabi ihren Ton. »Da konnte dir alles nicht schnell genug gehen, als ich vom Anwesen erzählt habe. Wie perfekt es deiner Vorstellung von Einsamkeit entspricht und wie wichtig dir ein original mallorquinisches Haus mit kleinem Pool ist. Schon nächste Woche wolltest du einziehen, und mich dazu einladen.«

»Oh!«

»Ja, oh! Und jetzt willst du nicht mal lausige 200.000 Euro Anzahlung überweisen, obwohl ich bereits in Vorleistung für dich getreten bin.«

»Das wusste ich nicht. Ich dachte, wir regeln das am Montag beim Notar.«

»Ich brauche vorab eine finanzielle Sicherheit, sonst kann ich für nichts garantieren. Außerdem müssen an der Finca noch Kleinigkeiten restauriert werden, damit sie deinen Ansprüchen gerecht wird.«

»Ja, das wäre wichtig.« Martins Gedanken rasten durch ein Netzwerk voller Tunnel, die immer tiefer in den Abgrund führten. Wo war nur das verdammte Licht am Ende?

»Das wäre wichtig? Wichtig wäre eine Anzahlung als Zeichen, dass du auch die Kohle hast. Langsam frage ich mich, ob deine abenteuerliche Geschichte des viel beschäftigten Honorarkonsuls den Tatsachen entspricht. Wo ist dein Chauffeur? Und auch Manfredo zeigte auffällige Gedächtnislücken, als es um dein Wirken ging.«

»Was willst du damit sagen, Gabi?«

»Gar nichts, ich will nur hoffen, dass mein Konsul, der ist, der er vorgibt zu sein. Ansonsten kann die zuckersüße Gabi ungemütlich werden. Und das wäre zu schade, wo wir uns doch so gut verstehen.«

Martin schluckte. Er musste dringend aus der Defensive treten, ansonsten würde seine Maskerade fallen. Gabi war verdammt nah an der Wahrheit dran und jedes Zögern würde es jetzt schlimmer machen.

»Ich bin enttäuscht«, sagte er deshalb.

»Du bist enttäuscht? Ausgerechnet du?«

»Oh ja. Ich habe nicht mal einen Kaufvertrag von dir erhalten und soll schon eine Anzahlung leisten? Wie soll ich das der Bank erklären? Außerdem gefällt mir dein Ton nicht.«

»Es tut mir leid, wenn ich zu harsch für deine adeligen Ohren klinge, aber hier geht es um viel Geld. Um mein Geld. Und außerdem dachte ich, du würdest mir vertrauen. Nach deiner Aussage beim Dinner angeblich blind.«

»Natürlich liegt mir etwas an dem Vorhaben und ich werde es schnellstmöglich mit der Bank besprechen. Dafür bräuchte ich jedoch den Kaufvertrag. Sonst läuft bei denen leider nichts.«

»Natürlich verstehe ich das, Martino. Gib mir einfach die Nummer und ich werde das für dich erledigen.«

»Was für eine Nummer?«

»Die Nummer deiner Bank.«

Martin wurde augenblicklich heiß in seinem Leinenhemd. »Warum willst du bei meiner Bank anrufen?«

»Ich will mich vergewissern, dass es dich als wohlhabenden Kunden gibt, denn unter deinem Namen gibt es keinen Eintrag bei der Schufa. Sollte alles sauber sein, bekommst du selbstverständlich den Vertrag.«

»Du hast bei der Schufa nach mir recherchiert?« Martin war baff und knetete nervös die Finger. Am liebsten hätte er daran geknabbert, um seine Aufregung zu kompensieren.

»Das macht man so, bevor man jemandem ein Haus verkauft. Die Telefonnummer deiner Bank, por favor.«

»Das ist etwas kompliziert, da ich aufgrund des Titels nicht bei einer normalen Bank das Konto führe.«

»Ich habe auch nicht mit der Sparkasse gerechnet, Martino. Wo liegt denn all dein Geld? In Panama, den Caymans oder in der Schweiz?« Gabis Stimme klang gereizt und aggressiv, so als hätte sie die Masche längst durchschaut.

»Bei einer Privatbank in München. Klein, diskret und abgeschieden. Man kann dort nicht einfach so anrufen, schon gar nicht, wenn man sich nach jemandem erkundigen will. Ich muss dich vorher ankündigen.«

»Fein. Dann kündige mich an.« Gabi ließ nicht locker. Ihr Mund war vor Ärger zugespitzt, die Augen glühten, als hätte sie ihn überführt. Es wurde Zeit für eine nächste Nebelkerze, und so schaute Martin eine volle Minute lang auf seine Armbanduhr. Danach schüttelte er enttäuscht den Kopf.

»So ein Mist. Die Bank hat leider schon geschlossen.«

»Aber morgen ist Freitag, da macht sie sicher wieder auf.« Ein triumphierendes Lächeln schoss über Gabis Lippen.

»Höchstwahrscheinlich. Beim aktuellen Streikgebaren weiß man nie.«

»Ich habe noch nie von einem Bankenstreik gehört, weil es schlichtweg niemanden interessieren würde, wenn diese Sesselfurzer streiken. Also sag deinem persönlichen Vermögensverwalter, dass er mich gefälligst morgen anrufen soll. Und jetzt lass uns den Tag nicht mit einem Streit beenden, sondern lieber etwas trinken gehen.«

»Einverstanden.« Martin pustete innerlich durch und entspannte sich ein wenig. Er hatte das Problem zwar nicht gelöst, aber etwas Zeit gewonnen. Jetzt ein schneller Drink und er würde sich galant aus der Affäre ziehen, um mit Toto alles zu besprechen. »Hast du an etwas Bestimmtes gedacht?«

»Die besten Drinks gibt's im Hotel, von daher bin ich ganz gespannt, wo mein Konsul hier in Palma nächtigt.«

Kapitel 54

Toto stopfte sich einen Löffel Reis in den Mund und drückte sanft Sofias Hand, die ihn gewähren ließ. Sie war vor einer Viertelstunde mit einer Wagenladung voll Paella aufgekreuzt, um die Arbeiter mit Essen zu versorgen.

»Die Paella schmeckt wirklich ausgezeichnet, vielen Dank!«

»Sag das unserer Köchin Carmencita. Sie hat es gut gemeint mit dir und unseren Jungs.« Toto blickte in die Runde der Arbeiter, die mit einem Plastikteller auf dem Schoß am Boden saßen und ungestüm Paella in sich hineinschaufelten.

»Die Jungs sind wirklich unschlagbar.«

»Vor allem, wenn man ihnen in die Quere kommt.«

Toto musste schlucken und hoffte, dass er diese Schlagkraft niemals spüren würde. Er hatte genug mit den Nachwirkungen des Faustkampfs zu tun und es wurde langsam Zeit, dass Ruhe in ihr Leben einkehrte. Das unerwartete Essen mit Sofia war ein schöner Anfang, auch wenn er ihn mit zwanzig Männern teilen musste. Zudem hatte ihn das Krankenhaus in Hochstimmung versetzt. Rüde war vor einer Stunde aufgewacht und es ging ihm deutlich besser. Gleich morgen früh würden sie ihn besuchen können und Toto konnte gar nicht abwarten, Martin davon zu berichten. Als hätte der Gedanken lesen können, erschien eine SMS von ihm auf Totos Handy.

»SOS. Ich brauche ein Hotel. Jetzt.«

Toto las die Nachricht zweimal durch und zeigte sie Sofia.

»Oh mein Gott«, schmunzelte die verschwörerisch. »Er will mit ihr aufs Zimmer.«

»Das passt nicht zu ihm.«

Etwas musste schiefgelaufen sein und Toto überlegte fieberhaft, was ihm Martin mit der Botschaft sagen wollte. Wenn er dringend ein Hotelzimmer braucht, warum nimmt er sich nicht einfach irgendeins? Schließlich gibt es Tausende in Palma. Es sei denn, er suchte etwas Bestimmtes.

»Ich glaube, er braucht eine Unterkunft, wo man ihn als Konsul identifizieren kann, damit Gabi keine Lunte riecht. Ich frage mich nur, wie ich ihm da helfen kann?« Toto starrte aufs Display, als würde die Lösung dort als Textnachricht erscheinen. Was sollte er seinem verzweifelten Freund nur zurückschreiben?

»Ein Hotel, wo man ihn als Konsul kennt? Damit kann ich dienen.« Sofia tippte mit dem Finger an die Stirn und zückte nun ebenfalls ihr Handy.

Martins Hände zitterten gewaltig, als er die Nachricht für Toto ins Handy eingetippt hatte. Zum ersten Mal seit Lilianes Tod fühlte er schlichtweg Angst. Angst, sich zu blamieren, bloßgestellt zu werden und als Betrüger dazustehen. Ausgerechnet er, der niemals ohne Ticket U-Bahn fuhr oder beim Kartenspielen schummelte. Was würde er noch alles erfinden müssen, um Gabi von seiner falschen Identität zu überzeugen? Und jetzt wollte sie auch noch mit ihm etwas trinken gehen in seinem Hotel.

Aus Verzweiflung hatte er sich auf die Herrentoilette eines Kaufhauses zurückgezogen und einen nicht vorhandenen Durchfall vorgetäuscht. Wie lange würde er hier ausharren können, ohne dass sie wieder skeptisch werden würde? Seit einer Viertelstunde wartete er auf Totos Antwort und er befürchtete bereits, dass sie nicht kommen würde, als ein: »Geh ins *Baleares*« auf dem Display erschien.

Im *Baleares* hatten sie die ersten Tage übernachtet, und

man kannte Martin dort als kniepigen Rentner, der nicht mal einen Euro Trinkgeld dagelassen hatte.

Warum sollte er ausgerechnet dorthin gehen? Mittlerweile saß er seit 20 Minuten auf der Schüssel und es wurde langsam Zeit herauszukommen. Mit etwas Glück hatte Gabi vielleicht die Lust am Drink verloren und würde ihm die Magen-Darm-Geschichte durchgehen lassen. Er spülte zweimal ab, wusch sich die Hände und spritzte etwas von dem Wasser auf die Stirn, damit man ihm den Schmerz auch abnahm. Als er die Toilette verließ, wartete Gabi bereits auf einem Sessel, um ihn in Empfang zu nehmen.

»Ist dir etwas auf den Magen geschlagen, Martino?«

»Vielleicht eine Nebenwirkung der Verletzung.« Er zeigte er auf sein blaues Auge.

»Egal, du siehst schon deutlich besser aus und darfst mich jetzt in dein Hotel führen. Ich bin sehr gespannt.«

Martin verirrte sich ein ums andere Mal in den verwinkelten Straßen, die für ihn am Ende alle gleich aussahen. Er befürchtete bereits, dass Gabi ihm ein Ablenkungsmanöver unterstellen würde, doch die schien seine Orientierungslosigkeit eher zu belustigen, und so hakte sie sich entschlossen bei ihm unter, als er wieder mal in einer Sackgasse gelandet war. Nach einer knappen Stunde standen sie schließlich vor dem *Baleares*, und Martin betete, dass Toto die richtigen Schlüsse aus seiner SMS gezogen hatte. Ab jetzt begann der Blindflug.

»Hier wohnst du?« Gabi hatte die Ellbogen in die Hüften gestemmt und blickte enttäuscht auf die Dreisterne-Unterkunft.

»Eine ausgezeichnete Adresse, wenn man inkognito bleiben möchte.«

»In der Tat hätte ich dich niemals hier vermutet. Aber schon bald ziehst du ja in deine Finca in den Bergen.« Gabi inspizierte misstrauisch das Gebäude und folgte Martin ins Hotel.

Die Tür flog förmlich aus den Angeln und ein gut aussehender Portier, den Martin noch nie zuvor gesehen hatte, begrüßte ihn mit einer tiefen Verbeugung.

»Willkommen zurück, Senor Cónsul«, kam es im gebrochenen Deutsch.

An der Rezeption, die bisher von einer molligen Spanierin mit Damenbart beherrscht wurde, saßen jetzt drei hübsche Damen, die ihn anschmachteten, als wäre er der König höchstpersönlich.

»Ich hoffe, Sie hatten einen schönen Tag, Senor Cónsul. Es ist alles für Sie hergerichtet«, sagte die Hübscheste der Damen und legte eine Keycard auf den Tresen. Dabei zwinkerte sie mit den Augen und flüsterte die Ziffern 402. Martin nickte wortlos und hoffte, dass die aufgesetzte Fröhlichkeit nicht zu viel des Guten war.

»Donnerwetter, Martino. Du scheinst bei den Mädels einen Stein im Brett zu haben«, bemerkte Gabi spitz, als wäre sie ein wenig eifersüchtig.

»Wir würden gern nur etwas trinken.« Martin ignorierte die Schlüsselkarte und zeigte auf den Durchgang zur Bar.

»Die Bar ist leider noch geschlossen. Deshalb wartet im Zimmer eine Überraschung auf sie. 402.« Die hübsche Rezeptionistin tippte abermals mit dem Finger auf die Keycard und lächelte verschwörerisch. Martin überlegte. Was hatte das schon wieder zu bedeuten? Da Zögern keine gute Taktik war, griff er schließlich nach dem Plastikteil und erklärte Gabi was von einem kleinen Umweg.

»Wir gehen direkt aufs Zimmer? Respekt! Du gibst ordentlich Gas.« Gabi formte mit ihren Augenbrauen einen perfekten Halbkreis, während Martin Toto innerlich verfluchte. Anstatt ihm aus der Patsche zu helfen, stellte der gleich die nächste Falle für ihn auf.

Die Zwei-Zimmer-Suite verfügte über eine herrschaftliche

Eleganz, die niemand hier vermutet hätte. Die Möbel sahen wie die Exponate eines Kolonialmuseums aus, überaus pompös und detailliert gefertigt. Vor einem königlichen Stoffsofa stand ein ovaler Kirschholztisch, auf dem ein Kübel mit Champagner thronte. Davor zwei Gläser und ein Umschlag. Cónsul Martino stand in goldenen Lettern darauf.

»Ich bin hin und weg.« Gabi trennte sich von ihren bernsteinfarbenen Pumps und tänzelte ins Bad, während Martin sich erschöpft aufs Sofa fallen ließ. Er öffnete das Kuvert und schielte auf die Botschaft. »Gern geschehen. T.«

Nach einem Gefallen fühlte sich die Inszenierung nicht an, denn Gabi erwartete nun augenscheinlich mehr als nur ein Glas Champagner. Martin überlegte, welche Unterhose er heute Morgen angezogen hatte und schämte sich sofort für den Gedanken. Dazu würde es nicht kommen. Niemals würde er Liliane untreu werden und am allerwenigsten mit dieser aufgeblasenen Betrügerin, die soeben aus dem Bad spazierte und ihr Kleid bereits geöffnet hatte.

»Wird dir nicht kalt?«

»Du bist so herrlich, Martino. Mimst das Unschuldslamm und hast es faustdick hinter den Ohren. Champagner in der Konsulatsuite ... Chapeau!«

»Es ist nur eine kleine Geste.«

Gabi setzte sich neben ihn aufs Sofa und legte die Füße auf seinen Schoß. Er spürte eine plötzliche Erregung und versuchte, sich gedanklich abzulenken. Was war nur mit ihm los? Der letzte Sex war mehr als zehn Jahre her und seitdem hatte er aufgehört, daran zu denken.

»Du darfst mich ruhig bewundern.« Gabi hatte das Kleid ein paar Zentimeter heruntergezogen und Martin konnte den BH sehen.

»Vielleicht sollten wir damit bis zur Unterzeichnung warten ...«

»Wir sind doch gerade erst in Fahrt gekommen, Martino. Was du mir heute kannst besorgen, das verschiebe nicht auf morgen. Und jetzt Schluss mit diesem schüchternen Gehabe. Führe mich endlich in dein Schlafgemach.«

Gabi presste ihre Füße gegen Martins Schritt, der die Erregung nicht mehr leugnen konnte. Er war erledigt. Entweder er schlief mit dieser Frau oder versuchte es zumindest oder er musste sprichwörtlich die Hosen runterlassen.

»Vielleicht beginnen wir mit einer Fußmassage«, brachte er dröge heraus und fingerte an Gabis dickem Zeh herum.

»Was soll denn das werden? Wenn du was zum Kneten suchst, dann bediene dich an meinen wohlgeformten Brüsten.« Gabi umfasste ihren Busen und drückte demonstrativ hinein, während Schweiß von Martins Stirn in Richtung seiner Wange lief.

Er war geliefert.

Kapitel 55

Toto sah auf die Uhr und zählte die Sekunden runter. Alles eine Frage des richtigen Timings, und obwohl er ahnte, dass Martin ihn verfluchen würde, musste er noch warten. Wie ein General schritt er die Reihe von Jordis Mitarbeitern ab, die sich vor ihm wie eine Söldnertruppe aufgestellt hatte. Sie sahen finster und verwegen aus und würden es im Zweifel mit Gabis Schlägern aufnehmen können. Solange sie auf deiner Seite sind, kann dir eigentlich nichts passieren, glaubte Toto und schielte zu Sofia, die, trotz ihrer geringen Größe, wie ein Riese in der uniformen Reihe aussah. Ein echter Hingucker und clever obendrein. Sie hatte nicht nur kurzerhand die Suite im *Baleares* aufgetrieben, sondern auch noch ihren Onkel in den Coup hineingeredet. Jordi ging den Text ein weiteres Mal durch, der auf dem kleinen Zettel stand, und reckte schließlich seinen Daumen.

Es konnte losgehen.

Toto drückte nervös auf Gabis Rufnummer und wartete aufs Leerzeichen. Einmal, zweimal, dreimal, viermal. Nach dem fünften Tuten ging die Mailbox dran und er legte enttäuscht auf. Hatte er zu lange gewartet? Er drückte auf Wahlwiederholung und hielt ein weiteres Mal gespannt die Luft an.

Einmal, zweimal, dreimal, viermal…

»Was wollen Sie?« Ein mattes Keuchen.

»Störe ich Sie bei irgendwas?«

»Sie stören immer! Also, was ist so wichtig, dass Sie mich um diese Zeit noch anrufen?«

»Na ja, sie meinten doch, dass ich mich bei ihnen melden soll, wenn es nicht so läuft, wie Sie es sich vorstellen.« Toto ließ eine Pause entstehen.

»Machen Sie es nicht unnötig kompliziert, dafür fehlt mir gerade die Geduld.«

»Es ist halt so, dass die Mitarbeiter des Bauunternehmens in einen Streik getreten sind. Unbefristet, wie es scheint. Und Herr Jordi ist ziemlich sauer, da bisher angeblich immer noch kein Geld auf seinem Konto eingegangen ist.« Toto musste sich zusammenreißen, um beim Anblick der gespielt finsteren Mienen nicht laut loszulachen.

»Was reden Sie für einen Unsinn. Soll das ein Scherz sein?«

Toto drückte auf das Kamerasymbol und wartete, bis Gabis Konterfei erschien. Sie hatte sich augenscheinlich ins Bad zurückgezogen und sah zerzaust aus. Das Kleid hing schief und man konnte den Träger des BHs sehen.

»Sind Sie auf dem Klo?« Toto konnte sich die Frage nicht verkneifen.

»Ich lege jetzt auf, Sie elender Dummschwätzer.«

»Oh, das würde ich lieber nicht tun, denn ich habe hier jemanden für Sie.« Toto schwenkte die Kamera über die Reihe der finster dreinblickenden Arbeiter und gab das Handy Onkel Jordi.

»Señora Gabi, schön Sie wiederzusehen. Ich dachte, es wäre an der Zeit, Sie über den Stand der Renovación zu informieren. Bis jetzt liegen wir im Zeitplan und werden Montag im Großen und Ganzen fertig sein. Bisher ist jedoch kein Dinero auf dem Konto. Und ohne Dinero können sich diese Muskeln nicht bewegen. Die Condiciones sind 50 Prozent bei Auftrag und 50 Prozent bei Finalización. Das war Ihnen doch wohl klar, oder?«

»Sie bekommen schon Ihr Geld, aber nur, wenn alles picobello ist. Und jetzt pfeifen Sie Ihre Sträflingskolonie zusammen, sonst gibt es gar keinen Dinero«, polterte Gabi lautstark durch den Lautsprecher.

»So läuft es leider nicht bei uns, Señora Gabi. Wer einen Blitzauftrag bestellt, der muss auch wie ein Blitz bezahlen. Ansonsten schlägt der Blitz bei Ihnen ein.«

»So war das nicht vereinbart und das wissen Sie. Außerdem warte ich selbst noch auf die Anzahlung meines Klienten. Und überhaupt, woher soll ich um diese Uhrzeit so viel Geld nehmen?«

»Es tut mir leid, Señora Gabi, dass ich Sie in Dificultades bringe, aber ich muss darauf bestehen. Ansonsten machen meine Jungs hier eine Revolución. Und das möchten Sie nicht erleben. Niemand möchte das.«

»Schon gut, machen Sie weiter. Ich lasse mir was einfallen.«

Toto schnappte sich das Handy, um Gabis Gesichtsausdruck zu sehen.

»Was wollen Sie denn noch?«, schnauzte sie ihn an.

»Seien Sie mir lieber dankbar, dass ich Sie angerufen habe. Sonst hätten wir jetzt eine Revolución. Allerdings ist mir aufgefallen, dass ich noch keinen Kaufvertrag erhalten habe. Ansonsten behalte ich einfach diese wunderschöne Finca. Langsam gefällt sie mir nämlich.«

»Nichts da, Sie Schmarotzer. Die Konditionen sind verhandelt. Ich schicke Ihnen per E-Mail einen Vorvertrag, das finale Werk liegt dann am Montag beim Notar zur Unterschrift für Sie bereit. Seien Sie besser pünktlich und lassen Sie den Köter zu Hause.« Gabis Gesicht verschwand vom Display und ein Lächeln huschte über Totos Lippen. Die Kröte steckte tief in ihrem Rachen, jetzt musste sie sie nur noch schlucken.

Kapitel 56

Mit einem letzten Stottern würgte Martin den Wagen ab. Endlich daheim. Wie gern hätte er sich jetzt verkrochen, um die Dinge zu verarbeiten. Einfach hinlegen und niemals wieder aufstehen. So wie zuletzt vor einem Monat, als er noch sein altes Leben führte. Dagegen fühlte sich sein jetziges wie das pure Chaos an, wo er noch, zu allem Übel, fast mit einer fremden Frau geschlafen hätte. Das war nicht nur unverzeihlich, sondern jenseits seiner Lebensphilosophie. Was war nur aus ihm geworden? Statt einer Antwort schoss Franz Ferdinand aus dem Gebüsch, um ihn zu begrüßen.

»Ist ja gut. Ich bin ja da.«

In Anbetracht der heiklen Lage im Hotel Baleares fühlte sich die Hektik auf der Baustelle wie ein sicherer Hafen an. Als er die Veranda erreichte, saß Toto entspannt auf seinem Klappstuhl und sah den Männern bei der Arbeit zu.

»Wie ich sehe, bist du heute nicht sehr weit gekommen.« Martin hätte seinem Freund am liebsten eine reingehauen, so sauer machte ihn der Anblick. Während er von einem Fettnapf in den nächsten tappen musste, schien die Person, die alles angezettelt hatte, entspannt den Abend zu genießen.

»Lass Milde walten, mein Freund, denn ich habe dir den Arsch gerettet.«

»Du hast viel zu lange gewartet mit deinem Anruf, und hast sie zu allem Übel noch vergrätzt. Wie von der Tarantel gestochen ist deine Gabi aus dem Hotel gerannt, um etwas Dringendes zu erledigen.«

»Und das hat sie auch getan. Vor einer halben Stunde hat Gabi per Blitztransfer die Kohle an Onkel Jordi überwiesen. Zudem habe ich sie an den Vertrag erinnert, bevor ich es mir anders überlege. Und was soll ich sagen? Ich habe einen Vorvertrag mit allen Konditionen. Einzig der Name des Käufers ist noch freigelassen und soll am Montag vor dem Notar eingetragen werden. Und dann machen wir sie fertig.«

Martin seufzte. Auch wenn es noch nicht der finale Punch war, hatten sie es beinahe geschafft.

»Dazu wird es wohl leider nicht kommen, denn ich habe es verbockt.«

»Welche Kastanie muss der gute alte Toto diesmal aus dem Feuer holen?«

»Ich brauche bis morgen früh die Telefonnummer eines Vermögensverwalters, der nicht nur meine Identität als Honorarkonsul bestätigt, sondern Gabi weismacht, dass ich genügend Kohle auf dem Konto habe, um die Finca zu erwerben. Jetzt bist du dran, guter alter Toto.«

»Puh.« Toto japste nach Luft.

»Puh trifft es ganz gut. Denn das hättest du dir eigentlich denken können, nachdem wir sie so lange hingehalten haben. Was für ein naiver Plan«, schimpfte Martin. Es tat gut, den Ballast abzuladen und Toto den schwarzen Peter wieder zuzuschieben.

»Vielleicht gibt es ja in Sofias Familie einen findigen Finanzberater …«

»Vergiss es besser gleich, Toto. Ich habe behauptet, dass ich bei einer Münchner Privatbank meine Konten führe, und sie erwartet einen Anruf mit der Vorwahl 089. Das Spiel ist aus und wir können nur hoffen, dass sie uns am Ende nicht verklagt.«

»Moment, wir sind noch lange nicht am Ende. Zudem habe ich eine Idee, wen wir als Bankberater einsetzen können.«

»Und an wen hast du diesmal gedacht?«

Toto machte ein Gesicht, als hätte er auf eine Zitrone gebissen. Mit was und wem würde er jetzt wohl um die Ecke kommen?

»An deine Freundin aus München, mit der du hin und wieder telefonierst.«

Martin war zu perplex, um Toto etwas Unverschämtes an den Kopf zu werfen. Das konnte unmöglich sein Ernst sein.

»Ich weiß nicht, wen du meinst…«

»Na, diese Friedhofsbekanntschaft, die sich um das Grab deiner Liliane kümmert.«

»Bist du von allen guten Geistern verlassen, Toto? Sie ist weder meine Freundin, noch kann ich etwas Derartiges von ihr verlangen. Sag mir, dass das kein ernst gemeinter Vorschlag war, auch wenn du zum ersten Mal Liliane gesagt hast.«

»Nach deiner Erzählung hat sie früher im Hotel gearbeitet und kann sich sicherlich gut ausdrücken. Außerdem hat sie eine Münchner Rufnummer.«

»Nein!«

»Sie braucht nur zu bestätigen, dass du Konsul und vermögend bist. Es geht nur noch um einen lausigen Freitag, den wir überstehen müssen. Was ist denn schon dabei?«

»Was dabei ist?« Martin wurde sauer. »Die ganze Geschichte ist eine Farce. Du wurdest hereingelegt und ich muss es ausbaden. Und damit ist anscheinend nicht genug, denn jetzt willst du auch noch fremde Leute mit hineinziehen. Es reicht dir nicht, dass Sofia mit ihrer Familie den Schwindel unterstützt und Rüde im Krankenhaus liegt. Nein, jetzt soll auch noch eine unbescholtene Dame mit hineingezogen werden. Nur, um das zu retten, was du uns eingebrockt hast.«

Toto hob die Arme, als würde er kapitulieren wollen.

»Du hast recht, Martin. Ich habe uns das eingebrockt und dafür muss ich geradestehen. Es war ein langer Tag und wir sollten endlich schlafen gehen, auch wenn das bei dem Radau nicht einfach werden wird.«

Martin wollte noch etwas Beleidigendes erwidern, doch ihm fehlten sowohl die Energie als auch die Worte. Niemals würde er seine Friedhofsbekanntschaft Anneliese anrufen und um diesen bekloppten, unehrenhaften Gefallen bitten. Nur ein Flegel wie Toto konnte auf eine so abstruse Idee kommen und er war froh, dass er entsprechend reagiert hatte.

Es dämmerte bereits, als sich Martin eingestand, dass es nichts mehr werden würde mit dem Schlaf. Die ganze Nacht hatte er wach gelegen und gegrübelt. Jetzt streckte er die müden Knochen aus und gähnte laut und ausgiebig, wie er es früher nie getan hätte. Er brauchte einen klaren Kopf zum Denken und musste die Flausen herausbekommen, die Toto ihm eingepflanzt hatte.

Wie würde Anneliese reagieren, wenn er sie tatsächlich um diesen verrückten Gefallen bitten würde? Ihm höchstwahrscheinlich einen Vogel zeigen und sagen, dass er sich zukünftig wieder selbst ums Grab kümmern solle. Allein der Gedanke, dass er es überhaupt in Erwägung gezogen hatte, trieb ihn zur Verzweiflung. Dabei lag das Handy längst in seiner Hand. Er starrte auf das kleine Display und spürte ein Kribbeln in den Fingern. 7.15 Uhr. Anneliese war vielleicht schon wach und saß beim Frühstück. Oder sie schlief und würde erst recht sauer auf ihn sein, wenn er sie jetzt weckte. Er scrollte durch die Anrufliste und tippte auf ihren Namen. Nach dem zweiten Freizeichen brach er ab und atmete erleichtert auf. Gott sei Dank, sie war nicht da. Martin wollte das Handy gerade lautlos stellen und unters Kissen legen, als es brummte. Ein Anruf von Anneliese.

»Sie sind aber ungeduldig. Zweimal Klingeln schafft nicht mal meine Enkeltochter.« Anneliese klang zumindest wach und keineswegs verschnupft.

»Es tut mir leid, dass ich Sie gestört habe. Es war ein Versehen«, entschuldigte sich Martin und biss sich in die Faust. Was für ein dämlicher Auftakt.

»Oh, Sie wollten gar nicht mit mir reden und haben nur aus Versehen auf die Rufnummer geklickt?«

»Ja... nein. Also eigentlich nicht.«

»Was denn jetzt? Ja oder nein?«

»Ich wollte mich erkundigen nach...«

»Dem Grab geht es ausgezeichnet. Der junge Mann vom Friedhofsdienst hat bereits Silberblatt und Winterheide eingepflanzt.«

»Das ist schön zu hören.«

»War es das? Oder haben Sie noch etwas auf dem Herzen?«

»Nun ja. Ich wollte mich natürlich auch nach Ihnen erkundigen.«

»Mir geht es gut. Die Hüfte macht Probleme und muss im Frühjahr operiert werden. Wieder ein Ersatzteil mehr an meinem Körper.«

»Das tut mir leid zu hören...«

»Jetzt eiern Sie nicht rum, sondern machen Sie mich neidisch. Wie lebt es sich im Paradies?«

Martin überlegte, wie er auf den besagten Punkt am besten kommen könnte. Erst eine freundschaftliche Atmosphäre schaffen und ein bisschen Small Talk ausprobieren oder mit der Tür ins Haus fallen? Er entschied sich für die Variante mit der Tür und erzählte Anneliese von Gabi und ihren betrügerischen Machenschaften, um in einem Halbsatz den Racheplan zu präsentieren.

»Donnerwetter. Das ist mal eine Geschichte, Herr Wendlinger. Ich bin stolz auf Sie und Ihre besonnene Reaktion. Ich hätte dieser Schlange von einer Maklerin den Hals umgedreht. Uns Rentner versucht man immer zu bescheißen!«

»Vielleicht ergibt sich ja bald die Gelegenheit dazu...«,

stammelte Martin und hoffte, dass Anneliese darauf ansprang.

»Was meinen Sie mit Gelegenheit?«

»Na ja, ich bräuchte vielleicht Ihren Rat in einer delikaten Angelegenheit.«

»Kommen Sie auf den Punkt. So viel müssten Sie im Umgang mit mir schon gelernt haben.« Der Ton war rau, doch Anneliese lachte.

»Ich bräuchte die Hilfe von jemandem, der aus München kommt, und einen Anruf für mich machen kann.«

»Einen Anruf tätigen? Das ist alles? Warum fragen Sie mich nicht direkt?«

»Nein, das wäre zu viel verlangt. Ich habe Ihre Dienste bereits überstrapaziert.«

»Schmarrn. Wen soll ich anrufen, was soll ich sagen?«

»Es geht um die besagte Schlange, der sie den Hals umdrehen wollten. Sie müssten sich als meine persönliche Vermögensberaterin ausgeben und bestätigen, dass ich der Honorarkonsul von Tadschikistan bin. Und entsprechend Bares auf der hohen Kante habe.«

»Sie sind der wer? Wie spricht man das aus?«

»Sie haben recht, es ist zu kompliziert. Bitte verzeihen Sie, dass ich gefragt habe.«

»Keineswegs, denn das klingt nach einem großen Spaß, bei dem ich Ihre Idealbesetzung bin. Was soll ich über Sie berichten? Irgendwelche Auszeichnungen, Orden oder Ämter?«

»Nein, nein. Ich setzte auf Diskretion und Understatement.«

»Jetzt machen Sie sich nicht in die Hose. Ich kenne mich aus mit schmierigen Gestalten, und diese Immobilienmaklerin scheint ein besonders ekelhaftes Exemplar zu sein.«

»Sie tun mir einen riesigen Gefallen, den ich nie mehr wiedergutmachen kann. Dabei kenne ich nicht mal ihren Nachnamen.«

»Moser. Anneliese Moser, aber für Sie bin und bleibe ich die Anneliese. Und revanchieren können Sie sich mit einem schicken Abendessen.«

»Ein schönes Essen in einem Münchner Restaurant? Versprochen!« Martin atmete auf. Damit hatte er keineswegs gerechnet, zudem erzeugte die Aussicht auf ein Abendessen mit Anneliese ein wohliges Gefühl in seinem Körper.

»Nicht in einem Münchner Restaurant. Wenn ich für Sie die Kastanien aus dem Feuer hole, erwarte ich ein Dinner auf Mallorca.«

»Das ließe sich machen…«

»Es würde mich sehr freuen, Herr Wendlinger.«

»Martin. Nennen Sie mich Martin.«

Kapitel 57

Es fühlte sich wie das letzte Aufbäumen an, denn obwohl Rüde einen Druckschmerz auf der Haut verspürte, ging es ihm seit heute Morgen besser. Eigentlich war er kein Fan von unsinnigen OPs, die das Leben künstlich in die Länge zogen, doch in diesem Fall war ihm die Entscheidung einfach abgenommen worden. Angeblich mit Erfolg, was in Anbetracht der Diagnose Krebs natürlich absoluter Blödsinn war. Rüde wusste das und ließ die Schwestern in dem Glauben, dass er bald hier rausspazieren würde.

Er lag auf einem Dreibett-Zimmer mit zwei anderen Patienten und freute sich auf Toto und Martin. Beim letzten Mal hatten sie sich geprügelt und er war gespannt, wie die Sache mit der Maklerin vorangeschritten war. Zu gern würde er den Stand der Renovierung begutachten und mit Django ein paar Bauarbeiten durchführen. Auch wenn er dem Vorhaben anfangs skeptisch gegenübergestanden hatte, empfand er die Tage auf der Finca als die schönsten, die er seit langer Zeit hatte erleben dürfen. Ein paar mehr hätten es ruhig sein können, doch er wollte nicht ungerecht sein. Zumindest war dies ein würdiges Finale, unter ein Leben der verpassten Möglichkeiten. Er nahm einen Schluck Tee und versuchte einzudösen, damit er später fit war.

»Ihr seht ganz schön demoliert aus!« Ungeniert ließ Rüde beim Anblick seiner Freunde die Freudentränen laufen. Zumindest hatten sie sich zusammengerauft und sprachen miteinander.

»Dafür siehst du umso besser aus, Rüde.« Toto umarmte ihn und reckte die blaue Thermoskanne wie einen Siegerpokal nach oben.

»Wir haben dir Cerveza abgefüllt.«

»Ihr seid die Besten! Ich bin so froh, dass ich euch, bevor ich gehen muss, noch einmal zu Gesicht bekomme.«

»Wohin willst du gehen?« Toto schüttelte irritiert den Kopf, und Rüde wurde plötzlich wankelmütig. Sollte er ihnen wirklich reinen Wein einschenken und vom Krebs erzählen? Auf der anderen Seite könnte es jeden Tag vorbei sein, und dann hätte er sich nicht einmal verabschiedet.

»Ich werde bald sterben und bin sehr froh, euch nochmals zu sehen. Eigentlich wollte ich das nicht erzählen, denn ihr habt genug am Hals. Doch man weiß ja nie, wann der liebe Gott mich zu sich holt.«

Betretens Schweigen. Toto schien als Erster seine Fassung zurückgewonnen zu haben.

»Hast du mit dem lieben Gott gesprochen?«

Rüde schüttelte verlegen mit dem Kopf.

»Dann vielleicht mit deinem Arzt? Den Schwestern?«

»Nein, Toto. Und das ist auch gar nicht nötig, denn ich weiß es schon seit Langem, habe mich nur nicht getraut, der Wahrheit ins Gesicht zu sehen.«

»Dann muss ich dich leider enttäuschen, mein Freund. Es war nur ein ekelhaftes Magengeschwür, das man dir entfernt hat, was bedeutet, dass du uns noch ein paar Jahre auf die Nüsse gehen wirst. Wir dir natürlich auch.«

Rüde war sprachlos und sein Gehirn wollte den Transfer zunächst nicht mitmachen. Ein Magengeschwür? Konnte das wirklich möglich sein oder wollte Toto ihn nur aufmuntern?

»Ich glaube, du vertust dich da…«

»Wenn sich einer ordentlich verzockt hat, dann bist es du, Rüde. Wir lassen dich nicht einfach in die ewigen Jagdgründe ziehen, sondern holen dich hier raus. In ein paar Tagen.

Bis dahin müssen Martin und ich noch was erledigen. Aber bei seinem schauspielerischen Talent ist das ein absolutes Kinderspiel.«

»Schade, dass ich nicht dabei sein kann. Ich habe euch bisher nur Ärger eingebrockt, während ihr alles daransetzt, mir ein schönes Leben zu bereiten. Es tut mir so leid.« Rüde wischte sich eine weitere Träne aus dem Augenwinkel. Es war gerade alles etwas viel für ihn, schließlich war er vor ein paar Minuten noch überzeugt davon gewesen, bald schon nicht mehr da zu sein.

»Es braucht dir nicht leidzutun.« Martin drückte Rüdes Hand und lächelte sogar. »Die beste Nachricht ist, dass es dir gut geht und du wieder auf die Beine kommen wirst. Im Grunde hast du mehr zu unserer möglichen Rettung beigetragen als Toto und ich zusammen.«

»Wie das?«, fragten Rüde und Toto gleichzeitig.

»Na ja.« Martin machte eine Pause, als würde er sich den Rest des Satzes nochmals überlegen wollen.

»Du warst der Einzige von uns dreien, der bei der Renovierung selbst mit angepackt hat. Du hast nicht wie ich andauernd nur gemeckert oder wie Toto auf dem Stuhl gesessen, um an spinnerten Ideen zu tüfteln. Außerdem hat uns dein Magengeschwür irgendwie zusammengeschweißt. Zumindest hat es mich zum Nachdenken gebracht, und ich habe gemerkt, wie sehr du mir … wie sehr ihr mir fehlen würdet, wenn … wenn ihr plötzlich nicht mehr da wäret.«

Rüde sah Martin ungläubig an, als hätte der den Text von einem Teleprompter abgelesen. Was war mit ihm geschehen? Zuerst wollte er eine witzige Bemerkung machen und fragen, ob Martin noch der Alte sei, doch als selbst Toto seine große Klappe hielt, behielt er seinen Kommentar für sich. Der Tag war viel zu großartig für dämliche Bemerkungen. Erst war er dem Tod noch einmal von der Schippe gesprungen und jetzt nannte ihn Martin auch noch einen Freund. Er würde sich auf der Stelle bei Dr. Anselmo für die ignorierten

Telefonanrufe entschuldigen und sich alles haarklein von ihm erklären lassen. Und er würde sich ins Zeug legen, um schnellstens wieder fit zu werden. Rüde spürte förmlich, wie das Blut durch seine Venen schoss und sich ein warmes Gefühl in seinem Herzen breitmachte.

Kapitel 58

Toto tippelte von einem auf den anderen Fuß. Nochmals kontrollierte er den Zettel mit den Lieferdaten und vergewisserte sich, dass er zur rechten Zeit am richtigen Ort war. Viele Fahrzeuge standen nicht mehr auf der Ladefläche der Autofähre und er wurde langsam nervös. Hoffentlich hatten sie sein Baby nicht vergessen, schließlich war der BMW das einzige Prestigeobjekt, das er je besessen hatte. Ein fetter SUV setzte sich in Bewegung und gab den Blick frei auf den kleinen Silberblitz, der eingequetscht zwischen zwei Mercedes am Ende der Ladefläche stand. Gott sei Dank. Toto spurtete zur Rampe und nahm sein Baby in Empfang. Er konnte es kaum erwarten, mit Sofia eine Spritztour zu unternehmen und die Insel zu erkunden. Es gab so viele großartige Sehenswürdigkeiten und Toto nahm sich vor, jeden Tag etwas Neues zu entdecken. Jetzt, wo es Rüde besser ging, Martin sich beruhigt hatte und sie vor ihrem Traumhaus standen.

Es war eine wilde Tour de Force mit Rückschlägen gewesen, und doch standen sie im Finale. Gabi musste nur noch von Martins Bekanntschaft Anneliese überzeugt werden, bevor die Falle endlich zuschnappen konnte. Er hatte keine Ahnung, ob der Plan am Ende aufging, doch es war der beste, den er jemals hatte. Toto seufzte und drehte den Zündschlüssel des BMW.

Martin stand mit einem Sixpack Bier am Hafen und suchte die Jachten ab. Er wollte sich etwas ablenken, um nicht die ganze Zeit an den Anruf zwischen Gabi und Anneliese denken zu müssen. Außerdem war es an der Zeit, sich bei Manni zu bedanken. Hätte *ihn* jemand um solch einen Gefallen gebeten, hätte er nicht nur abgelehnt, sondern den Kontakt sofort abgebrochen. Beim Gedanken daran wurde Martin übel. Wie konnte er nur so misstrauisch und menschenfeindlich sein? Es wird Zeit, dass du dich änderst, hätte Liliane jetzt sicherlich zu ihm gesagt und Martin einen Kuss gegeben. Bei dem Gedanken musste er unwillkürlich schlucken. Sie fehlte ihm so.

»Bist du zur Salzsäule erstarrt?« Manni stand an der Reling seines Segelboots und winkte amüsiert zu ihm herüber. »Und wo hast du deine aufdringliche Begleiterin gelassen?«

»Am Montag sind wir definitiv geschiedene Leute.« Martin hätte nicht gedacht, dass er mal einen Scherz auf seine eigenen Kosten machen würde.

»Ich könnte mich glatt daran gewöhnen, Konsul Martino. Jedenfalls hatte ich lange nicht mehr so viel Spaß und eine solch attraktive Begleitung auf dem Boot. Sag das bloß nicht meiner Karin, sonst darf ich nicht mehr allein rausfahren.« Manni öffnete zwei Bierflaschen und stieß mit Martin an.

»Sei froh, dass du deine Karin hast. Ich würde alles dafür geben, um mit Liliane unterwegs zu sein. Gern auch auf deinem Boot.«

»Hätte mich gefreut, sie kennenzulernen. Und noch mehr würde es mich freuen, wenn du hierbleiben würdest und wir das künftig öfters machen könnten. Das mit dem Bier, versteht sich.«

»Wir sind längst noch nicht aus dem Gröbsten raus. Wenn Gabi vor der Unterschrift dahinterkommt, wird sie uns die Renovierungskosten anhängen. Vom Rest mal ganz zu schweigen. Entweder sind wir dann pleite, haben die Mafia am Hals oder landen im Knast. Keine Ahnung, was mir gerade lieber wäre.« Martin starrte aufs Meer hinaus. Tiefblau und wunderschön.

»Nichts von alledem wird passieren. Das Paradies kennt nur Sonnenseiten, also freu dich auf ein neues Leben.«

»So einfach ist es nicht. Es gibt da jemanden…« Martin hielt betreten inne. War er etwa kurz davor, seine Gefühlswelt vor einem Fremden auszubreiten?

»Ich weiß, deine Liliane, die leider viel zu früh von dir gegangen ist. Aber du bist zu jung, um Trübsal zu blasen und dich unter einem Grabstein zu verkriechen.«

»Du klingst wie mein Freund Toto. Herrje, jetzt habe ich ihn auch noch einen Freund genannt. Gut, dass er das nicht mitbekommen hat«, feixte Martin. »Aber es ist nicht nur der Friedhofsbesuch, der mich zurück nach München zieht…« Martin suchte nach Worten.

»Jetzt wird es interessant.«

»Es ist nicht, wie du denkst, Manni. Sie ist eine entfernte Bekannte, die ich in das Komplott mit hineingezogen und um einen Gefallen gebeten habe. Jetzt fühle ich mich ihr gegenüber verpflichtet, falls du verstehst, was ich meine.«

»Niemand beschreibt eine Romanze so wunderschön wie du, Martin. An dir ist ein Schriftsteller verloren gegangen.« Manni grinste freundschaftlich und öffnete zwei neue Flaschen.

»Mach dich nur lustig über mich. Das Leben ist höllisch kompliziert.«

»Du machst es dir selbst kompliziert, indem du Regeln akzeptierst, die du dir selbst auferlegt hast. Befreie dich endlich mal davon. Und wer weiß, vielleicht gefällt es deiner Freundin auf Mallorca.«

»Sie ist nicht meine Freundin.«

»Ich weiß.« Manni legte die Hand auf Martins Schulter und drückte ihn an sich. Ein gutes Gefühl, von jemandem gemocht zu werden, selbst für einen Einsiedler wie Martin.

Die Zeit verging und aus Bier war mittlerweile Schnaps geworden. Der süßliche Geschmack des Palo tat gut in Martins Kehle und half dabei, die Hemmungen zu überwinden.

Er war gerade dabei, eine Anekdote von einer Reise nach Portugal zu erzählen, als das Handy klingelte. Nur mit Mühe fand er die grüne Taste und nuschelte ein »Hallo« in den Hörer.

»Ich bin enttäuscht, Herr Honorarkonsul!« Gabis Worte schlugen wie ein Blitz ein und die Feierlaune war sofort vorbei. Er hatte ganz vergessen, dass sie sich noch bei ihm melden wollte.

»Ich kann es erklären …«, brachte Martin entschuldigend hervor und spürte, wie der Alkohol die Sinne dämpfte.

»Wie konntest du mir das verschweigen?« Gabi machte eine lange Pause.

Irgendetwas musste schiefgelaufen sein. Was hatte Anneliese ihr erzählt? »Glaub mir, es war nicht meine Absicht, dich hinters Licht zu führen.«

»Du hast das Bundesverdienstkreuz erhalten und behältst so was für dich? Du verkehrst mit Staatsoberhäuptern aus der ganzen Welt und tust so, als wärst du nur ein schüchterner Geschäftsmann? Und dann noch eine ganze Reihe Schließfächer im Tresorraum deiner Bank. Ich hatte ja keine Ahnung, wer du wirklich bist.« Ein schallendes Lachen folgte.

»Du weißt ja, dass ich nicht auf all das Brimborium stehe.«

»Wie konnte ich nur an dir zweifeln? Zumindest schwärmt deine Bankberaterin in höchsten Tönen von dir. Man könnte fast meinen, dass sie heimlich auf dich steht …«

»Um Gottes willen, Gabi. Sie wäre überhaupt nicht mein Typ.«

»Dann bin ich in zweierlei Hinsicht ja beruhigt, denn ich habe ihr soeben den Entwurf des finalen Kaufvertrags geschickt. Sie bestand darauf und hat mir sogar ihre private E-Mail-Adresse gegeben, falls es später werden sollte. Im Gegenzug hat sie mir versprochen, dass spätestens am Montag die gesamte Summe überwiesen wird. Tolle Bank, die du da hast.«

Martin konnte kaum glauben, was Gabi ihm erzählte. Bisher hatte sie ihn mit dem Vertrag vertröstet, da alle finanziellen Parameter ja bereits geklärt seien.

»Dann ist ja alles jetzt in Ordnung.« Martin hielt gespannt die Luft an, in Sorge, dass Gabi etwas Neues einfiel, was ihn in Bedrängnis bringen würde.

»Das Geschäftliche schon. Beim Privaten haben wir noch etwas nachzuholen. Ich könnte auf einen Sprung in dein Hotel vorbeikommen und wir machen an der Stelle weiter, wo wir aufgehört haben.«

»Nun, das wäre natürlich wunderbar, aber ich bin unterwegs und muss ein paar letzte Besorgungen unternehmen, bevor ich nächste Woche in mein neues Domizil einziehe.« Er hörte Gabi schnaufen und befürchtete bereits, dass sie auf ein Treffen insistieren würde.

»Also gut. Dann sehen wir uns am Montag um 15 Uhr beim Notar zur Unterzeichnung. Bis dahin muss das gesamte Geld auf meinem Konto eingegangen sein. Und danach gehörst du mir.« Gabi stieß ein raubtierhaftes Fauchen aus und legte auf.

Kapitel 59

Toto zwängte sich ins dunkelblaue Sakko, das Martin ihm geliehen hatte. Auch wenn es konservativ aussah und ihm eindeutig zu eng war, gefiel er sich in diesem Teil. Ab sofort war Schluss mit Toto dem Verlierer, der reichen Witwen hinterherschaut und kalten Kaffee dazu trinkt. Sollte dieser Coup gelingen, würde er sich selbst so einen Anzug leisten und Sofia darin ausführen. Ins *Kurobota* oder gar ins Restaurant vom *Cap Rocat.* Er kämmte die schütteren Haare streng zurück und sprühte sie mit Haarspray ein, bis sie förmlich auf der Kopfhaut klebten. Ein bisschen wie Robert Redford in *Der Clou,* einem seiner Lieblingsfilme.

Das Wochenende hatte sich wie Kaugummi in die Länge gezogen und weder er noch Martin waren in der Lage gewesen, etwas Sinnvolles zu tun. Zumindest hatten sie sich nicht in die Wolle bekommen und in alten Kindheitsgeschichten geschwelgt. Für das Finale hatte ihnen Sofias Neffe den Mercedes kostenlos geliehen, und Django ließ es sich nicht nehmen, noch einmal den Chauffeur zu mimen. Im Gefolge befanden sich vier Muskelprotze aus Onkel Jordis Inkassoteam, die im Zweifel auf Sofortzahlung bestehen würden. Hoffentlich kleben die am Ende nicht an unseren Fersen, unkte Toto, während Martin konzentriert aus dem Seitenfenster starrte. Dank Martins Freundin Anneliese waren sie immer noch im Rennen und hielten gar den Vertragsentwurf in Händen, in dem schwarz auf weiß verankert war, dass Martin aka Honorarkonsul Martino, die Finca direkt von Goldstaub Immobilien kaufen würde. Gabi saß tief in der Falle, jetzt musste Toto sie nur noch zuschnappen lassen.

Django parkte den Mercedes in sicherer Entfernung zur Adresse des Notars und öffnete die hintere Beifahrertür. Es war fünf vor zwei und Gabi würde sicherlich schon auf ihn warten. Toto schaute ein letztes Mal in den Rückspiegel und klopfte sich die Schuppen von den Schultern.

»Showtime, mein Freund. Zeigen wir es der Hexe.« Er streckte die Hand aus und hielt sie Martin hin, der sie zögerlich ergriff. Der hatte eine silbergraue Weste zu einem weißen Hemd kombiniert und sah mit seinen hochtoupierten Haaren wie ein Politiker aus. Zusammen ergaben sie ein ausgefuchstes und äußerst attraktives Duo, fand Toto und er musste unwillkürlich an den Dritten in der Runde denken. Wie lange lag der denkwürdige Abend im *Dicken Turm* jetzt schon zurück, als sie zu dritt das Trinkduell gewannen? Gefühlt war das der letzte unbeschwerte gemeinsame Moment gewesen, und Toto hoffte, dass Rüde bald schon wieder fit sein würde.

Der Notar befand sich in einem unscheinbaren Wohnhaus, das wie ein Sandwich zwischen zwei Modegeschäften eingekesselt lag. Lediglich ein abgeblättertes Klingelschild deutete auf Notario Barabas Ortega hin, dessen Büro sich im zweiten Stock befand und von einer streng dreinblickenden Sekretärin wie eine Schatzkammer gehütet wurde. Sie begrüßte Toto mit einem muffigen »bon dia« und führte ihn anschließend zu einer Sitzecke mit Plastikstühlen. Ein paar deutsche Klatschmagazine lagen auf dem Tisch, dazu ein Aschenbecher voll ausgedrückter Stummeln. An der Wand hing ein blasses Poster mit dem Motiv der Kathedrale. Bis auf das Tippgeräusch der Sekretärin war es totenstill im Flur und Toto befürchtete, dass Gabi sie durchschaut und in eine Falle gelockt hatte. Immer wieder blickte er nervös auf die Uhr und versuchte, sich auf seine Rolle zu konzentrieren. Nachdem Martin seinen Job so gut erledigt hatte, sollte es jetzt nicht an ihm scheitern. Plötzlich das Klacken einer Tür, die aufgestoßen wurde. Gabi lugte in den Flur und sah sich augenscheinlich nach ihm um. Am liebsten hätte er laut »hier« gerufen, was in Anbetracht fehlender Alternativen allerdings absurd gewesen wäre.

»Mein Gott, Sie sind es wirklich. In dem Aufzug hätte ich Sie beinahe nicht erkannt. Waren Sie bei einem Stilberater?« Sie musterte ihn ausgiebig.

»Ein kleiner Vorschuss auf das Geld, das ich zurückbekomme. Wie ich sehe, haben Sie sich ebenfalls in Schale geworfen. Etwa für mich?« Toto stand auf und begrüßte sie per Handschlag.

»Bilden Sie sich bloß nichts darauf ein. Ich habe später noch was vor.« Gabi deutete ihm an, ihr ins Büro zu folgen. Es konnte also losgehen.

Notario Ortega war ein untersetzter Mann mit einer sichtbaren Perücke, die seitlich etwas schief hing. Er saß gebückt wie ein Schimpanse vor einem mit Papierkram zugemüllten Schreibtisch und deutete auf den freien Stuhl zu seiner rechten. Da er nichts sagte, übernahm Gabi gleich wieder das Kommando.

»Señor Ortega wird die Vertragsunterschrift beglaubigen. Das wird schnell gehen, es sei denn, sie bestehen darauf, dass er ihnen den Vertrag vorliest. Auf Spanisch, versteht sich.« Ortega nickte, als würde er zwar Deutsch verstehen, im Zweifel aber keines sprechen.

Toto starrte auf das Stück Papier, das vor ihm auf dem Tisch lag. Der Vertrag war, im Gegensatz zum Entwurf, den er erhalten hatte, komplett auf Spanisch verfasst und er hatte Mühe, sich im Paragrafendschungel zurechtzufinden.

»Wonach suchen Sie so angestrengt? Sie bekommen 250.000 Euro abzüglich der Makler- und Notargebühren. Und seien Sie froh, dass ich ihnen die Baufirma vom Hals gehalten und die Renovierungskosten übernommen habe. Ansonsten säßen wir jetzt gar nicht hier. Und jetzt unterschreiben Sie gefälligst. Señor Ortega hat Besseres zu tun, als sich den halben Tag mit ihren Angelegenheiten herumzuschlagen.« Gabi tippte mit dem rot lackierten Fingernagel auf die Linie, die mit Thomas Tormann vorgezeichnet war. Daneben prangten bereits die Unterschriften von Notario Ortega und Gabi Gaspers von Goldstaub-Immobilien, die als neue Eigentümerin der Finca eingetragen war. Jackpot! Sie hatte es tatsächlich ein weiteres Mal getan.

»Das ist seltsam«, unterbrach Toto Gabis Redefluss.

»Was ist seltsam? Dass tüchtige Menschen für ihre Leistung ein entsprechendes Honorar verlangen? Sie können froh sein, dass ich so schnell einen Käufer gefunden habe, der an Ihrer Finca interessiert ist. Das war keine leichte Aufgabe.«

»Davon steht hier aber nichts, denn augenscheinlich verkaufe ich die Finca an Sie und Goldstaub Immobilien oder ist das da nicht Ihre Unterschrift?« Toto zückte das Smartphone aus der Sakkoinnentasche und machte ein Foto vom Vertrag.

»Was machen Sie denn da? Mein Mandant ist ein hochrangiger Diplomat, der im Hintergrund agieren möchte. Ich kümmere mich um seine Angelegenheiten, damit ihm dieser Auftritt hier erspart bleibt.« Gabis Augen funkelten, die Wangen waren puterrot.

»Wie schade, denn ich hätte Ihren Diplomaten zu gern kennengelernt. Es würde mich glatt interessieren, was er für die Finca auf den Tisch legt.«

Aus Zorn wurde plötzlich Nervosität und Gabi feilte sichtlich an der Antwort. »Worauf wollen Sie hinaus? Sie bekommen das, was dieser ehrenwerte Herr bereit ist, dafür auszugeben. Abzüglich der Gebühren und Renovierungskosten, für die Sie keine Kohle hatten. Und jetzt unterschreiben Sie endlich, bevor ich es mir anders überlege.«

Gabi stand auf dünnem Eis und Toto sah den Augenblick gekommen, es mit einem dumpfen Schlag zu brechen. Er drückte auf die Sendetaste seines Smartphones und die vorgetextete Nachricht machte sich auf ihren Weg.

»Was fummeln Sie dauernd an Ihrem Handy rum? Jetzt konzentrieren Sie sich mal und setzen Sie endlich Ihren Namen unter den Vertrag.«

Notario Ortega schraubte die Kappe des Füllfederhalters ab und hielt ihn Toto vor die Nase, als es an der Tür klopfte. Die unfreundliche Sekretärin erschien im Spalt und flüsterte etwas auf Spanisch. Sie sah nervös aus. Ein kurzes und intensives Wortgefecht entstand mit dem Notario, der nun ebenfalls aus seiner Lethargie erwacht war. Mit einer Handbewegung deutete er seiner Mitarbeiterin an, die Tür endlich zu schließen, als sie vollends aufgestoßen wurde und ein resolut dreinblickender Martin im Büro erschien.

»Hallo, Gabi«, begrüßte Martin die Maklerin und warf ihr ein gespieltes Lächeln zu.

»Ma...Ma...Martino. Unser Termin ist erst um drei. Ich bin noch mit diesem Herrn beschäftigt und muss dich leider vertrösten.«

»Es wird nicht lange dauern, da ich nur eine kleine Frage zum Vertrag habe, die wir gleich an Ort und Stelle klären können. Ich denke, dieser Herr sollte ruhig dabei sein.«

Martin holte ein Schriftstück aus der Tasche und hielt es ihr entgegen. »Meine Bankberaterin war so nett, mir deinen Vertragsentwurf samt deutscher Übersetzung zuzusenden. Dabei ist mir aufgefallen, dass ich die Finca in Alaro für eine Million Euro direkt von Goldstaub Immobilien erwerbe und nicht von dem alten Ehepaar, das angeblich in finanziellen Schwierigkeiten steckt und aus der Not heraus an mich verkaufen muss.«

»Lass uns das später klären, Martino. Wie du siehst, bin ich gerade beschäftigt.« Gabis Stimme zitterte und sie blickte unsicher von Martin zu Toto, der den Augenblick gekommen sah, den Todesstoß zu setzen.

»Das ist seltsam, denn ich verkaufe gerade eine Finca in

der Gegend von Alaro an Frau Gaspers von Goldstaub Immobilien. Allerdings für 250.000 Euro. Oh, Entschuldigung. 200.000 Euro muss es heißen. Schließlich muss ich die Makler- und Notargebühren abziehen.«

Martin legte seinen Ausdruck neben Totos Vertrag auf den Schreibtisch des Notarios und tippte auf die Adresse, die mit einem Filzstift gelb markiert war. »Was für ein Zufall. So, wie es aussieht, kaufe ich soeben Ihre Finca, für einen Aufpreis von 800.000 Euro. Da frage ich mich doch, wo bleibt die Differenz?« Martin drehte sich zu Gabi um, die einen schrillen Aufschrei von sich gab.

»Was wird hier gespielt? Wer bist du eigentlich?« Sie nahm nun Martin ins Visier und suchte augenscheinlich nach der Wahrheit.

»Darf ich vorstellen, Frau Gaspers. Das ist mein Freund Martin.« Toto klopfte Martin auf den Rücken.

»Martin? Ich dachte, du heißt Martino Wendler und bist ein wohlhabender Honorarkonsul?«

»Da muss ich dich enttäuschen. Ich heiße Martin Wendlinger und bin ein armer Rentner aus Schwabing, der um sein Geld betrogen wurde. Und zwar von dir.«

»Martin Wendlinger alias Martino Wendler? Das darf einfach nicht wahr sein. Ich dachte mir schon, dass mir dein Name irgendwie bekannt vorkommt ... Wie konnte ich nur so blöd sein und auf euch Tattergreise hereinfallen? Ich werde euch verklagen und vernichten. Davon könnt ihr ausgehen. «

»Ich glaube, daraus wird nichts, denn was wir schwarz auf weiß auf diesem Schreibtisch liegen haben, ist ein dreister Immobilienschwindel. Zweimal Provision abkassieren, plus 800.000 Euro Arbitrage. Das sieht nicht gut aus vor Gericht.«

»Ich habe das Anwesen auf meine Kosten renovieren lassen...«, schnaufte Gabi und fuchtelte mit den Fingernägeln vor Totos Nase herum.

»Wofür wir durchaus dankbar sind. Betrachten Sie es als Entschädigung für den seelischen und finanziellen Schaden, der uns durch den Kauf entstanden ist«, antwortete Toto.

»Was wollt Ihr alten Säcke jetzt eigentlich? Wenn ihr wüsstet, welch mächtige Schatten ich auf eure Fersen hetzen werde, würdet Ihr freiwillig die Kurve kratzen.«

»Davon haben wir gehört«, antwortete Toto. »Angeblich hat unser Vorbesitzer gerade mal 80.000 Euro für das Haus bekommen. Oh sorry, seine Tochter natürlich, denn da war er ja schon nicht mehr unter uns. Von Ihren Schergen in den Tod getrieben.«

Gabis Gesicht wurde zur Fratze und es schien sie Überwindung zu kosten, nicht auf Toto loszugehen. »Das war ein gottverdammter Unfall gewesen«, schimpfte Gabi. »Der alte Furz wollte einfach nicht verkaufen und das hat er jetzt davon. Aber nehmen Sie sich seinen Tod zum Vorbild. Genauso wird es Ihnen auch ergehen, wenn Sie mir nicht meine Auslagen erstatten. Ich werde Sie beide fertigmachen, bis die Kohle, Cent für Cent zurück auf meinem Konto ist.«

Toto zog die Luft ein und holte das Handy aus der Sakkotasche. »Ich hatte ganz vergessen, Sie zu fragen, ob ich unser heutiges Gespräch aufzeichnen darf. Die Polizei wird das sicher brennend interessieren. Immobilienbetrug, Mobbing, Morddrohungen. Da kommt einiges zusammen.« Toto grinste triumphierend. »Und was ich ebenfalls vergessen habe zu erwähnen, sind die Männer von Jordis Inkassoservice, die im Flur schon auf Sie warten. Die Firma hat recht kurze Zahlungsziele und die Herren eine sehr direkte Art, sie durchzusetzen.«

Gabi taumelte und wirkte geschlagen, während sich Notario Ortega erstaunlich stiekum hielt. Laut Internetrecherche genoss der Mann keinen besonders guten Ruf und war ausschließlich für Goldstaub Immobilien tätig. Wahrscheinlich plante er durch die Tatenlosigkeit, einfach zwischen seinen Aktenordnern zu verschwinden. »Was wollt ihr von mir?«, japste Gabi schließlich, als erwarte sie das Urteil der Geschworenen.

»Nun ja. Die Renovierungskosten waren ein ganz guter Anfang.« Toto beobachtete seine Kontrahentin, die durchzuatmen schien. Es wurde Zeit, eins draufzusetzen. »Zudem erwarten wir, dass Alejandra Pincho, die Tochter des Mannes, den sie auf dem Gewissen haben, ihren rechtmäßigen Anteil bekommt. Und ...«

»Jetzt machen Sie mal einen Punkt. Was soll ich denn noch alles bezahlen? Dann kann ich ja direkt Bankrott anmelden.«

»Wo wir bei Punkt drei der Forderungen wären. Wenn wir Sie noch einmal als Immobilienmaklerin im Einsatz sehen, ganz gleich ob hier oder im feinen Düsseldorf, dann landet diese Sprachaufnahme bei den hiesigen Behörden. Und dann dürfte das bisschen Wechselgeld, was ihnen niemals zustand, die geringste Ihrer Sorgen sein.« Toto stand auf und zupfte sein weißes Hemd zurecht, als würde er sich vor einem Publikum verneigen wollen. »In diesem Sinne bedanken wir uns für die Vermittlung der wundervoll restaurierten Finca. Wir werden sicherlich sehr glücklich darin werden und hin und wieder an sie denken. Wobei ...«

Anstatt zu antworten, ging Gabi einen Schritt auf Martin zu und gab ihm eine Ohrfeige. »Die hast du dir verdient, denn ich habe dir vertraut und geglaubt, du meinst es ernst mit mir. Und jetzt verschwindet. Ich will euch nie wiedersehen.«

Totos Knie zitterten wie Espenlaub, als er wieder im Auto saß. Er traute sich kaum, seinen Kopf zu drehen, so, als säße Gabi neben ihm, um mit einem letzten Trumpf den Siegeszug in voller Fahrt zu stoppen. Doch es war nur Martin, der die Weste abgestreift und auf den Schoß gelegt hatte und nahezu euphorisch grinste. Sie hatten es geschafft und die Maklerin mit ihren eigenen Waffen geschlagen und für Gerechtigkeit gesorgt. Nicht nur für sich, sondern auch für Adolfo Pincho und seine Tochter Alejandra, die noch nichts von all dem wusste. Zudem hatten sie mit Sofia und ihrer Familie einflussreiche Freunde gewonnen, die sie im Zweifelsfall gegen Gabis Rachepläne beschützen würden. Alles wird gut. Alles *war* gut. Daran musste man sich erst einmal gewöhnen. Toto pustete lautstark die Luft aus seinen Lungen und nickte Martin anerkennend zu, als hätten sie die Welt gerettet.

»Ich schätze, das war's.«

»Das war grandios, Toto. Du hast es ihr gegeben!«

»Das warst alles du, Martin. Ohne deine schauspielerischen Fähigkeiten hätten wir sie niemals dranbekommen. Ich bin stolz auf dich.«

Martin schüttelte den Kopf, als wolle er das Kompliment nicht annehmen. »Das war nichts gegen deine detektivische Finesse, Toto. Ich war fest davon überzeugt, dass du es vermasseln wirst, und dann kommst du mit dieser Tonbandaufnahme um die Ecke. Das war genial. Damit haben wir sie für alle Zeiten in der Hand.«

»Na ja …«

»Was ist?«

Toto wurde plötzlich heiß in seinem Sakko. »Es war eher so was wie eine taktisch gut platzierte Drohung, damit sie sich an unsere Forderungen hält.«

»Taktisch gut platzierte Drohung? Du hast ihr doch dein Handy vor die Nase gehalten und damit gedroht, zur Polizei zu gehen. Sag, dass diese Aufnahme tatsächlich existiert!« Martins gute Laune war wie weggeblasen.

»Es ist vielmehr die Idee von einer Aufnahme, die ich in ihrem Kopf platziert habe. Immerhin hat uns mein Spontaneinfall den Arsch gerettet und dir hat er gefallen. Gib es zu.«

»Wir haben diese Aufnahme gar nicht?«

Toto schüttelte zögerlich den Kopf.

»Du bist so ein Idiot und wirst mich noch ins Grab bringen«, schimpfte Martin und schaute beleidigt in die andere Richtung.

»Das mag sein, doch vorher werden wir endlich die Einweihungsparty nachholen und ein bisschen auf die Pauke hauen. Mir ist nach Hummer und Champagner.«

Toto war erleichtert, denn er wusste, dass Martin sich beruhigen würde. So, wie er es immer tat. Und er war ein bisschen stolz auf sich, da er die Idee zu diesem Coup beigesteuert und niemals aufgegeben hatte. Endlich eine Eigenschaft, die er an sich mochte. Das neue Abenteuer konnte beginnen, und er war der festen Überzeugung, dass es die beste Zeit in seinem Leben werden würde.

Kapitel 60

Der Regen der vergangenen Nacht hatte aufgehört und einen Ort des Aufbruchs hinterlassen. Pfützen bildeten sich in den Fußabdrücken der Männer, die hier vor Kurzem noch geschuftet hatten. Es sah noch unfertig und roh aus, doch die Zeit würde die Spuren irgendwann verschwinden lassen. Zeit, die Rüde plötzlich wieder hatte.

Er sah aus dem Fenster und fühlte sich wie neugeboren. Seit einer Woche war er jetzt zu Hause, auch wenn das Wort zu Hause noch fremd in seinen Ohren klang. Rentner-Paradies traf es vielleicht besser, denn schließlich gab es in der Finca immer was für ihn zu tun. Er wurde gebraucht, was eine gute Nachricht war, zumal Django zweimal wöchentlich vorbeikam, um Kleinigkeiten zu erledigen.

Seinem Magen ging es mittlerweile ausgezeichnet und er hatte fast vergessen, dass er vor Kurzem noch im Krankenhaus gelegen war. Natürlich würde er bis auf Weiteres Tabletten nehmen und auf die Ernährung achten müssen, doch wer in seinem Alter, war denn schon beschwerdefrei?

Rüde zog sich seinen Morgenmantel über und begann damit, das Frühstück zu bereiten. Er stapelte Teller, Tassen und Marmeladen auf ein großes Silbertablett und schleppte es auf die Veranda, seinem absoluten Lieblingsplatz. Von hier aus hatte man sowohl das Haus als auch den neuen Pool perfekt im Auge und konnte mitverfolgen, wie die Sonne über die frisch gestrichene Fassade kroch. Er wollte sich gerade auf den Stuhl setzen, um in Erinnerungen zu schwelgen als Toto sich zu ihm gesellte. Im Gegensatz zum üblichen Pyjama trug der ein elegantes Poloshirt und roch nach einer Überdosis Aftershave. Und das um diese frühe Uhrzeit.

»Guten Morgen, Toto. Hast du etwas vor?« Rüde fühlte sich in seinem abgewetzten Morgenmantel etwas underdressed.

»Wir bekommen Besuch, also zieh dir etwas anderes an. Eine Dusche wäre auch nicht schlecht.«

»Ich glaube nicht, dass ich eine gute Gesellschaft für Besuch bin.« Rüde hatte keine Lust auf Gäste, für die er sich in Schale schmeißen musste. Warum konnten sie nicht einfach zu dritt in Ruhe frühstücken?

»Die Leute kommen wegen dir, Rüde.«

»Wegen mir? Was soll denn die Geheimniskrämerei, Toto? Wer kommt mich hier besuchen und wieso weiß ich nichts davon?«

»Hat sich spontan ergeben. Du wirst schon sehen.«

»Und wo ist Martin überhaupt?«

»Der ist unterwegs, um noch ein paar Sachen einzukaufen.«

Rüde seufzte. Er hasste Überraschungen und Totos süffisantes Grinsen gefiel ihm noch viel weniger. Wer sollte ihn auf Mallorca schon besuchen kommen? Er kannte niemanden auf der Insel und in Deutschland wussten nur wenige von seinem Altersdomizil.

Zwanzig Minuten später saß er frisch geduscht am Frühstückstisch, der für zwei weitere Personen feierlich gedeckt war. Es gab frisches Brot, Ensaimadas und Croissants, dazu eine Riesenauswahl an Wurst und Käse. In einem Kübel lag gar eine Flasche Sekt, daneben stand Orangensaft, natürlich frisch gepresst. Rüde fühlte sich wie auf einer Kostümparty, über die ihn niemand informiert hatte, am allerwenigsten seine beiden Freunde, die kein Wort sprachen, bis ein Motorengeräusch ertönte und Franz Ferdinand laut bellend Richtung Straße lief.

»Ich schätze, das sind sie.« Toto sah ihn mit ernster Miene an und Rüde wurde unbehaglich. Was sollte dieser ganze Zirkus nur? Konnten seine Freunde nicht langsam das Theater lassen? Am liebsten wäre er vom Tisch aufgestanden und hätte sich verkrochen. Doch dann erkannte er plötzlich die beiden Menschen, die ihn hier besuchen kamen. Er schlug die Hände vor den Mund und spürte, wie ihm Tränen in die Augen schossen.

»Das glaube ich nicht...«, stieß er überrascht hervor, als Karola und Arno auf ihn zu spazierten.

»Wo... kommt ihr denn her?« Rüde drückte seine Tochter an sich, die den Koffer augenblicklich fallen ließ, als hätte sie sich nach der Umarmung lange schon gesehnt.

»Wo sollen wir schon herkommen, Papa? Von zu Hause natürlich.« Auch seine Tochter hatte Tränen in den Augen.

»Woher wusstet ihr, wo ich... wo wir auf Mallorca leben?«

»Dein Manager hat sich bei mir gemeldet und ein paar Hinweise gegeben«, erklärte Arno mit einem Lächeln auf den Lippen. »Er hat gedroht, mich zu verklagen, falls wir dich nicht umgehend besuchen kommen. Und du weißt ja, wie überzeugend er sein kann.«

»Und er hat uns mit einem Gästezimmer angelockt«, ergänzte Karola mit belegter Stimme. Der Groll der letzten Jahre schien verflogen und sie wirkte erleichtert, ihn zu sehen.

»Das ist eine wirklich schöne Überraschung.« Rüde weinte vor Ergriffenheit. »Und jetzt möchte ich euch meine beiden Freunde vorstellen. Es sind die besten, die ich jemals hatte.«

Kapitel 61

Die junge Verkäuferin legte den Kopf schräg und formte mit den Fingern einen Kreis, während sich Toto im Spiegel des Modeladens ausgiebig betrachtete. Vor dem Leinensakko war er seit Wochen herumscharwenzelt, eigentlich seit dem Tag, als er das erste Mal mit Sofia in der Altstadt bummeln war. Es war zu einem Symbol für ihn geworden. Ein Symbol für Erfolg und Leichtigkeit, die ihm zuletzt abhandengekommen war, und jetzt Tag für Tag zurückkehrte. Er legte seine Karte auf den Tresen und behielt das Sakko gleich an. Sofia wird Augen machen, wenn ich sie damit zum Abendessen ausführe, freute sich Toto auf das nächste Date. Auch wenn sie kein Paar im klassischen Sinn waren und es wohl niemals sein würden, verbrachten sie viel Zeit zusammen. Zeit, die Totos Seele guttat und Balsam auf die Wunden alter Kaffeekränzchen war. Wahrscheinlich saß jetzt ein anderer Rentner an seinem Tisch im Café Hansemann, um den reichen Damen hinterherzuschmachten. Hoffentlich trifft dieser jemand nicht auf Gabi, musste er unwillkürlich an die erste Begegnung mit der Immobilienmaklerin zurückdenken, die ja so was wie die Initialzündung gewesen war. Ohne es zu wollen, hatte sie Toto, Martin und Rude zusammengeführt und damit ihren eigenen Untergang eingeleitet. Aus drei Leidensgenossen, die separate Leben führten, waren mittlerweile Freunde geworden, die zusammenhielten und sich gegenseitig unterstützten. Selbst mit Martin hatte er seinen Frieden geschlossen, und er genoss die langen Abende auf der Terrasse, wo sie ihren großen Coup wieder und wieder Revue passieren ließen.

Toto parkte den BMW gegenüber der kleinen Backstube in Bunyola und blickte unwillkürlich über seine Schulter, doch von der Nachbarin war diesmal nichts zu sehen. Fast wie ein Zeichen, dass die bösen Tage irgendwie vorbei waren. Er wartete geduldig, bis sich die kleine Warteschlange in der Bäckerei verflüchtigt hatte und betrachtete die Auslagen. Alejandra Pincho schien ein Talent für ausgefallene Tortenkreationen zu haben, die mit kleinen Marzipanfiguren dekoriert waren. Toto zeigte auf drei üppig aufgeschlagene Rüblitörtchen, als sie ihn erkannte.

»Was machen Sie denn hier? Hatte ich mich nicht deutlich genug ausgedrückt?« Aus der geschäftsmäßigen Freundlichkeit war sofort nervöse Ablehnung geworden.

»Sie brauchen sich keine Sorgen mehr machen, Frau Pincho. Außer mir ist niemand hier und es wird auch niemand kommen, der Ihnen und Ihrer Familie etwas anhaben könnte. Das Einzige, was Sie erwarten dürfen, ist Ihr rechtmäßiger Anteil am Verkauf der Finca Ihres Vaters.«

»Ich weiß nicht, was Sie meinen.«

»Sie werden es bald wissen, denn wir haben der Immobilienmaklerin, die Ihnen und Ihrem Vater dieses Unheil angetan hat, das Handwerk gelegt. Sie wird niemanden mehr um Geld betrügen und auch keine Leute unter Druck setzen.« Toto setzte ein selbstbewusstes Lächeln auf. Er war stolz auf ihren Coup und glücklich darüber, dass er dieser Frau etwas zurückgeben konnte.

»Ich glaube, ich verstehe es noch immer nicht…«

»Das brauchen Sie auch nicht. Verkaufen Sie mir einfach drei von diesen wunderbaren Törtchen, und dann sehen Sie mich nie wieder. Wobei das bei den Auslagen fast schon etwas schade wäre.«

Alejandro Pincho legte ihre Stirn in Falten, als wolle er sie auf den Arm nehmen. Dann blitzten ihre Augen plötzlich auf und sie suchte fieberhaft nach ihrem Handy.

»Da ist es.« Mit zitternden Händen hielt sie Toto eine E-Mail-Nachricht vor die Nase, die auf Spanisch verfasst war.

»Sorry, aber ich verstehe kein…«

»Das ist eine Mail von meiner Bank, in der steht, dass auf dem Konto ein hoher Geldbetrag eingegangen ist und ich mich dringend beim Berater melden soll. Ich habe das für Spam gehalten und in den Papierkorb abgelegt. Ich konnte ja nicht wissen…«

Anscheinend hatte Gabi Wort gehalten und ihre Schuld getilgt. Immerhin. Toto nahm die eingepackten Törtchen von der Theke und verabschiedete sich von Alejandra Pincho, die ihm als Dank noch einen ganzen Mandelkuchen schenkte. Sie wirkte überglücklich und entschuldigte sich unzählige Male für die schroffe Begrüßung ihres ersten Treffens. Zudem versprach sie, Toto und seine Freunde eines Tages zu besuchen, um zu sehen, was aus ihrem alten Elternhaus geworden war. Toto war happy, denn er hatte einen Menschen glücklich gemacht, was ihm in seiner Vergangenheit nur selten gelungen war. Mit einem guten Gefühl im Bauch setzte er sich in den BMW und startete den Motor. Seine Freunde würden sicherlich schon auf ihn warten.

Kapitel 62

Der Fahrtwind zog an Martins Haaren. Niemals hätte er sich darauf einlassen dürfen, mit Totos Cabrio zu fahren, zumal die knüppelharte Schaltung nicht förderlich für seinen Fahrstil war. Zweimal hatte er bereits angehalten, um das mechanische Verdeck zu schließen, ohne Erfolg. Das Ding wollte einfach nicht einrasten und ihm blieb nichts anderes übrig als offen bis zum Flughafen zu fahren.

Er parkte das Auto in einem Parkhaus und machte sich auf den Weg zum Ankunftsterminal, wo er an den Auslagen der Souvenirgeschäfte vorbeispazierte. Ein paar lieblos gebundene Blumensträuße vergammelten in einem Aluminiumeimer und machten ihm ein schlechtes Gewissen. Sollte er Anneliese einen davon zur Begrüßung kaufen? Wie würde sie darauf wohl reagieren? Erfreut, entsetzt oder gar belustigt? Er kannte sie ja kaum und sollte es besser sein lassen. Nichts war schließlich schlimmer als ein peinlicher Moment.

55 Minuten und zwölf landende Maschinen später, glitten die Schiebetüren zur Seite und Anneliese kam mit einem überdimensionalen Hartschalenkoffer auf ihn zugelaufen.

»Ach herrje«, entfuhr es ihm.

»Ich freue mich auch, dich zu sehen.« Sie grinste schief und sah ihn fordernd an.

»Bitte entschuldige, ich habe nur die Maße des Gepäcks betrachtet und mit dem Kofferraum meines Autos verglichen.« Martin war aufgewühlt und ärgerte sich selbst, die Begrüßung in den Sand gesetzt zu haben. Mal wieder typisch, würde seine Liliane sagen, die ihm hoffentlich nicht dabei zusah.

»Soll ich mir ein Taxi nehmen?«, krächzte Anneliese.

»Entschuldige, ich bin ein wenig neben der Spur und nehme dir sofort den Koffer ab.«

»Ich dachte, dass ich zur Begrüßung erst mal ein Hallo bekomme oder vielleicht eine Umarmung. Na, was meinst du? Wäre das möglich?«

Martin fühlte sich peinlich berührt, denn natürlich hatte Anneliese recht. Nach allem, was sie für ihn getan hatte, war eine Umarmung das Mindeste. Zögerlich legte er den Arm um ihre Schulter und drückte sie an sich. Ihr Körper fühlte sich warm an, der Hals roch nach Parfum.

»Schon besser.«

Sichtlich amüsiert ließ sie Martin den Koffer bis zum Parkhaus rollen.

Er sicherte den Kofferraumdeckel mit einer Kordel und hoffte, dass das schwere Teil nicht auf der Straße landen würde.

»Ich bin beeindruckt, Herr Honorarkonsul.« Anneliese klopfte auf das Armaturenbrett des BMW und sah ihn mit neugierigen Augen an.

»Der Wagen gehört meinem Freund Toto. Ich würde freiwillig nie mit so einer Zigarrenkiste durch die Gegend fahren.«

»Wie schade, denn die Kiste steht dir ausgezeichnet. Du siehst wie James Bond darin aus.«

Martin wurde rot. »Mein Fahrstil entspricht wohl kaum dem eines Agenten. Außerdem müsste die Gangschaltung dringend repariert werden. Also schnall dich gut an, in einer knappen Stunde sind wir da.«

»Könnten wir einen kleinen Umweg machen?« Anneliese hatte ein türkises Tuch aus ihrer Handtasche gefummelt und wie einen Turban um den Kopf gebunden.

»Wo möchtest du denn hinfahren?«

Martin fühlte sich ein wenig ausgehebelt, schließlich warteten Toto und Rüde mit dem Frühstück und er freute sich darauf, Anneliese ihnen vorzustellen.

»Ich würde vorher gern kurz ans Meer, falls das möglich ist. Ich war so lange nicht mehr an einem Strand. Viel zu lange.«

Martin wählte die erste Ausfahrt Richtung Palma und hoffte, dass die Straße ihn ans Wasser führen würde. Viel hatte er bisher nicht gesehen von der Insel, umso mehr freute er sich darauf, es mit Annelise in den nächsten Tagen nachzuholen. Endlich würde er all die Orte aufsuchen, von denen Toto ihm in höchsten Tönen vorgeschwärmt hatte, auch wenn dazu keineswegs der Stadtstrand zählte. Er parkte den BMW an einer belebten Promenade und beobachtete die Menschen, die mit Sonnenschirm und Handtüchern zum Meer liefen.

»Vielen Dank, Martin. Es ist wirklich schön hier«, fand Anneliese und schnallte sich ab.

»Ich befürchte, es ist nicht das, was du dir vorgestellt hast.«

»Glaub mir, es ist perfekt«, unterbrach sie ihn. »Begleitest du mich nach vorn?«

»Das letzte Mal war ich mit meinem Anton in Griechenland am Meer und das ist Ewigkeiten her.« Anneliese wischte eine Strähne aus der Stirn und steckte sie unter das Tuch. Sie sah attraktiv aus für ihr Alter und obwohl Martin ihre überschminkten Augen am Anfang etwas seltsam fand, gefielen sie ihm mittlerweile. Sie war etwas Besonderes.

Während er sie beobachtete, zog Anneliese ihre Schuhe aus und ging barfuß durch den Sand ans Meer.

»Komm, mach mit«, forderte sie ihn auf.

»Ich weiß nicht, vielleicht sollten wir den Strandbesuch verschieben. Ich bin nicht dafür angezogen...« Ein Gefühlschaos tobte in seinem Kopf und er war unschlüssig, ob er dem Impuls nachgeben sollte. Schließlich war Liliane nicht mal ein Jahr tot.

»Tu mir bitte den Gefallen. Nur ein kleines Stück.« Anneliese ließ nicht locker und winkte ihm ermutigend zu, während sie eine Schar Möwen vor sich hertrieb.

Zögerlich zog er die Turnschuhe und Socken aus und stakste zu ihr rüber. Der Sand war noch kühl von der Nacht und fühlte sich angenehm unter seinen Zehen an. Als er direkt vor ihr stand, wirkte sie wie weggetreten. Das Lächeln war verschwunden und Tränen glitzerten in ihren Augen. »Seitdem ich dich kennengelernt habe, vermisse ich meinen Anton umso mehr. Es hat mir gezeigt, wie schön es ist, jemanden zu haben. Und auch wenn du mit der verrücktesten Idee aller Zeiten angerufen hast, habe ich mich über deine Stimme sehr gefreut. Es ist schön, hier zu sein. Bei dir.«

Martin hätte gern etwas erwidert, doch ihm fiel nichts Passendes ein. Also nickte er verlegen und schwieg.

»Was ist? Habe ich dich verschreckt?« Anneliese lächelte verschmitzt. »Keine Sorge, ich will mit dir nur ein paar schöne Tage hier verbringen. Das würde mir viel bedeuten.«

»Es tut mir leid, wenn ich etwas hölzern reagiere. Ich bin nicht gut darin, über Gefühle zu reden, geschweige denn sie zu zeigen. Nach Lilianes Tod wollte ich einfach nicht mehr weitermachen, weil nichts mehr einen Sinn ergab. Und dann kam Toto mit der Idee von der WG, die so überhaupt nicht zu mir passte. Dazu diese Schmierenkomödie mit dem Honorarkonsul. Und jetzt kommst du mich hier besuchen und… was soll ich sagen? Ich habe mich ebenfalls auf dich gefreut.«

Anneliese lächelte und drückte Martins Hand. »Was ist so verkehrt daran, sich auf jemanden zu freuen und das Leben zu genießen?«

»Ich habe gerade die beste Zeit seit Lilianes Tod. Und dafür schäme ich mich. Ein wenig.«

»Das solltest du nicht tun, Martin. Wir können unsere geliebten Menschen nicht wieder lebendig machen, indem wir jeden Tag an ihrem Grab stehen. Aber wir können ihnen den Gefallen tun und glücklich sein. Wir sind es ihnen schuldig.«

»Vielleicht hast du recht.«

»Ich habe ein paar Jahre Vorsprung, was die Einsamkeit angeht. Also vertrau einem Profi. Vielleicht hilft uns ja ein kleines Experiment.«

»Was für ein Experiment?«

»Wir umarmen uns und du denkst dabei an Liliane und ich an meinen Anton. Ein symbolischer Gruß nach oben in den Himmel. Was meinst du?«

Martin zögerte, denn eigentlich hielt er nichts von Spiritualität und Hokuspokus. Andererseits sehnte er sich nach Geborgenheit und Nähe, die er so lange nicht gespürt hatte. Also willigte er schließlich ein. Anders als bei der flüchtigen Umarmung am Flughafen schloss er seine Augen und dachte dabei an Liliane. An das euphorische Blinzeln in den Augen, wenn sie unterwegs auf Reisen waren, ihr herzliches Lachen, wenn er wieder viel zu kompliziert gedacht hatte, und an ihren warmen Körper, der sich an ihn schmiegte, wenn sie morgens aus dem Bett kam. Er drückte sie fest an sich und gab ihr einen Kuss auf die Stirn. Es war Zeit, Abschied zu nehmen und die Trauer hinter sich zu lassen. Liliane hätte es so gewollt, davon war Martin überzeugt, als er die Umarmung löste und aufs endlos weite Meer hinaussah.

»Gilt das Angebot mit dem Frühstück noch?« Anneliese wischte die Tränen aus den Augen und verschmierte dabei ihr Make-up. Sie sah mitgenommen, aber glücklich aus. Als wäre eine Last von ihr gefallen.

»Mehr denn je. Meine Freunde freuen sich darauf, dich endlich kennenzulernen.« Er reichte Anneliese seine Hand und führte sie zurück zur Promenade.